외눈박이 원숭이

KATAME NO SARU
by MICHIO Shusuke
Copyright ⓒ 2007 MICHIO Shusuke
All rights reserved.
Originally published in Japan by SHINCHOSHA Publishing Co., Ltd., Tokyo.
Korean translation rights arranged with SHINCHOSHA Publishing Co., Ltd., Japan.
through THE SAKAI AGENCY and YU RI JANG LITERARY AGENCY.

외눈박이 원숭이

ⓒ 들녘 2010

초판 1쇄 발행일 2010년 1월 4일
초판 2쇄 발행일 2010년 1월 18일
지은이 미치오 슈스케
옮긴이 김윤수
펴낸이 이정원
책임편집 김상진
디자인 정인호, 김지희
펴낸곳 도서출판 들녘
등록일자 1987년 12월 12일
등록번호 10-156
주소 경기도 파주시 교하읍 문발리 파주출판단지 513-9
전화(마케팅) 031-955-7374 (편집)031-955-7381
팩시밀리 031-955-7393
홈페이지 www.ddd21.co.kr
블로그 (일루저니스트) http:// blog.naver.com/ddd7381
　　　 (미스터리 야! 시리즈) http://mysteryya.tistory.com
ISBN 978-89-7527-843-3(03830)

값은 뒤표지에 있습니다.
잘못된 책은 구입하신 곳에서 바꿔드립니다.

외눈박이 원숭이

미치오 슈스케 지음

김윤수 옮김

들녘

개는 왜 코가 발달한 것일까

겨울이 되면 자꾸만 가슴이 요동을 친다.

월요일, 오후 12시 30분.

눈앞에 늘어선 '다니구치 악기'라는 커다란 입체간판을 바라보며 쿠페빵을 한 입 베어 물었다. 지나가는 바람에 온기가 느껴진다. 평소와 달리 이 건물 옥상에 사람이 많은 것도 그 때문일 것이다.

"이제 보름만 있으면 12월인데……."

뒤를 돌아본다. 남자, 여자 할 것 없이 겉옷을 껴입은 사람은 한 명도 없다. 철조망에 등을 기대 있기도 하고, 벤치 위에서 도시락을 먹고, 휴대전화 액정을 심각한 표정으로 들여다보는 등 각자 자유롭게 점심시간을 보내고 있다. 철조망 위에 비둘기 몇 마리가 앉아서 한가롭게 목을 부풀린다.

나카노 구에 있는 유서 깊은 다니구치 악기 본사 건물의 옥상.

비둘기를 바라보다가 문득 아키에를 떠올렸다. 녀석을 알게 된 것도 지금처럼 따뜻한 초겨울 날 오후였다. 아키에는 높은 건물들에 둘러싸인 작은 공원 벤치에 홀로 앉아 있었다. 시선은 늘 비둘기에게 고정되어 있었다.

너무나 좋아하는 비둘기를.

내가 큰맘 먹고 말을 건넸을 때 아키에가 보였던 반응이 지금도 선명하게 기억난다. 놀라서 고개를 들더니 자기를 지켜보고 있는 나를 발견하고는 그대로 몸이 굳어버렸다. 하지만 곧바로 미소를 지었다. 그 미소는 '차별적인 감정'을 감추려는 태도에서 비롯된 표정일 것이었다. 의식 있는 사람들은 내 모습을 처음 맞닥트리게 되면 하나같이 똑같은 표정을 짓는다.

그러나 자세히 살펴보니 아키에의 표정은 어딘가 달랐다. 그 미소를 본 순간, 나는 처음 만난 사이지만 확실히 뭔가 통하고 있다는 것을 직감했다. 이 사람과는 마음이 통할 수 있을 것이다! 그런데.

"결국 나 혼자 그렇게 생각했던 거였어."

아키에가 내 집을 나간 지 벌써 7년이 된다. 세상을 뜬 지는 6년 하고도 11개월이다.

아키에는 나에게 아무런 말도 하지 않았다. 특별히 눈에 띄는 행동도 보이지 않았다. 불길한 예감은 전혀 찾아볼 수 없었다. 실제로 인생에서 아주 불길한 사건이 벌어지기 전에는 그런 예감 같은 건 없다. 그 사실을, 나는 그때 깨달았다.

시신이 발견된 곳은 후쿠시마 현의 산속으로, 산간도로에서 나무 사이를 헤치고 5분 정도 들어간 곳이었다. 아키에는 그곳에 있는 커다란 상수리나무에 매달려 있었던 것 같다. 유서는 없다. 아키에가 죽음의 장소로 택한 그 산은 우리가 딱 한 번 함께 여행을 갔던 곳이었다.

그 후로 나는 사람들과 깊은 관계 맺기를 꺼리게 되었다. 아니, 본래 나는 다른 사람에 대한 흥미 따위가 전혀 없었다. 어릴 때 탈의실 거울에 비친 내 모습을 본 그때부터, 눈앞에서 자기의 모습을 바라보는 소년이 보통 사람들과 자신이 전혀 다르다는 사실을 깨닫게 된 순간부터.

―사실은 좀 으스스한 일이 있었는데 말이야…….

누군가의 목소리가 귓속으로 쏟아 들어왔다. 나는 곧 음울한 추억에서 깨어났다.

젊은 남자 두 명이 벤치에 앉아 있다. 파란 와이셔츠와 하얀 와이셔츠를 입은 남자. 방금 이야기를 꺼낸 사람은 파란 와이셔츠를 입은 남자 같다.

─으스스한 이야기?

하얀 와이셔츠가 되묻는다.

─그래. 개가 왜 사람들보다 몇 만 배나 코가 발달했는지 알아?

─거참, 너무 갑작스러운데. 글쎄, 몰라.

─답은 아주 간단해. 하지만 그 전에, 지금부터 내가 하는 얘길 잘 들어봐.

─도대체 뭔데 그래?

─으스스한 이야기래두.

두 사람의 대화가 흥미를 끈다. 가만히 귀를 기울인다.

─내가 날마다 우치보 선으로 출근하는 거 알지?

─그럼 알지. 소데가우라에서 거의 두 시간이나 걸려서 도쿄 만을 빙 돌아오잖아.

─3일 전에 한국 항공기가 추락했던 것도 알지?

─당연하지. 그날 밤 텔레비전만 틀면 죄다 그 뉴스였어. 다음 날 신문 톱기사에도 온통 그 얘기뿐이었고! 심지어 스포츠 신문 1면에서조차 도배됐잖아.

선진국에서 그 사고를 모르는 성인은 아마 한 사람도 없을 것이다. 일본인 네 명을 포함하여 300명이 넘는 승객을 태운 한국 대형여객기가 아소산의 중턱에 추락하여 폭발했다. 생존자는 단 한 사람도 없다. 그 말은 발견된 시신 수와 탑승객 수가 같았다는 것뿐이다. 크게 훼손되어 신원은커녕 성별조차 알 수 없는 시신도 있었다고 한다. 추락원인은 원인 불명의 엔진 결함이었다나.

　-그래. 그러면 내 말도 이해하기 쉬울 거야.

　파란 와이셔츠는 다행이라는 듯 느긋하게 말하더니 이내 목소리를 약간 낮추었다.

　-매일 아침 타는 우치보 선을 탈 때마다 항상 마주치는 여자가 있어. 젊고 날씬하고 피부도 하얘. 근데 항상 커다란 선글라스를 쓰고 있어. 머리는 길고 새까만데 얼굴 양옆으로 늘어뜨렸어. 옷은, 뭐랄까, 약간 화려한 감이 없진 않은데 그런 대로 봐줄 만해.

　-근데?

　-여자는 전철을 타면 문 쪽으로 이렇게 바짝 달라붙다시피 서 있어. 바다 쪽 문으로 말이야. 전철이 움직이는 동안 그 자리에서 창밖을 바라보더라니까. 계속 그렇게 서서. 그러다가 가끔 소리 죽여 웃는 거야. 뭐가 그리 재미있는지 쿡쿡거리면서. 도대체 뭘 보고 웃는지, 전부터 신경이 쓰이더라고. 그래서 얼마 전, 한 2주 전인가, 여자 바로 뒤에 서서 나도 똑

같이 창밖을 내다봤어. 근데 보이긴 뭐가 보여. 그저 항상 보는 풍경만 보이더라고. 여자가 웃을 때도 마찬가지였어. 잽싸게 창밖을 내다봤지만, 역시 웃을 만한 건 없더라고. 전혀.

-흐음, 좀 으스스하긴 하네. 그런데 그건 아마……

-잠깐, 좀 더 들어봐.

파란 와이셔츠의 목소리가 진지하다.

-여자는 전철이 움직일 때만 그렇게 창밖을 바라보는 거야. 전철이 역에 들어가면 고개를 가만히 숙이고 있어. 마치 역에 서 있는 사람들이 자기 얼굴을 쳐다보는 걸 싫어하는 것처럼 말이야. 그러다가 전철이 역을 출발하면 다시 아까처럼 똑같이 고개를 들고.

-그리고 또 창밖을 보고 웃어?

-그래. 쿡쿡하고 웃기 시작해. 계속 그러고 있어. 그러다 역에 들어가면 또 고개를 숙이고, 출발하면 고개를 들고.

-얼굴에 자신이 없는 거 아냐? 그 여자는 출근하면서 전철 창밖을 바라보는 걸 좋아하는데, 외모는 별로 자신이 없어서 사람들 눈에 띄고 싶지 않은 거지. 그래서 선글라스도 벗지 않는 거고.

-나도 처음엔 그렇게 생각했어. 얼굴 양옆으로 늘어뜨린 긴 머리도 주변 사람들이 자기 얼굴을 못 보게 하려는 거 같고. 근데 아무리 그렇다 해도 좀 이상하지 않나? 여자가 도

대체 창밖으로 뭘 보고 웃는 거지? 그걸 모르겠어.

-사람들마다 웃는 이유가 다 똑같을 순 없어. 네가 암만 봐도 전혀 재미없는 게 다른 사람한테는 박장대소할 만큼 재미있는 경우도 있고. 예를 들면 구름…….

-그게 아니야.

그 목소리는 조금 전보다 더 심각했다.

-실은 바로 얼마 전에 난…… 알았어.

-알았다고?

-사흘 전에 그 항공기 추락 말인데. 그게 몇 시쯤이었는지 기억해?

-그건, 음…… 이른 아침이었는데. 7시 좀 넘어서였나.

-그래. 그 시간에 마침 난 전철에 있었어. 언제나 타는 그 칸에.

세찬 바람이 옥상을 지나갔다. 두 사람은 잠시 대화를 멈췄다. 나는 귀에 온 신경을 집중하고 다음 말을 기다렸다.

-나는 그날 아침도 그 여자 바로 뒤에 서 있었어.

파란 와이셔츠의 말이 이어진다.

-여자는 여전히 커다란 선글라스를 쓰고 창밖을 보고 있었어. 늘 그렇듯이 얼굴을 이렇게 약간 위로 들고. 그런데 갑자기 뭔가 생각난 듯한 제스처를 취하는 거야. 아주 약간 고개를 갸우뚱하고 입가에 손을 댄 채, 마치 자기 눈앞에 뭔가

아주 기묘한 거라도 발견한 것처럼 말이야. 뭔가 싶어서 나도 여자가 바라보는 곳을 쳐다봤거든. 하지만 아무것도 없었어. 아무것도 안 보이더라고. 근데 여자가 갑자기 '앗' 하는 거야. 그러더니 조그맣게 '오치루(落ちる, '떨어지다'라는 뜻-옮긴이)'라고 중얼거렸어. 나는 도대체 뭔 소린가 했지. 회사에 와보니까 한국 항공기가 아소산에 추락했다고 다들 난리가 났더라고. 자세히 들어보니 추락한 시간이 바로 내가 전철을 타고 있을 때야.

ㅡ이봐, 잠깐······.

하얀 와이셔츠는 아무 말도 하지 않고 있다가 잠시 후 웃음을 터뜨렸다.

ㅡ그럼 자네는 그 여자가 그걸 봤다고 생각하는 거야? 비행기가 떨어지는 걸?

ㅡ그래.

ㅡ참나, 우치보 선에서 아소산까지 도대체 거리가 얼마나 되는지 알고 그러는 거야?

ㅡ근데 그래야 말이 되잖아. 여자는 비행기가 산에 떨어지는 걸 그 눈으로 본 거야. 보통 때처럼 창밖으로 뭔가 재미있게 없나 바라보다가.

ㅡ진심이야?

ㅡ그럼, 진심이고 말구. 오늘 아침까지만 해도 거의 반은

장난처럼 생각하긴 했는데…….

　-그 말은?

　-오늘 아침에 그 여자 얼굴을 봤어. 도저히 궁금증을 참을 수 없었거든. 일단 여자하고 문 사이에 몸을 밀어 넣고, 손잡이를 잡는 척하면서 팔을 여자 얼굴 앞으로 쑥 내밀었지. 전철이 흔들릴 때에 맞춰서 손가락으로 커다란 선글라스를 툭 건드렸어. 선글라스가 얼굴에서 벗겨지면서 발 아래로 떨어지더군. 그 틈에 눈을 보려고 하니까 여자가 순식간에 얼굴을 획 돌리더라구. 허둥지둥 선글라스를 집어서 쓰더니 다음 역에서 부랴부랴 내려버리더라고.

　파란 와이셔츠의 말투가 차츰 느려졌다.

　-그런데 내가 처음에 물어본 거 기억해?

　-응, '개가 왜 사람들보다 수만 배나 코가 발달했는가'였잖아?

　-그래, 그거야. 다시 한 번 묻는데, 왜 그런 거 같은가?

　-글쎄, 모르겠는데.

　-정답은 아주 단순해.

　-단순하다고…….

　-답은 그 얼굴 구조에 있어.

　-얼굴 구조…….

　-개는 코가 커. 개는 얼굴 절반이 코거든.

··················.

···········.

······.

　나는 들고 있던 쿠페빵의 마지막 한 조각을 마저 입속에
집어넣었다.

　가슴속에서 뭔가 부드럽고 따뜻한 것이 부풀어 올랐다.
행복의 징조였는지도 모른다. 혹은 운명이 움직이는 작은 예
감이었는지도 모른다.

　두 팔을 높이 치켜 올리고 힘껏 기지개를 켰다. 고개를 들
고 손목시계를 보니 오후 12시 55분. 이제 슬슬 점심시간
도 끝나간다. 어느새 직원들은 모두 가버리고 없었다. 옥상
에는 나 혼자였다. 손을 머리에 올려 그동안 귀를 감추고 있
던 것을 뺐다. 눈속임용으로 엄청나게 커다란 헤드폰을 벗었
다. 드러난 두 귀를 바람이 기분 좋게 간질인다.

　눈길을 옮겼다. 커다란 도로를 사이에 끼고 맞은편 건물
의 옥상을 쳐다봤다. 그쪽도 1시에 오후 업무가 시작되는지,
조금 전 흥미로운 이야기를 나누던 와이셔츠 차림의 두 남자
가 벤치에서 일어나 계단으로 향하는 모습이 보였다. 이 정
도 떨어진 거리에서 설마 자신들의 대화를 엿듣는 사람이 있
다고는 상상도 하지 못할 것이다.

　달칵하고 손잡이를 돌리는 소리가 났다. 고개를 돌리다가

상대방과 눈이 마주쳤다.

"아아."

두꺼운 철문 뒤 계단에서 올해 막 입사한 신입사원이 창백한 얼굴로 나를 쳐다보고 있었다. 이름이 뭐였더라.

"미나시 씨. 수, 수고 많으십니다."

내 얼굴을 보고 신입은 억지웃음을 지었다. 약간의 장난기가 발동했다. 좀 골려줄까. 나는 머리카락을 양손으로 들어 올려 일부러 귀를 훤히 드러냈다. 신입은 순식간에 얼굴이 경직되더니 그 자리에 얼어붙었다. 입가에 바르르 경련을 일으켰다. 다음 순간, 그는 가재가 바위 틈으로 몸을 감추듯이 순식간에 철문 안으로 고개를 집어넣었다. 나는 그를 쫓아 건물 안으로 들어갔다. 신입이 계단을 내려가는 뒷모습이 보인다. 한 손에 담배와 라이터를 들고 있는 걸 보아하니 업무를 시작하기 전에 한 개비 피우려고 옥상에 올라왔나 보다. 그런데 거기에 내가 있었다. 쯧쯧, 가엾기도 하지.

"왜 도망가요오오."

농담처럼 크게 소리를 지르는데, 녀석은 못 들은 척 더 빨리 잰걸음을 쳤다. 제대로 골탕을 먹여줬군! 모습은 보이지 않고 황급한 발소리만이 멀어졌다.

나는 두 손을 주머니에 찔러 넣고 천천히 계단을 내려갔다.

"그건 그렇고……."

조금 전 두 사람의 대화를 떠올렸다.

비슷한 점을 공유할 수 있는 사람과 함께한다면 이 생활도 조금은 즐거워지지 않을까. 지난 7년 동안 얼어붙어 있던 내 감정이 아주 약간은 인간다워질지도 모른다.

"어디 말이나 한번 걸어볼까."

나는 결심했다. 여하튼 그 여자와 나는 아주 귀중한 닮은 점이 있는 사람들이다. 이 기회를 놓칠 수는 없다.

🐒 새로운 멤버

그날 밤, 다른 직원들이 퇴근하기를 기다렸다가 조용히 가리타의 책상으로 다가갔다.

"부장님. 갑작스레 죄송합니다만, 내일부터 이번 주 내내 출근이 조금 늦어질 것 같습니다. 괜찮겠습니까?"

가리타의 대머리가 기름기로 번들거렸다. 저 정도라면 계란 프라이도 부칠 수 있을 것 같다. 그는 두 눈으로 힐끔 나를 쳐다보았다. 그를 볼 때마다 히치콕이 떠오른다. 단 히치콕의 얼굴에 기분 나쁜 인상을 그려넣어야 한다.

"뭐, 그 건에 관련된 일이겠지? 그렇게 하게. 다른 직원들한테는 내가 적당히 말해 두겠네."

"감사합니다."

"그건 그렇고, 미나시 씨. 일은 어떻게 되고 있나?"

"지금은 아직, 아무것도 알아내지 못했습니다."

가리타는 다니구치 악기의 기획부장이다. 내 자리는 기획부에 있고, 나는 사내에서 그를 부장님이라고 부른다. 하지만 가리타는 내 상사가 아니다.

사실 그는 나의 클라이언트다. 약 한 달 전, 다니구치 악기는 내가 경영하는 도청전문 탐정사무소 '팬텀'에 일을 의뢰했다. 가리타는 의뢰인인 다니구치 악기의 다니구치 이사오 사장과 함께 내 사무실을 방문했다.

……경쟁업체인 구로이 악기가 우리 회사의 악기 디자인을 도용하고 있는 것 같소. 당신이 그 증거를 좀 찾아주시오.

가리타의 말에 따르면 다니구치 악기가 새로운 디자인으로 상품을 기획하고 제작할 때마다 한발 앞서 경쟁업체인 구로이 악기가 완전히 똑같은 상품을 출시한다고 했다.

나는 의뢰를 받아들였다. 계약기간은 1년, 사실만 밝혀내면 그동안 탐정을 하면서 받은 보수 중에서 가장 큰 금액을 받을 수 있는, 엄청난 건수였다.

나는 경력직으로 채용된 것처럼 위장해서 다니구치 악기에 잠입했다. 그리고 매일같이 구로이 악기의 본사 건물에 열심히 귀를 쫑긋 세우고 있었다. 구로이 악기의 본사는 옥상에서 보이는 그 건물이다. 5층밖에 안 되는 건물이어서 별로 높지는 않지만, 각 층이 터무니없이 넓어서 생각보다 작업이 힘들다.

"뭔가 밝혀내는 대로 연락드리겠습니다. 그럼 오늘은 이만 가보겠습니다."

"그래, 수고했네."

가리타에게 인사를 한 다음 나는 한 손에 가방을 들고 사무실을 나갔다.

엘리베이터 버튼을 누르고 20초쯤 지나서 문이 열렸다. 안에 있던 젊은 여자가 내리기를 기다렸다가 올라탔다. 고급스러운 향수의 잔향이 코를 간질였다. 경리부에 근무하는 저 여자 이름이 마키노라 그랬던가? 상당한 미인이지만 내 얼굴을 보고 눈살을 찌푸린 것이 영 마음에 들지 않는다.

"눈살을 찌푸리는 게 당연한 건가."

닫힌 엘리베이터 문의 반짝반짝 닦인 스테인리스로 내 얼굴이 또렷하게 비춰졌다. 제법 잘생겼는데. 나도 모르게 쓴웃음을 지었다.

사실 이 평범하지 않은 귀는 탐정 일을 하는 데 커다란 제약이 되기도 한다. 일단 눈에 너무 잘 띈다.

"숨길 방법이야 얼마든지 있으니까."

나는 가방에서 헤드폰을 꺼내 귀에 장착했다. 음악을 좋아하는, 평범한 샐러리맨의 모습이다. 귓속에 꽂는 이너이어폰도 아니고 귀 바깥에 대는 개방형도 아니다. 밀폐형인데, 세로가 길고 귀를 완전히 감쌀 수 있을 만큼 무지막지하게 크다. 게다가 열 개가 넘는 버튼이 달려 있다. 이것만 쓰면 훌륭한 위장술이 된다. 헤드폰은 눈에 띄지만, 귀는 눈에 띄지 않는다. 이독제독(以毒制毒), 즉 독을 없애는 데 다른 독을 사용한다. 아니 좀 다른 말인가. 굳이 헤드폰이 아니라 방한용 귀마개를 해도 상관은 없다. 하지만 여름에는 어울리지 않아서 결국 이걸 선택했다.

가벼운 발걸음으로 다니구치 악기 건물의 정문을 빠져나갔다.

"호사카가 아직 있으려나."

휴대전화로 사무실에 전화를 걸었다. 벨이 울리기 무섭게 목소리가 들렸다.

—감사합니다. 탐정사무소 팬텀입니다.

여전히 기운 없는 목소리. 안경을 쓴 콩나물 같은 호사카의 얼굴이 떠올랐다.

"나야. 오늘 아무 일 없었어?"

—아아, 미나시 씨. 수고 많으시네요. 음, 그러니까 말이죠…… 으악!

비명 소리가 들리더니 호사카의 목소리가 사라졌다. 다시 그의 목소리를 듣는 데 20초 정도가 걸렸다.

－죄송해요. 수화기를 떨어뜨렸어요. 그러니까 오늘은 업무와 관련된 전화는 없었어요.

"다른 건?"

－세무서에서 전화가 왔어요. 사무실 소득 신고가 안 되어 있으니까 한번 방문해달라고요.

"그건 냅두면 돼."

나는 전화기에 콧김을 내뿜었다.

"그럼 호사카는 그만 퇴근해. 수고 많았어. 아참."

나는 호사카에게 팬텀에 조만간 새로운 멤버가 생길 것 같다고 말했다. 그는 아주 기쁜 듯이 소리를 질렀다. 여자라는 말까지 덧붙이자 "앗싸!" 하고 20대치고는 진부한 감탄사를 질렀다.

－아아, 미나시 씨. 저요, 앞으로도 계속 미나시 씨하고 함께 할 거예요오!"

🐵 귀여워요, 그 귀

나흘 뒤인 금요일, 아침 7시 20분.

－자, 그럼 시작합니다. 마니마니마니악 퀘스천!('ABBA'

의 노래 「Money, Money, Money」의 후렴구)

라디오 소리에 눈을 떴다. 옆방인 203호실에서 나는 소리다. 초등학생 쌍둥이 딸들과 엄마가 살고 있다. 아침에 시계 대신에 라디오 알람을 맞춰 놓고 있는데, 내 자명종 역할도 해주고 있다. 직접 시간을 설정할 필요가 없어서 편하다.

신주쿠의 뒷골목에 있는 2층짜리 고물 아파트 '로즈 플랫'의 202호가 팬텀 사무소 겸 내 집이다.

-그럼 먼저 지난주 문제 정답부터 발표하죠. 아주 무서어우운 영화를 만든 감독으로 이름을 거꾸로 읽으면 일본어가 되는 사람은 누구일까요? 힌트는 「더 링」. 자, 정답은?

"고아 버빈스키."

-고아 버빈스키죠! 아하핫, 이름을 거꾸로 읽으면 '아고 (顎, '턱'이라는 뜻-옮긴이)'가 되죠? 「더 링」은 다 아시다시피 일본영화 원작의 헐리우드판 호러영화죠. 참고로 주인공역인 나오미 왓츠는 「킹콩」에서도 주연을 했습니다. 정답을 맞히신 분, 축하드립니다!

바닥에 굴러다니던 전기면도기를 집어 들었다. 오늘 아침은 다른 날보다 옷차림에 조금 더 신경을 써야 했다. 왜냐하면 드디어 그녀에게 팬텀의 일원이 되어달라고 요청할 계획이기 때문이다.

-이어서 오늘의 마니마니마니악 운세! M자형 탈모인 사

21

람은 약간 길하고, 안짱다리 걸음인 사람은 보통. 고양이 알레르기가 있는 사람은 대흉. 그리고 오늘의 대길은, 두두두…… 귀가 특이하게 생긴 사람!

"와아!"

나도 모르게 소리를 지르고 무릎을 탁 쳤다. 이 얼마나 근사한 운세인가! 나는 어느새 전기면도기를 마이크 삼아 「낭만비행」(일본 밴드 '코메코메 클럽'의 열 번째 싱글에 수록된 곡- 옮긴이)을 2절까지 불렀다.

어두워지지 않도록 라잇 어웨이…….

어쩐지 예감이 좋다.

결론부터 말하면 성공이었다. 그것도 생각보다 싱겁게!

그날 저녁 8시가 넘은 시각, 신주쿠 교엔 근처에 있는 '지하의 귀'라는 바에서 나는 그녀와 나란히 앉아 있었다.

"'겨울 동(冬)' 자에 '그림 회(繪)' 자를 써서 후유에?"

"그래요. 그래서 후유에. 특이한 이름이죠?"

커다란 선글라스를 쓴 후유에가 빙긋 웃었다. 약간 당황스러웠다. 카운터에 팔꿈치를 걸치고 그녀를 다시 바라보았다.

"표정이 왜 그래요? 아무리 흔치 않긴 해도, 그 정도까지 특이한 이름은 아닌데?"

"그게, 전에 알던 사람 중에 비슷한 이름이 있어서……."

아키에(秋繪)와 후유에(冬繪). 우연이라는 건 섬뜩하다.

"성은 뭔데?"

"나쓰카와(夏川). 부모님이 여름과 겨울로 균형을 맞추려고 하셨나 봐요."

"나쓰카와 후유에라."

아키에의 성은 아쉽게도 하루카와(春川)가 아니라 노무라(野村)였다. 만약 성까지 비슷했다면 너무 운명적이다. 오싹할 정도로.

"'미나시'라는 성도 흔하지 않은데."

"그럴지도. 고향인 아오모리 현에서도 우리 집밖에 없었어. 사람 수로 따지면 나하고 부모님, 세 사람뿐이지. 그랬는데, 초등학교 2학년 때 결국 나만 남게 됐어."

"부모님이 돌아가셨어요?"

후유에는 고개를 갸우뚱하고 내 얼굴을 바라보았다.

"응, 돌아가셨어. 어느 겨울날 아침, 갑자기 집 지붕이 무너져서. 지붕에 쌓인 눈을 쓸어내는 일을 게을리 했더니 그무게를 견디지 못했나봐. 나는 그럭저럭 간신히 도망쳤는데, 아버지와 어머니는 그 자리에서 돌아가셨어. 알아보지못할 정도로 시신이 훼손된 거 같아. 참고로 나는 전혀 보진못했어."

"그랬구나……."

"그러고 나서 도쿄에 있는 시설에 들어갔어. 이름이 미나시 고이치로다 보니, 거기 학교에서 애들이 얼마나 놀리던지. '미나시고(みなしご, '고아'라는 뜻-옮긴이) 이치로'라면서 말이야. 그리고 어느 날, 한 아이가 국어시간에 다른 말장난이 가능하다는 사실을 깨달은 뒤로는……."

그다지 즐거운 화제가 아니라는 사실을 깨닫고 이야기를 마무리 지었다.

"내 이야기는 이만하면 됐구."

"주문하신 거 나왔습니다."

낡은 황토색 재킷을 걸친 마스터가 하이볼 두 잔을 들고 나타났다. 얼굴마저 재킷과 비슷한 황토빛을 띠고 있는 그가 피곤해 보였다.

"웬일이세요, 미나시 씨. 다른 분을 데려오시다니."

마스터의 목소리는 언제 들어도 중병에 걸린 환자 같다. 언젠가 죽은 지 사흘 정도 지난 그의 시신이 이곳에서 발견됐다는 뉴스를 보게 되는 날이 틀림없이 올 것이다. 그때 나는 뉴스 화면 가장자리에 살짝 모습을 비출 작정이다.

"내가 여자 손님이랑 오면 이상해요?"

마스터는 소리 없이 웃으며 다시 카운터 쪽으로 들어갔다.

'지하의 귀'는 유흥업소의 네온사인에 둘러싸인 가파른 계단을 내려간 곳에 있는데, 실내는 뱀장어처럼 가늘고 기다랗다. 검은 곰팡이가 핀 나무문 안쪽에 카운터가 있고, 그 앞에 등받이가 없는 작은 의자 열 개가 늘어서 있다. 나와 같은 로즈 플랫에 살고 있는, 탐정 스승인 노하라 영감님이 예전에 가르쳐준 바다.

"조용한 곳이네요."

"나도 다른 손님이 있는 걸 본 적이 없어."

이래가지고 어떻게 장사를 하겠다는 거야. 뭔가 뒤로 돈 되는 이상한 짓이라도 하는 건 아닌지 나는 항상 의심을 품고 있었다.

"미나시 씨."

후유에가 얼굴을 가까이 들이대며 속삭였다.

"팬텀 직원이 되면 정말로 맨션을 얻어주시는 거예요?"

나는 고개를 크게 끄떡였다.

"우리 집 겸 사무실이 이 근처에 있어. 당신 집도 이 부근에 빌릴 거야. 자동장금장치가 달린 새 집인데, 어제 부동산에서 방 한 개에 식당과 부엌이 딸린 집이 하나 비어 있는 걸 확인했어."

"월세가 만만치 않을 텐데요?"

"그래. 깜짝 놀랄 정도로 비싸지. 하지만."

나는 재킷 주머니를 툭툭 쳤다.

"걱정할 거 없어. 이래 봬도 제법 있다구."

실은 거짓말이었다.

돈이 전혀 없는 건 아니지만, 신주쿠의 신축 맨션을 하나 빌리면 통장은 순식간에 바닥을 드러낼 것이다. 하지만 이번 건만 성공하면 11개월 뒤에는 다니구치 악기에서 거액의 보수가 들어온다. 그때까지 버티면 된다. 물론 일이 잘 풀릴 경우이긴 하지만.

"갑자기 죄송합니다만.……"

오늘 아침, 우치보 선의 지바 역에서 그녀에게 말을 걸었다. 화요일부터 3일 동안 잠복하면서 그녀가 타는 차량은 이미 파악해 두었다. 지바 역에서 소부 선으로 갈아타는 것까지.

그녀는 검은 선글라스 너머로 나를 바라보았다. 나는 일부러 머리에 헤드폰을 쓰지 않았다. 나중에 이 귀를 보여줄 거라면 차라리 지금 보여주고 제안을 결정하라고 말해주는 편이 나을 것이다. 분명 놀랄 거라고 생각했다. 평범하지 않은 귀를 지닌 낯선 남자가 갑자기 길을 막고 말을 걸었으니 소리를 지르며 도망간다 한들 이상한 일도 아닐 테니까.

"내 사무실에서 일 안 하실래요?"

단도직입적으로 말을 꺼냈다. 준비하고 있던 내 명함을 재빨리 그녀에게 들이밀고 붐비는 인파 속에서 설명을 했다. 내가 탐정이라는 것. 타깃인 모 기업의 직원들 대화를 몰래 엿듣고 있다가 우연히 그녀의 존재를 알게 되었고, 때마침 일손이 부족해서 역량 있는 직원이 필요하다는 사실까지. 그녀의 반응은 뜻밖이었다.

"관심이 가긴 하네요."

그리고 미소를 지었다.

"그럼 8시에 여기서 기다릴게요."

나는 그녀에게 이 '지하의 귀'의 성냥갑을 건넸다.

"솔직히 말하면 당신이 여기에 와줄 거라고는 기대하지 않았어. 이걸 벗고 당신한테 말을 걸었으니까."

나는 한쪽 헤드폰을 약간 들어올렸다. 후유에는 어깨를 움츠리며 고개를 살짝 저었다. "귀여워요, 그 귀."

귀엽다.

하마터면 의자에서 미끄러질 뻔했다. 이 여자, 지금 제정신인가.

"헤드폰을 그냥 벗어버리지 그래요?"

커다란 선글라스 밑에서 빨간 초승달을 기울여 놓은 것처럼 얇은 입술 끝이 올라갔다. 순간, 후유에의 얼굴만 빼고 주변이 모두 깜깜해진 것 같았다.

"귀엽다구?"

나는 입속말로 중얼거렸다. 감미로운 전율이 등줄기를 타고 내려갔다. 당황해서 헛기침이 나온다. 나는 하이볼 잔을 입으로 가져갔다.

"그렇게 말하는 사람 없었는데. 모두 이 귀를 기분 나쁘다, 무섭다……."

"내 눈보다 훨씬 괜찮은데요, 뭘."

후유에는 자신의 선글라스의 아래쪽 테를 가리켰다.

"어렸을 때부터 이 눈 때문에 얼마나 놀림을 당했는지 몰라요."

나는 아무 말도 하지 않고 그녀의 얼굴을 응시했다.

"여기 좀 보세요."

후유에는 고개를 숙여 정수리를 보여주었다. 윤기가 흐르는 검은 머리카락 사이에 희미한 흉터가 있었다.

"이게 뭐 같아요?"

"글쎄……."

무언가가 머리 위로 떨어졌던 게 아닐까 생각했는데, 아니었다. 그 반대였다.

"이거, 자살하려고 뛰어내렸다가 남은 흔적이에요."

"투신자살도 미수가 있구나."

"맞아요. 장소를 잘못 고르면 미수에 그치죠. 초등학교 시절에 살던 단층집 지붕에서 마당으로 뛰어내렸는데, 멀쩡했어요. 커다란 혹이 생기고 약간 피가 나고, 그게 다예요. 나

를 놀렸던 반 아이들 이름을 전부 적어서 주머니에 넣고 뛰
어내렸는데."

후유에는 웃으며 하이볼 잔을 한 모금 마셨다.

"그런 아이들은 도무지 이해가 안 돼."

나는 솔직하게 말했다.

"당신 눈은 근사해. 태어나서 지금까지, 30년 넘게 살면
서 당신 눈처럼 근사한 눈을 본 적은 없어. 정말이야, 이렇게
근사한 눈은 처음 봐."

괜한 겉치레 말이 아니었다. 바로 조금 전, 그녀가 옆으로
고개를 돌렸을 때 나는 선글라스의 안쪽을 봤다. 그곳에는
두 눈이 자리 잡고 있었다. 한없이 근사한 한 쌍의 눈이.

"고마워요."

후유에는 무뚝뚝하게 대답하고 나에게서 얼굴을 돌렸다.
내 말을 믿지 않는 것 같았다. 너무 과도하게 칭찬을 하면 속
내를 내비치게 될까봐, 나는 어깨를 움츠리며 카운터 쪽으로
고쳐 앉았다.

바로 그날 밤, 후유에는 팬텀의 직원이 되기로 약속했다.
나는 하늘을 날 것 같은 기분에 젖어 술을 실컷 들이켰다. 후
유에도 내 기분에 맞춰 술을 같이 마셔주었다. 바 안쪽에서
마스터가 가끔씩 우리를 힐끔힐끔 살펴봤지만, 나는 그다지
신경 쓰지 않았다.

섣달 초하루. 그해 모처럼 도쿄에 눈이 온 그 날, 후유에는
내가 마련한 맨션으로 이사를 했다. 팬텀의 일원이 된 그녀
는 당장 그날 밤부터 일을 하게 되었다.

"다니구치 악기?"

나의 오래된 미니쿠퍼를 타고 가다가 조수석에서 앉은 후
유에의 목소리가 뒤집어졌다.

"그래. 거기가 이번 클라이언트야. 근데 얼굴이 왜 그래?"

"저…… 그게 그러니까…… 유명한 악기 회사라서 좀 놀
란 것뿐이에요."

"큰 기업일수록 탐정을 고용해서 이것저것 캐내기 마련이
야."

나는 후유에에게 다니구치 악기의 의뢰내용과 지금까지
의 진척상황을 대강 설명했다.

"클라이언트한테 보고하는 건 미나시 씨가 하는 거죠? 내
가 다니구치 악기 사무실에 들어가는 일은……."

"응, 그런 일은 없을 거야. 내가 거기 직원으로 위장하고
있거든. 근데 당신이 다니구치 악기 사무실에 들어가게 된다
면 뭐 곤란한 일이라도 있어?"

"당연하죠. 실내에서 선글라스를 쓰고 있을 순 없잖아요."

"아아, 그런 거구나."

앞 유리의 눈을 와이퍼로 털어내며 야스쿠니 길로 핸들을 꺾었다. 늦은 밤, 간선도로에는 택시의 미등만이 반짝였다.

"그래서 내가 할 일은요?"

"일단 구로이 악기에 들어가 있어. 상황을 파악하면서 지시를 할 테니까 당신은 내가 시키는 대로 움직이면 돼."

"하지만 건물 안에는 경비가 있잖아요?"

"그러니까 내가 지시를 내리겠다는 거야. 내가 이 귀로 건물 안에서 들리는 발소리를 파악하면 경비가 어디를 걷는지 알 수 있잖아. 당신이 어디로 움직여야 하는지 휴대전화로 알려줄게."

"건물 내부는 알아요?"

"다 알아. 휴일에 건물 안을 몇 차례 돌아다녔거든. 정기적으로 청소하러 오는 용역업체 사람들 속에 섞여서. 경비 앞에서는 청소 알바를 하는 척하고, 용역업체 사람들 앞에서는 상황을 점검하러 온 총무부 담당자인 척하구. 처음에만 잘 속이면 나머지는 식은 죽 먹기지."

다시 말해 다음과 같은 상황이다. 청소업체가 구로이 악기에 들리는 날 아침, 나는 미리 건물 뒷문에서 업체 사람들을 기다린다. 그리고 파란 작업복을 입은 청소 용역업체 직원들을 맞이한다.

"안녕하세요."

"좋은 아침입니다."

나는 그들에게 여유롭게 고개를 끄떡인다.

"네, 수고 많으십니다. 그럼 지난번처럼 거기 있는 인터폰으로 경비원을 불러주세요. 들어가서 바로 일을 시작해주시고요. 저는 담배 좀 사 오겠습니다."

"네."

"그러시죠."

용역업체 직원 한 명이 내 지시대로 뒷문 옆에 설치된 인터폰을 누른다. 나는 조금 떨어진 곳에 숨어서 상황을 지켜본다. 이윽고 경비원이 안에서 문을 열어주고, 작업복 차림의 사람들이 들어간다. 마지막 한 명까지 들어가는 것을 확인하고 잽싸게 뒤를 쫓아 들어간다. 그리고 경비원에게 꾸벅 인사를 하고 목소리를 약간 낮춰 말을 건넨다.

"수고 많으십니다. 그럼 바로 시작하겠습니다."

경비원은 가볍게 고개를 끄떡일 뿐, 아무런 의심 없이 나를 들여보내준다. 나는 건물 안에 들어가서 유유히 각 층을 돌아다닌다. 가끔 용역업체 직원들에게 "수고하세요"라는 인사를 건네는 것도 잊지 않는다. 볼일을 마치고 천연덕스럽게 나가면 상황 종료.

나는 조수석에 앉은 후유에게 설명했다.

"그렇구나."

후유에는 말을 그렇게 하면서도, 고개를 갸우뚱거렸다.

"하지만 당신이 그렇게 들어갈 수 있으면 굳이 내가 한밤 중에 숨어들 필요가 없잖아요."

"그게 말이지, 낮에는 잠긴 서랍을 뒤질 수가 없어. 쭈그려 앉아서 서랍을 열다가 들키면 끝장나니까. 지금 저 건물은 보안이 허술해서 우리 같은 전문가한텐 누워서 떡 먹기야. 하지만 수상한 짓을 하다가 들키기라도 하면 틀림없이 경비 시스템을 강화할 거야. 그럼 그 어떤 탐정도 쉽게 접근할 수 없을걸."

후유에는 팔짱을 끼고 길게 숨을 내쉬었다.

"하지만 숨어들어야 한다는 건 좀……. 실패해도 난 몰라요."

"걱정 마. 난 당신을 믿어."

앞에 구로이 악기 건물이 나타났다. 핸들을 꺾어 바로 앞 골목으로 들어갔다. 속도를 늦추고 천천히 건물 주변을 돌다가 눈에 띄지 않는 골목 뒤에 차를 세웠다. 여전히 눈이 내렸다. 하지만 12월의 눈이라서 쌓이지 않고 길 위에 떨어지자마자 스며들 듯이 자취를 감추었다.

시간은 밤 1시 20분. 나는 후유에에게 휴대전화를 건넸다.

"당신을 위해 만든 비밀무기야."

"이 휴대전화가요?"

후유에는 휴대전화를 받아들고 얼굴 가까이 가져가서는 이리저리 찬찬히 살펴보았다.

"핸즈프리야. 그 줄을 목에 걸면 돼. 그래. 옆에 이어폰이 있지? 그걸 귀에 꽂아."

후유에가 시키는 대로 하는 동안 나는 재킷 주머니에서 내 휴대전화를 꺼냈다. '잠입용 비밀무기 No.001'이라고 저장한 번호의 통화버튼을 눌렀다. 신호음 없이 자동으로 통화상태가 되었다.

"들리지?"

휴대전화의 송화구에 대고 속삭였다. 후유에는 놀란 듯이 이어폰에 손을 얹었다.

"벌써 연결됐네. 화면 불도 안 켜졌는데."

"당연하지. 가슴에 반짝거리는 걸 늘어뜨리고 있어봐. 당장 눈에 띄지."

"내가 말을 걸려면 어떻게 해요? 마이크가 없는데."

"마이크 같은 건 필요 없어. 평소처럼 말하면 돼."

나는 내 귀를 가리켰다.

"혼잣말도 다 들리니까 걱정할 거 없어."

후유에는 무슨 말인지 알아듣고 고개를 끄떡였다.

"아아, 그랬지."

"그리고 하나 더."

나는 뒷좌석에서 봉투를 집어 들고 후유에에게 건넸다. 싸구려 종이로 뒤에 'Lock & Key 요시마루'라는 글씨가 검은색으로 인쇄되어 있다. 안에는 새 열쇠가 하나 들어 있다.

"구로이 악기의 뒷문 열쇠야."

"이런 걸 어떻게 구했어요?"

"건물 안을 돌아다닐 때 경비실에 걸려 있던 걸 잠시 빌려서 사무실 복사기로 복사했어. 잘 아는 열쇠집만 있으면 그 모양만 보여줘도 복제가 가능하거든."

"할 수 있는 일은 다 하는군요."

"탐정이잖아. 그럼 슬슬 시작해볼까. 오늘 밤은 사전 연습하는 마음으로 편하게 해보자구."

"제대로 지시해주는 거죠?"

"걱정 마. 오늘은 잠긴 서랍 두세 개만 살펴볼 거야. 서랍은 내 도구로 열래? 아니면 당신이 쓰던 걸로 할래? 당신 게 편하면……."

내 말에 후유에의 표정이 굳어졌다.

"왜?"

잠시 말없이 내 얼굴을 응시하던 후유에는 낮은 목소리로 물었다.

"알고 있었어요?"

"당신이 탐정이었던 거? 물론이지."

나는 가볍게 웃음을 지었다.

"역에서 말을 걸기 전에 조사 좀 했지."

지바 역에서 처음 후유에를 미행했을 때 얼마나 놀랐는지 모른다. 그녀가 간 곳은 야스쿠니 신사 부근에 있는 2층 건물. 그곳에 걸려 있던 '요쓰비시 에이전시'라는 간판. 탐정업계에 종사하는 사람이라면 다 아는 곳이다. 지금 하루가 다르게 커나가고 있는 탐정회사다. 어찌된 영문인지 최근 이 지역 탐정회사가 잇따라 문을 닫고 있는 상황에서 요쓰비시 에이전시만은 꾸준히 직원 수를 늘리고 영역을 확대하고 있다.

"평범한 사무직 여사원이 내 사무실에서 일하겠다고 쉽게 대답할 리가 없잖아. 갑자기 탐정 일을 도와달라는데 누가 오케이를 하겠어. 모른 척한 거 미안해. 하지만 그건 당신도 마찬가지 아니야?"

"무슨 말이죠?"

"이 업계 사람이라면 내 이름 정도는 들어봤을 텐데."

오랜 침묵이 흐른 뒤 후유에는 어색하게 고개를 끄떡였다.

"한번 만나보고 싶다는 생각은 했어요."

"이거 영광이군. 그건 그렇고 서랍은 뭘로 열 거야?"

"내 걸로 할게요."

단념한 듯 고개를 설레설레 흔들고 후유에는 뒷좌석에서

검은 가죽 배낭을 집어 들었다. 역시 가지고 왔나 보다.

"조심해."

후유에는 살짝 고개를 끄떡이고 조수석에서 내렸다. 가느다란 등이 어두운 골목에서 점점 멀어졌다.

나는 등을 기대고 앉아 팔짱을 끼고 가만히 귀를 기울였다. 구로이 악기 건물 안은 조용했다.

첫 번째 잠입작전

30초쯤 지나자 후유에가 건물 안에서 속삭였다.

-미나시 씨, 들려요?

"그래, 들려."

나는 팔짱을 낀 채로 대답했다. 하지만 후유에에게 들릴 리가 없다. 휴대전화를 들어 송화구에 대고 다시 대답했다.

"들려."

-지금 뒷문으로 막 들어왔어요. 근처에 누가 있어요?

"괜찮아. 돌아다니는 사람은 아무도 없어. 근데 경비실에 경비가 한 명 있는 거 같아. 아까부터 무슨 소리가 들려."

간헐적으로 얇은 종이를 넘기는 소리였다.

"신문이나 잡지를 읽나 본데. 소리 나지 않게 조심해."

-오케이.

탁, 탁, 탁. 후유에는 천천히 복도로 걸어갔다. 나는 숨을 죽이고 귀를 기울였다.

"우측에 계단이 보일 거야. 그 계단으로 5층까지 올라가. 제일 꼭대기 층이야."

후유에는 대답을 하지 않았지만, 발소리가 미묘하게 달라지고 있다. 그 소리를 듣고 내 말대로 계단을 오르고 있다는 걸 알았다.

-5층이에요.

"그럼 좌측 복도로 걸어가. 오른쪽 세 번째 유리문이야. '기획부'라고 붙어 있을 거야. 항상 열려 있으니까 걱정 마."

탁, 탁, 탁…… 달칵. 아마도 '기획부'의 문을 여는 소리일 것이다.

"좋았어. 책상이 세로로 세 줄 있을 거야."

나는 청소용역업체 직원들 틈에 섞여서 들어갔을 때 본 광경을 머릿속에 떠올렸다.

그동안 도청을 하면서 그 부서의 도미타 과장이라는 남자가 가끔 구로이 사장과 사장실에서 밀담을 나누는 사실을 알고 있었다. 단지 대화를 하는데 '그 건'이니 '그 서류'라는 모호한 표현이 많아서 그것이 악기 디자인의 도용에 관련되어 있는지는 아직 파악할 수 없었다.

"좌측 열 제일 안쪽에 도미타라는 남자의 책상이 있어. 그 서랍을…….'"

달칵. 다시 한 번 똑같은 문소리가 들린다.

후유에는 방을 나간 걸까?

"왜? 왜 나가?"

달칵. 또 들린다.

"이봐, 후유에. 뭐하는 거야?"

-안 열려요.

"안 열려? 그 문은 안 잠겨 있을 텐데. 아아, 아니지."

그 문이 열려 있다고 생각했던 건 휴일에 용역직원들과 함께 들어갔을 때 잠겨 있지 않았기 때문이다.

"그래, 맞다. 그건 경비가 그날 아침에 열어 뒀던 거구나. 청소하러 오니까 일부러…….'"

잘못 생각했다. 생각해보면 직원들이 없는데 사무실 문이 열려 있는 것이 훨씬 부자연스럽다. 그렇지만 지금 문 앞에 서 있는 사람은 전직 요쓰비시 에이전시의 직원이다. 그깟 게 뭐가 문제겠는가.

"열 수 있겠어? 핀실린더 자물쇠야.'"

그 문은 열쇠 홈이 일치해야 돌아가는 형태였다.

-해볼게요.

스르륵 옷이 스치는 소리. 곧이어 작은 개가 짖듯 높은 음이 짧게 울린다. 배낭을 등에서 내리고 지퍼를 연 것이다.

한동안 금속음만 들렸다. 나는 가만히 귀를 기울이고 작업이 끝나기를 기다렸다.

-됐어요, 열었어요.

2분 조금 넘게 걸렸다.

"잘했어. 이제 방으로 들어가."

달칵. 이번에야말로 정말 문을 여는 소리다.

-좌측 열 제일 안쪽 책상이었지.

방을 가로질러가는 후유에의 발소리.

-아, 이거구나. 우측 아래 서랍만 잠겨 있어요. 다른 서랍은…….

철제 서랍이 미끄러지는 소리. 빠르게 종이를 넘기는 소리.

-특별히 중요해 보이는 서류는 없어요.

"알았어. 우측 아래 커다란 서랍을 열어봐."

-오케이.

이번에는 채 1분도 안 되어 잠긴 서랍을 열었다.

"어때? 악기 디자인과 관련된 서류는 있어?"

-아니…… 잘 모르겠어요. 여러 곳에서 받은 견적서라든지, 악기 사양서들이 파일로 처리되어 있어요.

"얼마나 있어?"

-한 100장 정도.

"창가에 제록스 복사기, 보이지? 거기서 다 복사해. 빛이 창밖으로 새지 않게 조심하고."

-카디건이 하나 의자에 걸쳐 있어요. 그걸로 덮을게요.

기계가 작동하는 소리. 원고를 끼우는 소리. 싹, 싹, 싹. 후유에가 끼운 서류뭉치가 연이어 복사기에 빨려 들어간다. 착, 착, 착. 트레이에서 종이가 나온다.

-끝났어요.

종이를 가볍게 정리하는 소리. 책상 서랍을 여닫는 소리. 복사한 원본을 다시 파일에 끼워서 책상 서랍에 넣어 둔 것이다.

"서랍, 다시 잠그는 거 잊지 마."

-방금 잠갔어요.

"미안. 노파심에서 그만……. 잠겨 있지 않으면 나중에 문제가……."

나는 숨을 뚝 멈췄다.

탁, 탁, 탁, 탁, 탁…….

"어쩌지. 경비가 순찰을 도는데."

경비원은 1층 복도를 중간에 돌아서 천천히 계단을 올라왔다. 2층을 지나고, 3층도 무시하더니 4층까지 그대로 지나쳐서…….

"그리로 가는데."

–괜찮아요. 빨리 도망가면 돼요.

"그 전에 방문을 밖에서 다시 잠가야 돼. 열려 있으면 들어갔던 게 들켜."

–무리예요.

"해야 돼. 침입했던 걸 알면 보안을 강화할지도 몰라. 그럼 더 이상 아무것도 할 수 없어."

말을 끊고 나는 경비원의 발소리에 귀를 기울였다.

"지금 계단에서 5층 복도로 나왔어. 당신과 같은 층이야. 점점 가까워지고 있어."

경비원이 열쇠다발을 달그락거린다. 첫 번째 사무실 문에 열쇠를 꽂는 소리. 곧바로 사무실 안으로 들어오는 발소리가 들린다. 기획부는 경비원이 올라온 계단에서 보면 세 번째 문이다. 경비원은 첫 번째와 두 번째 사무실을 둘러보고 후유에가 있는 사무실로 올 것이다.

"경비가 지금 첫 번째 방으로 들어갔어. 빨리 복도로 나와. 문 잠그는 거 잊지 말고."

후유에가 민첩하게 움직이는 소리. 희미한 금속음. 경비원의 발소리가 첫 번째 방을 천천히 돌고 다시 문 쪽으로 돌아간다.

"안 되겠어. 다시 들어가."

달그락. 경비원이 들고 있는 열쇠다발 소리. 문이 열리는 소리. 발소리가 두 번째 사무실 안으로 이동한다.

"지금이야. 빨리 나와. 문을 잠가. 마지막 기회야."

경비원은 두 번째 사무실 안을 천천히 안쪽까지 걸어간다. 그리고 잠시 걸음을 멈춘다. 탁, 탁, 탁……. 발걸음을 돌린다.

"서둘러."

금속음이 불안정하다. 초조해진 후유에가 손을 제대로 움직이지 못하고 있다. 경비원은 벌써 두 번째 문을 나오려고 한다. 복도로 나오면 바로 단번에 후유에를 발견할 것이다.

"후유에……."

달칵. 핀실린더가 돌아갔다.

"신발 벗고 반대쪽 계단까지 뛰어!"

후유에의 발소리가 사라진다. 경비원이 두 번째 방문으로 다가간다. 문을 연다. 닫는다. 잠근다. 복도를 걸어간다.

발걸음은 일정하다. 다행히 들키지 않은 모양이다.

나는 시트에 털썩 기대었다. 웬일로 얼굴이 온통 땀범벅이다.

"10년 감수했네……."

잠시 후, 후유에가 돌아왔다. 그녀는 조수석 문을 열고 무너지듯이 시트에 몸을 기댔다.

"떨려서 죽는 줄 알았어요."

"수고했어. 처음부터 운이 없었네."

크게 숨을 쉬더니 후유에는 "앗" 하고 소리를 질렀다.

"미나시 씨. 나 장갑을 안 끼었는데, 괜찮을까요?"

"지문 때문에? 그런 거 아무도 조사 안 해. 살인사건이 일어나면 몰라도. 그리고 내일은 토요일이라서 청소업체 직원들이 갈 거야. 당신이 만진 문하고 복사기 그리고 책상도 반짝반짝하게 닦아줄 거니까 걱정 마."

그때 나는 알아차려야 했다. 아무리 꼼꼼한 청소업체 직원들도 닦지 못하는 곳이 있다는 것을.

로즈 플랫

다음 날 점심때가 지나서 나는 미니쿠퍼로 후유에의 맨션에 들러 그녀를 태우고 곧장 로즈 플랫으로 돌아갔다.

아침 일찍 후유에가 전화를 했다.

─어제 그 서류, 어땠어요?

"아쉽네. 아무것도 없었어. 한 장, 한 장 찬찬히 살펴봤지만 디자인 도용하고는 전혀 상관없어."

─그래요? 실망이네요.

하지만 말투는 별로 실망하지 않은 것 같다.

─지금 당신 사무실에 가도 돼요?

"여길?"

-직원이 사무실에 가는 게 이상해요?

"이상하진 않은데…… 대신에 놀라지 마."

-무슨 말이에요?

"뭐, 이것저것."

야스쿠니 길에서 벗어나 좁은 골목으로 들어갔다. 오래된 주택 사이를 느릿느릿 주행하여 로즈 플랫의 주차장에 미니 쿠퍼를 세웠다.

"신주쿠에도 이런 데가 있었네."

후유에는 차에서 내려 신기한 듯이 주위를 둘러보았다. 신주쿠 안이라는 사실이 믿어지지 않을 만큼 이 일대는 목조 주택과 창고가 즐비하다. 역 주변과 대로변만 알고 있는 사람들은 전혀 상상조차 못할 것이다.

"저거, 혹시 개집이에요?"

후유에는 아파트 정면의 현관 옆을 가리켰다.

"응, 집 지키는 녀석인데 이름은 잭이야. 저 개집 모양은 볼품없지만 의외로 튼튼하다구."

잭은 약 2년 전에 이 아파트에 온 늙은 잡종개다.

"아파트에 집 지키는 개가 있다니 신기한데요."

"그럴지도. 어, 너무 가까이 다가 가지 마. 저 녀석은 성질이……."

말을 마치기도 전에 잭이 개집에서 뛰쳐나왔다. 목에 걸린 개줄이 팽팽해졌다. 잭은 커다란 입으로 후유에의 다리 바로 옆에서 멍하고 짖었다.

"깜짝이야."

후유에는 가슴에 손을 대고 비틀거리듯이 뒷걸음질 쳤다. 그리고 개집을 보며 목을 길게 뺐다.

"개집 지붕 밑에 뭔가 붙어 있는데, 카드예요?"

"스페이드 11."

"11. 아아, 그래서 잭이구나."

후유에는 머리 회전이 참 빠르다.

"문패 같은 거예요?"

"그런가봐. 여기에 도헤이라는 친구가 사는데, 카드를 엄청 좋아하거든. 그 친구가 붙였어."

정문을 들어서는데 위에서 늘어진 목소리가 들렸다.

"오오, 비다시. 지금 오든구다."

노하라 영감님이다. 코가 좋지 않아서 말을 제대로 할 수가 없다. '미나시'를 '비단시(美男子, '미남자'라는 뜻-옮긴이)'로 발음하는 것이 의도적이지는 않을 것이다. 하지만 비아냥거리는 느낌은 지울 수 없다.

"영감님, 거기서 뭐하세요?"

노하라 영감님은 2층 창문에서 고개를 내밀고 흥미롭다는 듯이 이쪽을 내려다보고 있었다.

"아부것도. 갑자기 여잘 델구 왔구다 싶어서."

처음 듣는 사람들은 절대로 알아듣지 못하는 발음을 쏟아내더니 노하라 영감님은 혼자서 우하우하 웃었다. 나는 후유에게 귓속말로 속삭였다.

"노하라 영감님은 내 스승이야. 시설을 갓 나와서 아무것도 모르는 나한테 탐정의 기초부터 가르쳐주셨어. 지금은 다 그만두고 연금생활을 하지만."

그렇게 이야기를 해주고 있는데 2층 가장자리 창문이 드르륵 열렸다. "뭐, 여자라구?" 굵고 탁한 목소리를 내며 창문으로 고개를 내민 사람은 마키코 할머니다.

"미나시가 여자를 데리고 왔다구? 여자는 예쁘냐?"

"그래, 엄청 괜찮읏 여자야. 큼지박한 선글라스를 써서 얼굴읏 잘 안 보이지반, 날씬해. 버리도 찰랑거리고."

노하라 영감님이 멋대로 대답한다.

"거 잘됐네. 다음에 내가 찰밥 해가마."

"됐어요, 그런 거."

마키코 할머니도 로즈 플랫에서 산 지 오래됐다. 노하라 영감님과 마찬가지로 내가 오기 훨씬 전부터 이곳에 사는 것 같다.

두 사람이 또 이러쿵저러쿵 멋대로 떠들고 있었지만, 나는 안 들리는 척하며 후유에와 엘리베이터에 올라탔다.

"2층밖에 안 되는데도 엘리베이터가 있네요."

"그게 마음에 들어서 빌린 거야. 그랬더니 저렇게 별난 사람들하고 엮이게 됐지."

엘리베이터를 나와서 형광등이 반쯤 꺼진 복도를 걸어갔다.

"어머, 저기도 카드가 있네."

후유에는 내 사무실 문에 셀로판테이프로 붙여 놓은 색 바랜 하트 킹을 금방 알아차렸다.

"아까 그 잭이 스페이드 11이라는 건 알겠는데, 왜 미나시 씨가 하트 킹이에요?"

"글쎄. 도헤이가 무슨 생각을 하는지 모르겠어. 근데 페이스 카드면 뭐든 상관없지 않을까?"

"페이스 카드요?"

"그림 있는 거 말야. 그림 속 사람들은 모두 머리로 귀를 감추고 있잖아. 내가 항상 헤드폰이나 모자를 쓰고 있는 모습하고 비슷하다고 생각한 게 아닐까?"

거짓말이다. 하지만 후유에는 별 의심 없이 팔짱을 끼고 "아하" 하고 고개를 끄떡였다.

카드 위에 연필로 커다랗게 그어진 '×' 표시는 색이 바래서 지금은 거의 보이지 않았다. 그래도 나는 그 희미한 '×' 표시를 볼 때마다 가슴이 미어졌다. 사실 이제 이 카드를 떼어내고 싶었다. 하지만 좀처럼 그러지 못했다. 아키에의 얼굴이 아른거려서 도저히 마음을 다잡을 수가 없었다.

그때 옆집 문이 힘차게 열리고 두 목소리가 동시에 울렸다.

"미나시 아저씨, 안녕하세요?"

"언니, 안녕하세요?"

"이번에는 너희들이냐."

한숨이 절로 나왔다. 203호에서 뛰쳐나온 사람은 도우미와 마이미다. 붕어빵처럼 똑같은 일란성 쌍둥이 자매로 올해

초등학교 3학년이다.

"무슨 일인데?"

"그렇게 차갑게 말하지 마세요, 미나시 아저씨."

"그냥 인사하려고 했던 거예요."

얼굴만 봐서는 누가 도우미고, 누가 마이미인지 아직도 구분이 가지 않는다.

"조금 전에 노하라 할아버지가 창문 틈으로 얘기해줬어요."

"미나시 아저씨가 여자를 데리고 왔으니까 가보라고요."

어깨를 딱 붙이고 나란히 서 있는 두 아이의 모습은 마치 샴쌍둥이 같다.

"여자…… 그런 식으로 말하지 마."

"노하라 할아버지 흉내를 내본 거예요."

"비다시가 괜찮웃 여잘 델구 왔다."

"흉내 내려면 더 위대한 사람을 따라 해라. 자, 어서 들어가."

내가 손짓을 하자 도우미와 마이미는 작은 분홍색 입술을 동시에 삐죽거리면서 못마땅한 표정을 지었다. 둘이 동시에 뒤를 돌아 안으로 들어갔다. 그런가 싶더니 누구인지 모르지만, 한 명이 다시 복도에 고개를 쑥 내밀고 한 마디 덧붙인다. "언니, 미나시 아저씨 잘 부탁해요." 그리고 안으로 쏙 사라졌다. 잠시 후 문 안쪽에서 키득키득 웃음소리가 들렸다.

"정말 미안해."

후유에에게 사과를 하고 202호 문을 열었다.

"나 왔어."

문 바로 안쪽에 카운터가 있다. 그곳이 사무실의 접수처다. 전화담당인 호사카는 카운터 건너편에서 턱을 괴고 만화 속 인물처럼 꾸벅거리며 졸고 있다. 그의 얼굴은 유난히 하얗고 길어서 마치 콩나물이 바람에 흔들리는 것 같다. 콩나물 앞에는 일본 전국지도가 펼쳐져 있다. 여기에 앉아 있을 때면 항상 지도를 본다. 전국지도일 때도 있고, 각 지역의 지도일 때도 있다. 유일한 취미라나.

"그냥 자게 두자."

나는 후유에와 함께 살며시 카운터 옆을 지나서 안쪽 문에 손을 가져갔다. 그 너머가 사무실 겸 주거 공간이다.

"으음, 수고 많으시네요오."

후유에와 나는 목소리가 들리는 곳으로 고개를 돌렸다. 기척소리 때문에 깼나 보다.

"앗······."

후유에의 소리였다. 호사카를 보고 그녀는 소리를 지를 뻔한 입을 손으로 막았다.

"왜 그래?"

"아니, 그게…… 아무것도 아니에요."

후유에는 당황한 듯이 도리질을 하고 선글라스를 만졌다. 호사카는 동그란 안경 너머로 눈을 크게 깜빡거렸다. 집게손가락을 내밀며 붕어처럼 입을 뻐끔거렸다.

"미, 미나시 씨. 이분, 혹시 (뻐끔뻐끔) 그, 그, 그분이에요? 저번에 그, 미나시 씨가 얘기했던 (뻐끔뻐끔) 그, 바로 그……."

"진정해, 호사카. 여자를 생전 처음 보는 것도 아니잖아. 소개할게. 우리와 함께 일할 후유에 씨야."

"나쓰카와 후유에라고 합니다. 잘 부탁드려요."

"호, 호, 홋, 홋, 호사카라고 합니다아!"

호사카는 턱이 가슴에 닿을 정도로 머리를 숙였다.

나는 후유에를 문 안쪽으로 안내했다.

"지저분하지. 그냥 신경 쓰지 마."

하지만 후유에는 신경이 쓰이는 눈치였다. 방을 보자마자 그녀는 "윽" 하는 신음 소리를 내뱉고 표정을 일그러트렸다.

"거기 소파에라도 앉아."

"소파가 어딨는데요?"

"신문 밑에. 다른 곳보다 조금 높고 폭신해서 금방 찾을 수 있을 거야."

한 10초쯤 걸려 후유에가 소파를 찾아냈다. 오래된 신문과 잡지를 옆으로 치우고 그녀는 조심스럽게 앉았다.

"방이 아니라 무슨 소굴 같아요."

"어쩌겠어."

여하튼 아키에가 나간 뒤로 7년 동안 이곳에 젊은 여자가 발을 들이는 일이 있으리라고는 상상한 적조차 없었으니까.

"여기 바닥에 온통 어질러져 있는 건 뭐예요?"

후유에는 발밑에 손을 뻗어 사방 2센티미터 정도의 기판(基板)을 집어 들고 의아하다는 듯이 눈살을 찌푸렸다. 기판에서 마흔 개 정도의 가는 색색의 코드가 뻗어 나오다가 뚝 끊겨 있다.

"버릴 거야. 어제 당신한테 준 도구 같은 걸 만들다 보면 버릴 게 나오거든."

"안 버렸잖아요."

"혹시 또 필요할지도 모르잖아."

후유에는 이해를 했는지 안 했는지, 어깨를 들썩이고 화제를 돌렸다.

"서류 같은 건 어딨어요?"

"무슨 서류?"

"클라이언트하고의 계약서 같은 거요."

"아아, 물론 그런 중요한 건 제대로 보관하고 있어. 하지만 영 자신이 없어서 꼼꼼한 호사카한테 맡겼지."

"실례합니다아."

꼼꼼한 호사카가 쟁반에 차를 들고 나타났다. 차를 건네면서 힐끔힐끔 후유에의 얼굴을 훔쳐본다. 후유에가 상냥하게 웃어주자 호사카의 얼굴은 데친 콩나물처럼 순식간에 붉어졌다. 아니, 콩나물은 데쳐도 빨개지지 않는다. 호사카는 변종 콩나물인지도 모른다.

차를 두어 모금 마시고 후유에가 일어섰다. 화장실에라도 가는가 싶었는데, "이제 그만 갈게요"라고 말한다.

"벌써?"

당황스럽다. 여기 온 지 아직 10분도 채 되지 않았다.

"네. 이삿짐 정리도 아직 남았구요."

맨션까지 차로 데려다준다고 했지만, 후유에는 고개를 저었다.

"고맙지만 살 게 있어서요."

"알았어."

"미안해요."

후유에는 현관을 나갔다. 나는 뒤통수를 긁적이면서 복도 저편으로 멀어져가는 그녀의 하이힐 소리를 들었다.

그녀는 대체 뭐하러 온 걸까.

"이 방이 그렇게 싫었나?"

아니면 로즈 플랫 자체가 마음에 안 들었던 걸까. 만약을 위해서 놀라지 말라고 했는데.

끙끙거리며 생각을 해봐도 알 수 없는 일이었다. 나는 기분이나 바꿔 보려는 마음에 방구석에 쌓아 둔 비디오테이프를 뒤적였다. 경애하는 이탈리아의 영화감독 루치오 풀치의 비디오테이프들이 대부분이다. 나는 그중에서 하나를 골라 비디오데크에 집어넣었다. 이럴 때는 역시 「좀비」가 최고다. 잔인한 묘사가 많은 풀치의 영화 중에서도 유혈이 낭자한 정도가 심하고, 스토리도 가장 엉망진창이라고 정평이 난 작품이다.

"미나시 씨, 후유에 씨가 너무 빨리…… 끄아악!"

호사카가 문 너머에서 고개를 내밀더니 기묘한 김탄사를 내질렀다. 그는 피와 폭력을 가장 싫어한다.

🐀 크기가 다른 식기 세트

다음 주 월요일 밤, 여느 때처럼 다른 직원들이 모두 퇴근하기를 기다렸다가 나는 가리타에게 다가가 일이 어떻게 진행되고 있는지 정직하게 보고했다.

"죄송합니다. 아직 이렇다 할 증거를 어느 것 하나 발견하지 못했습니다."

매일같이 구로이 악기 건물에서 들리는 소리를 꼬박꼬박 엿듣고 있지만 아무런 성과가 없었다. 조금씩 초조해지기 시작했다. 성공보수. 계약서에 쓰인 그 숫자. 절대 이대로 날릴 수 없다.

가리타는 커다란 콧소리를 내더니 험악한 눈초리로 나를 올려다보았다.

"뭐, 이제 겨우 한 달 조금 지났을 뿐이잖나. 어쩌겠나. 1년 동안 차분하게 해주면 되네."

"다니구치 사장님께 경과보고는……."

"내가 하겠네. 자네는 나한테 보고하면 돼."

그리고 얼른 덧붙인다.

"탐정이 사장한테 보고하는 걸 직원이 보면 어떻게 되겠나? 시끄러워질 걸세."

"네에, 뭐 그건……."

하지만 다른 직원들은 내 정체를 모르는데 뭐가 문제인가. 그런 생각이 들었지만 귀찮아서 굳이 입 밖으로 내지는 않았다.

"그럼 나중에 또 보고드리겠습니다."

"그래, 부탁하네."

텅 빈 사무실을 나와 엘리베이터를 기다렸다. 문이 열려서 타려는데 엘리베이터 안에서 또다시 경리부의 마키노인가 하는 여자가 내렸다. 지난번과 똑같은 향수 냄새. 나를 보고 눈살을 찌푸리는 것도 똑같다. 예쁘장하면 단줄 아나. 이런 사람을 볼 때마다 나는 속으로 따진다.

로즈 플랫으로 돌아와 보니 잭의 집 옆에 후유에가 있었다. 잭이 얌전하게 앉아 있다! 심지어 꼬리까지 살랑거린다. 이 녀석, 꼬리도 흔들 줄 알았나.

"후유에, 웬 일이야?"

"보스한테 저녁거리 가져왔어요."

후유에는 슈퍼 로고가 찍힌 비닐봉지를 얼굴 앞에 들어보였다.

"저녁? 여기서?"

최근 7년 동안, 방에서 저녁을 먹은 적이 몇 번이나 있었던가.

"지붕도 있고 바닥도 있는데, 밥 먹으면 안 돼요?"

"안 될 건 없지만……."

그건 그렇고 지난번에는 후다닥 가버렸으면서 이건 또 무슨 심경의 변화지?

"셋이서 먹을 만큼 사 왔는데. 호사카 씨는 벌써 갔나 봐요. 아까 벨 눌렀는데 대답이 없더라구요."

"지금이…… 8시 반이구나."

나는 어둠 속에서 손목시계를 보았다.

"아직 어디 근처에 있을 거 같은데. 전화해볼까?"

"그럼 호사카 씨가 너무 번거롭잖아요."

"호사카가? 그런 걱정은 하들 마셔."

휴대전화를 꺼내서 '호사카…… 스탭 No.001'의 번호로 걸었지만 응답이 없었다.

"녀석, 먹을 복도 없네."

나는 휴대전화를 집어넣고 2층에 늘어선 창문을 힐끔 올려다보았다. 마키코 할머니의 방만 어두웠다.

"모두 방에 있구나."

마키코 할머니의 방은 항상 어두워서 사람이 있는지 알 수 없지만, 할머니는 아마 방에 있을 것이다. 이런 데서 너무 오래 이야기하고 있으면 또 사람들의 놀림거리가 될 가능성이 높다.

"일단 들어가자."

우리는 엘리베이터로 2층에 올라갔다. 복도를 걸어가는데 사무실 문 앞에 네모난 뭔가가 덩그러니 놓여 있다.

"뭐야, 이게?"

타파웨어였다. 뚜껑이 투명해서 안이 들여다보인다. 아무래도 찰밥 같다.

"마키코 할머니, 정말 가져왔네."

"잘됐네. 저녁으로 같이 먹어요."

우리는 사무실로 들어갔다.

"우와, 여전하네요."

후유에는 기다랗게 숨을 내쉬더니 선글라스를 벗고 눈을 깜빡였다. 선글라스를 벗는 그녀의 모습을 보고 있자니 나는 너무 기뻤다.

"이틀 동안에 갑자기 변할 리가 없지. 이러고 산 게 벌써 몇 년인데."

"내가 얼른 치울 테니까 미나시 씨는 냄비에 물 좀 올려줘요."

"전기주전자로 끓이면 안 될까?"

"전기주전자로 어떻게 모둠냄비를 대신해요."

그러면서 후유에는 검은 스웨터의 소맷자락을 걷어 올리고 바닥에 어질러진 기계부품과 쓰레기를 재빨리 벽 쪽으로 밀어내기 시작했다.

"아아, 모둠냄비."

"그래요. 재료를 보면 알잖아요."

봉지 안에는 배추, 파, 무, 버섯 몇 가지, 흰 살 생선, 그리고 실곤약에 두부. 등자즙과 시치미고춧가루. 안쪽에는 500밀리 캔 맥주가 세 개 들어 있었다.

"버너, 있어요?"

"있긴 해. 근데 못 꺼내."

"못 꺼낸다구요? 어디 있는데요?"

"저기."

나는 부엌 찬장을 열고 그 속을 가리켰다.

"7년 전에 저 구석에서 본 거 같아."

사실 아키에는 나보다 훨씬 키가 컸다.

"손이 안 닿네."

"어떡하지."

"발판은 없어요?"

"그런 거 없어."

"의자는?"

"하나 있는데, 호사카가 가지고 갔어."

"그래요. 으음……."

하는 수 없이 나는 옆방에서 의자를 빌려오기로 했다.

203호실을 노크했다. "열렸어요." 안에서 합창소리가 들
렸다. 문을 열고 보니 안쪽에서 도우미와 마이미가 서로 어
깨를 딱 붙인 채 비디오게임에 열중하고 있었다.

"엄마는 아직 안 오셨니?"

"오늘은 늦는데요."

"그래서 맘껏 게임할 수 있어요."

두 아이는 눈길조차 주지 않았다. 화면에는 콧수염을 기른 외국인이 능숙한 동작으로 적을 짓밟고 있다. 게임을 하는 아이들의 모습을 처음 보는 사람들은 분명히 자기 눈을 의심할 것이다. 둘이서 사이좋게 조종기 하나를 조종하고 있으니까.

"너희들, 기술이 좋구나."

"어쩔 수 없잖아요."

"맞아요. 이렇게 안 하면 게임이 안 되는걸요."

"제자리에서 폴짝 뛰어도."

"이쪽저쪽 걸어다니기만 해도."

"재미없잖아요."

"그래 봤자 뭐해요."

"기분 나빠 하지 마. 난 그저 감탄한 것뿐이니까."

나는 아이들의 어깨를 토닥거리며 비위를 맞췄다.

"너무 많이 하면 눈 나빠진다. 의자, 하나 빌려가도 되겠니?"

"그러세요. 근데 의자는 왜요?"

"설마 호사카 오빠, 잘랐어요?"

"아냐. 그럼 빌려가마."

의자를 들고 사무실로 돌아가 찬장 구석에서 버너를 끄집어냈다. 부탄가스를 집어넣고 불을 켜봤다. 별다른 문제 없이 작동된다. 나는 냄비에 물을 붓고 불에 올려놓으면서 살며시 돌아보았다. 부지런히 방을 치우는 후유에를 보았다. 얼굴 양옆으로 늘어뜨린 검은 긴 머리가 몸놀림에 맞춰 흔들거렸다. 그때마다 머리 사이로 아름다운 두 눈이 언뜻언뜻 보였다.

"으악, 이건 대체 언제 입은 셔츠야? 어머나, 이 카펫은 언제 이렇게 탄 거야!"

구시렁거리면서도 후유에는 왠지 즐거워 보였다. 도대체 무슨 생각을 하고 있는 걸까. 내가 평소에 제대로 밥을 못 먹는다는 걸 알고, 불쌍한 생각이 든 걸까. 아니면 본래 남 챙기는 걸 좋아하는 걸까.

부지런히 방을 치우는 후유에를 보면서 가슴 깊숙한 곳에서 뭔가 따뜻한 것이 올라왔다.

"괜한 기대는 하지 마."

속으로 중얼거리며 심호흡을 했다. 겨울이 되면 가슴이 마구 요동을 친다. 생각을 떨쳐버리려고 후유에가 가지고 온 봉지에서 재료를 꺼냈다.

"엇, 젓가락이 없잖아."

내 말에 후유에는 "옛?" 하고 소리를 질렀다.

"설마 여기, 젓가락도 없어요?"

"아니, 없는 건 아닌데."

"있으면 됐잖아요."

"그렇긴 한데……."

"그릇도 물론 있겠죠?"

고개를 끄떡이는 나를 보며 후유에는 갸웃하더니 다시 바닥을 치우기 시작했다. 나는 왠지 모르게 공허한 기분이 들었다. 개수대 아래를 내려다보았다. 거기에는 오랫동안 사용하지 않은 식기류가 두 세트 들어 있었다. 그중 젓가락과 머그컵과 밥그릇은 무늬는 같고 크기만 다르다. 작은 쪽은 예전에 아키에가 쓰던 것이다.

잘못 건넨 말 한 마디

쓰레기더미 한가운데 생긴 작은 공간에 버너와 냄비를 놓았다. 냄새를 빼내기 위해 접수대로 통하는 문을 열고, 후유에와 마주 앉았다. 맥주 캔으로 가볍게 건배를 했다.

"근데, 이거 정말 내가 써도 돼요?"

자신의 앞에 놓인 밥공기와 젓가락을 보고 후유에는 곤란한 표정을 지었다.

"씻었으니까 염려 마. 깨끗해."

"아니 그게 아니라……."

"괜한 신경 쓰지 마. 그런 그릇밖에 없어서 되레 내가 미안

63

하지. 누가 여기서 밥을 먹을 거라곤 생각해본 적이 없어서."

모둠냄비는 굉장히 맛있었다. 마키코 할머니의 찰밥도 그런대로 맛있었다. 단지 아키에가 쓰던 젓가락과 밥공기로 밥을 먹는 후유에를 보고 있자니 가슴 밑바닥에서 뭐라 형용할수 없는 쓸쓸함이 퍼져나갔다. 후유에도 그 사실을 눈치 챘는지 방 안 분위기가 가라앉았다. 열심히 먹고 마시는 척하는 사이에 나는 금세 맥주 하나를 비웠다.

"같이 살았던 거예요?"

갑자기 대화가 끊기고 무심코 서로 고개를 들었을 때 후유에가 결심을 한 듯이 물어보았다. 아무렇지 않게 물어보려고 한 것이었지만, 연기는 너무 어색했다. 나 역시 어색한 연기를 하듯 무슨 말인지 못 알아들은 것 같은 표정을 지은 다음에 "응" 하고 끄떡였다.

"한 1년쯤 지냈어."

"헤어졌구나."

"뭐 비슷해."

"혹시 전에 말한, 나하고 이름이 비슷하다는 사람?"

"그래, 그 사람. 이름이 아키에였어. 머리 좀 숙여봐."

"네?"

"머리 좀 낮춰 보라고……. 그래."

나는 후유에의 머리 너머로 맥주 캔을 던졌다. 캔이 접수대를 넘어서 현관문에 부딪친 순간 "으악" 하는 네 사람의 목소리가 동시에 터져 나왔다.

"누구예요?"

후유에는 깜짝 놀라 뒤를 돌아보았다.

"노하라 영감님, 마키코 할머니, 도우미하고 마이미…….
빨리 돌아가요!"

허둥지둥 네 사람의 발소리가 흩어졌다. 마키코 할머니가 혀 차는 소리와 쌍둥이의 웃음소리, "뭐가 어때서. 치사하긴" 하는 노하라 영감님의 볼멘소리가 들렸다.

"찰밥, 고마워요."

일단 인사를 했다.

"언제 알았어요?"

"아까. 당신이 모둠냄비를 준비할 때 발소리가 하나 둘 모이더라구."

"발소리만 듣고 누군지 아는구나."

"알고 지낸 지 워낙 오래된 사람들이니까. 호사카 말고 다 알아."

다시 음식을 먹기 시작했다. 무슨 말을 할까 생각하는데, 후유에가 잠시 끊겼던 이야기를 다시 꺼냈다.

"아키에 씨 사진 같은 거 없어요?"

"없어. 사진, 별로 안 좋아했거든. 그런 사람이었어."

여기서 지낼 때 나는 몇 번인가 아키에에게 같이 사진을 찍자고 말했다. 하지만 아키에는 싫다고 했다.

……나, 안 예쁘잖아.

아키에는 언제나 그렇게 말했다. 하지만 아키에가 예쁘다고 생각했던 나는 그녀의 마음을 전혀 이해할 수 없었다. 지금도 모르겠다. 아무리 예쁘다고 해도 아키에는 절대로 믿으려고 하지 않았다.

……마음에도 없는 소리, 하지 마.

그리고 슬픈 듯이 얼굴을 돌려버리는 모습을 얼마나 많이 봤던가.

"사진을 싫어했구나. 나랑 똑같네."

후유에는 천장을 올려다보며 맥주를 마셨다.

"나도 사진이 한 장도 없어요. 어릴 때 눈 때문에 놀림을 받은 뒤로 절대 사진은 안 찍겠다고 결심했거든요. 학교 단체사진같이 피할 수 없는 때는 셔터를 누르는 순간에 고개를 숙였구. 운전면허고 여권이고 아직 없어요."

후유에가 쓸쓸히 웃었다.

사실 아키에의 사진이 딱 한 장 있다는 걸 나는 이야기하지 않았다. 둘이서 후쿠시마 현으로 짧은 여행을 갔을 때 찍은 것이다.

시골 한구석 오래된 둥근 우체통 위에 비둘기가 한 마리 앉아 있었다. 아키에는 그걸 보고 조용히 미소를 지었다.

……좋아하거든, 비둘기를.

나는 몰래 아키에의 옆얼굴을 카메라에 담았다. 그리고 현상을 한, 유일한 사진은 색이 바래지 않도록 랩으로 싸서 항상 지갑에 가지고 다녔다.

"어른이 된 내 모습이 담긴 사진은 아마 이 세상에 한 장도 없을 거예요."

"그렇다면 귀중한 사진 한 장, 찍어볼까?"

나는 바닥에 굴러다니던 소형 디지털카메라로 팔을 뻗었다. 후유에는 당황하여 내 팔을 잡았다.

"사진은 정말 안 돼요."

"그럼 다음에 몰래 찍어야지. 도청 전문이긴 하지만, 탐정이잖아. 이런 쪽 기술도 좀 있거든."

"정말 못됐네요."

토라진 듯한 후유에의 말에 나는 나도 모르게 소리 내어 웃었다.

"요쓰비시 에이전시에서 일하던 사람이 그런 말을 하다니."

바로 그 순간, 후유에의 표정이 딱딱하게 굳었다.

아차 싶었다. 이런 걸 보고, 입은 재앙의 근원이라고 한다.

"알고 있었군요. 거기가 어떤 식으로 일을 하는지."

후유에는 낮은 목소리로 무덤덤하게 말했다. 잠시 뜸을 들였다가 내가 대답했다.

"이 업계에서는 유명해."

"그런데 왜 날 불렀죠? 당신 밑에서, 당신 말대로 일한다는 보장도 없는데."

"보장할 수 없는 건 누구든 마찬가지야."

"하지만 일부러 거기서 일하는 사람을 오라고……."

"야구부에 있으면 야구를 하지만, 미술부로 옮기면 그림을 그려."

말을 내뱉고 나서야 그다지 좋은 비유가 아니라는 생각이 들었다.

후유에가 일하던 요쓰비시 에이전시는 탐정회사 중에서도 악명 높기로 유명하다. 탐정회사가 의뢰인과 지켜야 할 약속은 아무렇지 않게 깨고, 직원들은 제 주머니를 채우는 데 골몰하고 있다. 바로 공갈협박을 하고 있다.

예를 들면 한 남자가 아내가 바람피우는지 뒷조사를 의뢰한다. 요쓰비시 에이전시 직원들은 먼저 타깃인 아내를 뒷조사해서 바람피우는 현장을 사진으로 찍는다. 정직한 탐정이라면 의뢰인에게 증거사진과 작성한 보고서를 제출해서 보수를 받고 임무를 마치지만, 그들은 그렇지 않다. 타깃이었던 아내에게 입수한 증거사진을 보여주며 돈을 요구한다. 물론 남편이 의뢰했다는 사실은 말하지 않고 어디까지나 우연히 알게 되어 협박하는 것처럼 연기한다. 아내는 돈을 지불하고 증거사진을 받는다. 탐정은 아내와 거래를 마치면 의뢰인인 남편에게 줄 보고서를 작성한다. 물론 당신의 아내는 깨끗하다는 내용이다. 그리고 남편에게서 규정대로 보수를 받는다. 한 건 잡으면 두 사람에게서 돈을 받는다.

증거사진을 들이대면 경찰에 신고하거나 배우자에게 사실을 고백하는 사람은 없다고 한다. 터무니없이 높은 금액을 제시하지 않기 때문이다. 이 금액을 정하는 기술이 그들은 실로 절묘하다나. 이런 방법은 부부사이 말고도, 가령 예비사위의 신용조사, 신입사원의 신용조사 또는 마찰이 있는 기업 사이에서도 벌어진다. 탐정 개개인이 멋대로 하는 것이 아니라 조직적으로 움직인다. 탐정들은 갈취한 돈의 일부를 조직에 바치는 것 같다. 이 지역의 탐정회사가 잇따라 문을 닫는 상황에서 요쓰비시 에이전시만 성장을 거듭하는 건 어쩌면 당연한 일이다.

지난 초가을에 도쿄의 러브호텔에서 애인과 밀회를 즐기던 남자들이 일제히 협박장을 받는 사건이 일어났다. 내용은 모두 '당신의 비밀을 알고 있다. ×월 ×일, 당신이 호텔에 체크인하는 사진도 가지고 있다. 당신 애인과의 관계를 폭로 하겠다……'라는 식이었다. 이까짓 건 일도 아니다. 호텔 주 차장에 서 있는 자동차 번호를 보고 주인을 알아내어 협박장 을 보내면 만사 끝이다. 듣자하니 놀랍게도 열 명에 한 명 꼴 로 요구받은 돈을 실제로 입금했다나. 입금계좌는 불법으로 만들어서 경찰은 아직 범인을 찾아내지 못하고 있다. 하지만 요쓰비시 에이전시의 짓거리라는 건 탐정업계에서 모두 아 는 사실이었다.

"그만두고 싶었어요."

후유에가 조그맣게 중얼거렸다.

"오래전부터요. 이제 이런 일은 싫어요, 남을 불행하게 만 드는 일은. 안 믿기겠지만……."

"아니, 믿어."

어색한 분위기를 떨치기 위해 나는 젓가락으로 냄비 안을 뒤적였다. 탁한 국물 속에서 너무 익어 흐물흐물해진 실곤약 이 나왔다. 먹어보니 간이 잘 배어서 맛있었다. 후유에는 두 눈으로 가만히 나를 응시하고 있었다.

"당신이 그만둔다고 하니까 요쓰비시 에이전시에서 그러 라고 내버려 둬?"

야쿠자 같은 일을 하는 탐정회사가 직원들의 퇴직을 순순히 받아들일 리가 없다. 직원들은 외부로 세어나가면 회사에 치명적일 수도 있는 정보를 많이 가지고 있을 테니까.

"거의 도망치다시피 나왔어요."

후유에는 대답했다.

"쫓아오지도 못해요. 언제든지 도망칠 수 있게 아예 가명으로 일했으니까."

"가명? 어떤?"

별 뜻은 없이 물어본 것이지만, 후유에는 말없이 고개만 저었다. 생각하고 싶지 않은지도 모른다.

"남은 찰밥으로 죽이라도 끓여볼까?"

"별로일 거 같은데."

"그렇지?"

우리는 냄비를 사이에 두고 서로 침묵했다.

"어떤 사람이었어요?"

시간이 상당히 흐른 깊은 밤, 후유에가 다시 아키에의 이야기를 꺼냈다.

"그런 건 왜 묻는데?"

"그냥, 뭐. 어떤 사람이었나 싶어서요."

바닥에는 둘이서 사 온 맥주 캔이 여덟 개나 늘어서 있다.

"글쎄, 평범한 사람이었어."

"사진이 있으면 좋았을 텐데."

나는 잠시 망설이다가 소파 위에 던져 둔 지갑을 집었다.

"실은 딱 한 장 있어."

후유에는 내가 지갑에서 꺼낸 아키에의 사진을 보았다. 나는 볼 필요도 없다. 눈을 감아도 또렷하게 그릴 수 있다. 동그란 우체통 옆에서 얼굴 왼쪽을 보이고 눈을 감은 채 비둘기를 바라보며 미소 짓는 아키에. 찰랑거리는 밤색 머리가 허리까지 길게 뻗어 있다.

"미인이었네요."

후유에가 조그맣게 말했다.

"키도 크고, 몸매도 날씬하고. 부러워요."

후유에는 사진을 돌려주고, 두 눈으로 나를 똑바로 바라보았다.

지금이라면 말할 수 있을 거 같은데. 문득 그런 생각을 했다. 내가 후유에에게 접근한 진짜 이유. 같이 일하자며 거짓말을 하고, 그녀에게 접근한 진짜 이유.

그러나 결국 아무 말도 하지 못했다. 후유에가 천천히 몸을 일으키더니 나에게 입을 맞추었기 때문이다. 세상은 언제 무슨 일이 벌어질지 모른다.

🐒 카드 예언가, 도헤이

동이 트기 시작한 어스름한 무렵 후유에가 현관문을 나섰다. 자동차로 맨션까지 바래다주겠다고 했지만, 그녀는 고개를 저었다.

"미나시 씨, 오늘도 아침부터 다니구치 악기에 가야 하잖아요."

"바래다주고 가도 충분해."

"안 돼요. 잠도 덜 깬 머리로 운전하려구요?"

"알았어. 그럼 오늘 밤에 차로 데리러 갈게."

"오늘 밤?"

"물론 일 때문이야. 구로이 악기에 다시 한 번 들어가 볼까 해."

"하지만 오늘 밤은……."

후유에는 고개를 돌리고 선글라스를 썼다.

"이삿짐을 마저 정리하고 싶은데. 다른 날 하면 안 돼요?"

"조사가 전혀 진전이 없어서 서둘러야 하지 않을까 싶어……. 그래, 그럼 다른 날 하지."

내 업무최우선주의가 흔들리고 있다. 이러면 안 되는데. 호사카한테 들키지 않게 조심해야지. 그 녀석은 완전 범생이 스타일이니까.

"미안해요." 후유에는 미소를 짓고 힐끔 주위를 둘러보았다.

"미나시 씨 친구들 눈에 띄기 전에 가야겠어요."

"그래, 그 사람들이 보면 또 뭔 소릴 할지 모르니까."

그때 복도 끝에서 덩치가 큰 남자가 다가오는 모습이 보였다. 아니, 다가온다기보다 들이닥친다는 말이 적절한 표현일 것이다. 반바지에 검은 와이셔츠, 새빨간 넥타이, 그 위에 보라색 재킷.

"아, 도헤이다."

"도헤이? 카드를 좋아한다던 사람?"

"응. 저 녀석은 쓸데없는 소릴 안 하니까 괜찮아. 저래 봬도 꽤 믿을 만한 친구라구."

도헤이는 반바지에서 빠져나온 통나무 같은 다리로 복도를 걸어가다가 갑자기 고개를 들어 우리를 쳐다보았다. 빙긋 웃으며 충치투성이 앞니를 드러낸다. 짧게 깎은 앞머리 안쪽, 넓은 이마 한가운데에는 '신(神)'이라는 글자가 하나 써 있다. 매일 아침 매직으로 직접 쓴다.

"안녕, 도헤이. 아침 산책 가는 거야?"

도헤이는 내 말을 머릿속에서 반추하듯이 잠시 멍하니 입을 벌리고 고개를 앞뒤로 흔들었다. 그러다가 마침내 알아들었는지 "봇"이라고 굵은 목소리를 냈다. 익숙한 사람들은 안다. "맞아"라는 대답이다.

예전에 하느님이 도헤이의 뇌를 살짝 만지작거린 덕에 도헤이는 일상생활에서 필요한 몇 가지 기능을 잃었다. 대신에 근사한 능력을 두 가지 지니게 되었다. 하나는 트럼프마술. 그리고 다른 하나는 개집에 스페이드 잭을 붙이고 내 방문에 하트 킹을 붙인 능력이다. 예지능력이라고나 불러야 할까. 아무튼 기묘한 재능이다.

"도헤이, 이쪽은 우리 탐정사무소 팬텀의 새 식구 후유에 씨야. 잘됐네, 우리 미래 좀 점 쳐봐."

"부싯."

"앗, 뭐예요…….."

도헤이가 몸을 숙여 갑자기 후유에의 핸드백에 손을 집어넣었다. 후유에가 깜짝 놀랐다. 도헤이가 손으로 핸드백 안에서 트럼프카드 한 세트를 꺼냈을 때에는 더욱 놀랐다.

"도헤이 재주는 굉장해. 잘 봐봐."

나는 한 걸음 물러나 자세를 잡고 구경하기 시작했다.

도헤이는 양손을 크게 벌리더니 오른손에 들고 있던 카드를 검지와 엄지로 휙 구부려서 'U' 자를 만들었다. 그러면서 엄지를 미묘하게 움직여 카드를 자신의 왼쪽으로 연달아 휘리릭 날린다. 카드가 공중을 날자, 옆에 있던 후유에의 앞머리가 흔들릴 정도로 바람이 일었다. 날아간 카드는 일직선으로 그의 왼손을 향하더니 커다란 손바닥에 빨려가듯이 차곡차곡 정리된다. 그런 식으로 카드를 모두 옮기고, 다시 왼손에서 오른손으로 똑같이 카드를 옮기기 시작한다. 이러한 동작을 순식간에 세 번 반복한다. 후우에는 그저 멍하니 입을 벌리고 바라보았다.

"이 친구, 점은 잘 맞아."

내가 말을 했을 때 도헤이가 소리를 질렀다. "휘이이!" 오른손의 카드가 이번에는 그의 얼굴 앞에서 무지개 같은 호를 그리며 왼손으로 날아올랐다. 다 끝났을 때 그의 두툼한 입에는 카드 두 장이 물려 있었다.

"두 장만, 입으로 잡은 거예요?"

후유에가 반신반의하는 목소리로 물었다. 도헤이는 "봇" 하고 끄덕이며 카드 두 장을 나에게 내밀었다.

조커와 스페이드 에이스.

"이게 내 운세야? 무슨 뜻인데?"

하지만 도헤이는 대답하지 않고, 후유에의 얼굴을 바라 보았다. 천천히 오른손을 들어서 후유에를 향해 검지를 세웠다.

"어, 뭐……?"

도헤이가 오른손을 휙 흔들자 공중에서 카드가 한 장 나왔다. 팔랑팔랑 떨어지는 카드를 후유에가 두 손으로 받았다.

다이아 퀸이다.

도헤이는 아무 말도 하지 않고 그대로 복도를 걸어갔다.

후유에는 어안이 벙벙한 모습으로 그 뒷모습을 바라보았다.

"다이아 퀸……이 무슨 뜻일까요?"

"글쎄. 나도 모르지. 도헤이는 자기만이 알고 있는 감각으로 점을 치는 거 같아. 나중에서야 그 의미를 알게 되거든."

"그런 건 점이라고 할 수 없잖아요."

하긴 맞는 말이다.

"굳이 말하자면 예언이랄까?"

🐒 하트 킹이 붙은 방

그날 밤, 가리타가 나를 자리에 불렀다. 물론 다른 직원들이 모두 퇴근한 뒤다.

"오늘 밤, 구로이 악기에서 뭔가 벌어질 거 같네."

"무슨 말씀이시죠?"

가리타는 비싸 보이는 양복의 팔짱을 끼고 책상 위를 덮을 듯이 상체를 숙이고는 목소리를 낮췄다.

"실은 말이지. 오늘 점심 무렵, 근처 찻집에서 거기 기획부장을 봤네. 무라이라는 친굴세."

"아아, 무라이요."

얼굴을 본 적은 없지만, 목소리는 잘 안다. 별다른 감정 없이 차가운 어조로 말하는 인물이다.

"찻집 구석에서 무라이가 휴대전화로 소곤거리고 있더군. 신경이 쓰여서 몰래 다가가서 엿들어봤다네. 무슨 내용인지 파악할 순 없었지만, 중간중간에 '디자인'이니 '훔친다'는 말을 하더군."

우와. 드디어 뭔가 진전이 있으려나 보다.

"그런데 무라이가 전화를 끊으면서 마지막에 이렇게 말했네. '그럼 오늘 밤 10시에 사무실에서'라고. 잘못 듣지는 않았을 걸세. 자신은 못하지만⋯⋯."

나는 손목시계를 보았다. 아직 9시 전이다.

"알겠습니다. 오늘 밤은 특별히 주의해서 듣겠습니다."

가리타는 불독 같은 눈으로 나를 응시하더니 입을 열었다. "부탁하네." 기름기가 줄줄 흐르는 턱살이 칼라로 둥글게 밀려 나왔다.

"그럼 지금 바로 가보겠습니다."

나는 코트를 움켜쥐고 엘리베이터에 올라탔다. 옥상은 구로이 악기를 도청하기에 가장 좋은 장소다. 물론 건물 안에서 들을 수도 있다. 실제로 낮에는 거의 건물 안에서 작업을 한다. 하지만 두꺼운 외벽을 사이에 두고 소리를 파악하는 것이 쉽지 않다.

옥상으로 나갔다. 하필 바람이 차가운 밤이다. 코트 깃을 세우며 철조망에 다가갔다. 구로이 악기 건물에 시선을 고정했다. 아직 창문 몇 곳에서는 불빛이 흘러나온다. 10시까지 기다리려니 초조하다. 도대체 무슨 말이 들릴까. 이 엄청난 사건이 어떻게 벌어질까.

머리 옆에 한 손을 대고 가만히 청각을 곤두세운다. 구로이 악기 직원들이 대화하는 소리가 드문드문 들린다.

-……정신이 들면 언제나 이런…….

-……맞아. 왜냐면 연말은 어디나 사람이 많으니…….

-……마지막에는 언제나 허를 찌르는 한 방이잖아.

-……국가의 책략…….

-……다리를 높이 하고 딱딱한 베개를 베고 자면 좋다던
데요.

그러다가 어떤 남자 둘이 대화하는 소리가 내 관심을 끌었다.

-수고했어.

-수고……. 뭐야, 그 주머니 꽤 크네.

-응. 원숭이가 한 마리 들었거든.

-어디 봐봐. 하핫, 정말. 낮에 사 왔어?

-퇴근 시간 때면 가게 문을 닫았을 거 같아서.

-하긴 시간이 이러니. 그거, 작은 애 줄 거지?

-응. 잘은 모르지만 요즘 유행하는 캐릭터인가봐.

-참 자상한 아빠네.

인형 얘기구나.

-엇? 이봐. 이 원숭이, 눈이 하나 없어. 불량품 아냐?

-농담이지?

-봐봐, 한쪽 눈이.

-윙크하는 거잖아. 윙크, 몰라?

-아아, 정말.

외눈박이 원숭이.

갑작스레 귀로 날아든 그 말은 완전히 무방비 상태였던 내 가슴을 깊숙이 후벼냈다.

외눈박이 원숭이. 그 기묘한 이야기.

……유럽에 이런 이야기가 있어요.

'지하의 귀' 마스터의 음울한 목소리가 어둠 속에서 들리는 것 같았다.

……일본에도 비슷한 민화가 있지만 이건 또 달라요.

……원숭이가 구백아흔아홉 마리 있었거든요.

……그 원숭이는 한쪽 눈을요.

……미나시 씨. 그 원숭이가 뭘 잃었을 거 같아요?

……뭘 잃었을 거 같아요?

"자, 일하자. 일."

입 밖으로 소리를 내며 나는 부질없는 추억을 머릿속에서 쫓아냈다. 차가운 공기를 깊숙이 들이마신 다음 다시 온 신경을 귀에 집중했다.

조금 전에 이야기하던 두 사람이 마침 흥미로운 대화를 나누고 있었다. 지금 진행하는 업무와 직접적인 연관은 없지만 알아두어서 손해 볼 건 없는 정보다.

-그러고 보니 얼마 전, 사외 세미나에 다녀왔거든. 그런데

여강사가 재미있는 얘기를 하더라. 사람들의 커뮤니케이션에서 목소리나 말은 별로 중요하지 않다는 거야.

-중요하지 않다구? 그게 무슨 말이야?

-목소리와 말은 별 도움이 안 된다는 거지. 강사 말로는 사람들이 커뮤니케이션에서 사용하는 메시지는 음색이 20~30퍼센트고, 말은 기껏 해봐야 10퍼센트정도래.

-흠, 그럼 나머지 60~70 퍼센트는 뭔데?

-말과 목소리 이외의 것. 예를 들면 표정이나 행동 같은 거 있잖아.

-그러면 목소리만으로는 상대의 속을 알 수 없다는 건가?

-바로 그거야. 반대로 목소리만으로 거짓말하기도 쉽대.

-아하, 하나 배웠네.

나도 하나 배웠다.

-그럼 수고.

-그 선물, 애가 좋아하길 바라네.

시선을 돌리자, 도시의 불빛이 한껏 증식한 야광충처럼 어둠 속을 꿈틀거렸다. 오른편에 사각의 빛을 늘어뜨리며 JR선이 달리고 있다. 분명히 저 불빛 안에는 무수히 찌푸린 얼굴들이 마치 만두처럼 꽉 들어차 있고, 성격이 불같은 취객의 양손이 손잡이에 매달려 있을 것이다. 빵빵, 멀리서 들리는 경적소리. 번잡한 도시에 뒤섞인 네온사인 너머로 도쿄타

워가 조그맣게 보였다.

"그날 밤도 되게 추웠는데……."

2년 전의 겨울밤을 떠올렸다. 그날 밤, 도헤이는 아파트 앞에서 뭔가를 열심히 작업하고 있었다. 어디선가 합판을 가져와서 서툰 손놀림으로 망치를 두드리며 개집 비슷한 걸 만들었다. 개가 어디 있다고 그러는지. 우리가 이유를 물어도 도헤이는 입속으로 웅얼거릴 뿐 그럴듯한 대답을 하지 않았다. 커다란 양 어깨에서 김이 올라왔고, 이마에 쓰인 '신'이라는 글자가 땀범벅이 되어 번져 있었다. 볼품없는 개집은 한밤중에 그럭저럭 완성되었다. 좌우 비대칭인 지붕 밑에는 스페이드 잭 한 장이 덩그러니 압정으로 고정되어 있었다. 지금도 붙어 있는 그 카드다.

바로 다음 날 이른 아침, 늙은 개가 아파트 앞에서 자동차에 치이는 사고가 벌어졌다. 우리는 수의사에게 개를 데리고 갔지만, 얼굴 반이 뭉개져서 한쪽 눈의 시력을 잃고 말았다. 우리는 개 이름을 잭이라 짓고, 도헤이가 만든 개집에서 키우기로 했다. 그리고 아파트 식구들은 'One-eyed Jack', 즉 외눈박이 잭의 카드를 개집에 붙인 도헤이의 신비한 능력을 믿게 되었다.

하지만 나는 이미 오래전부터 녀석의 능력을 알고 있었다. 단지 나 혼자만 알고 있었을 뿐이다. 알게 된 지 5년이 되었다. 지금으로부터 7년 전, 내가 아직 아키에와 함께 지내던 무렵.

그때도 겨울이었다. 일을 마치고 돌아와 무심코 사무실 문으로 시선을 돌리다가 하트 킹이 셀로판테이프에 붙어 있는 것을 발견했다. 나는 아파트 복도에서 혼자 고개를 갸웃했다. 도헤이가 한 짓이라는 건 알았지만, 카드가 무엇을 의미하는지 전혀 몰랐다.

그리고 며칠 뒤 아키에가 방을 나갔다. 그리고 목을 맸다. 아키에의 죽음을 전해 듣고, 나는 이 세상을 살아갈 기력을 잃었다. 지금까지의 내 인생이 허무하게 느껴졌다.

"그게 아닌가⋯⋯."

인생이 허무하다는 사실을 나는 그때 떠올렸다. 함께 지낸 사람의 마음도 나는 이해하지 못했다. 아키에가 왜 갑자기 집을 나갔는지, 왜 갑자기 죽음을 택했는지, 나는 전혀 짐작하지 못했다. 주변에 있는 모든 것들이 갑자기 회색빛 허무함에 둘러싸여 있는 것 같았다. 이 세상에는 강렬한 슬픔만 남아 있을 뿐이었다. 어릴 때 부모님을 잃고, 외모 때문에 친구들에게 두려움을 안겨주고, 왕따를 당하면서 별명으로 놀림을 받으며 나는 계속 혼자 살아왔다. 그래서일까. 그래서 나는 다른 사람의 마음을 이해하는 능력에 서툴렀던 걸까. 그런 줄 알았다. 도청전문 탐정임을 자임하며 작은 사무실을 마련하고 매일같이 남의 소리를 훔쳐듣는 일은 특별한 재주가 필요한 것이 아니라 상대방의 마음을 이해하지 않는 사람이 할 수 있는 것이기 때문이 아닐까.

나는 그렇게 생각했다.

아키에의 죽음을 알게 된 그날, 나는 '지하의 귀'에서 코가 삐뚤어지도록 술을 마셨다. 그리고 아키에의 뒤를 쫓을 생각으로 밤중에 사무실로 돌아왔다. 목을 매든, 손목을 긋던, 술이 깨기 전에 방에서 죽을 작정이었다.

……뭐하냐?

문 앞에 도헤이가 서 있었다. 녀석은 나를 보자, 문에 붙인 하트 킹에 연필로 뭔가 끼적이기 시작했다. 연필은 몇 번이고 같은 움직임을 반복했다. 몇 번이고 같은 선을 덧그렸다.

……이봐, 도헤이.

플라스틱 카드 표면에 도헤이는 까맣고 커다란 '×' 자를 그리고 있었다.

……뭐하냐구.

도헤이의 손이 멈췄다. 고개를 돌려 내 얼굴을 가만히 응시했다. 그리고 고개를 설레설레 흔들었다. 마치 "안 돼"라고 말하듯이. 그제야 나는 비로소 알아챘다. 하트 킹. 다른 이름은 'Suicide King'. 왕이 자신의 머리를 단검으로 찌르는 것처럼 보이기 때문에 그런 불길한 이름으로 불리는 카드다.

이 문에 하트 킹을 붙였을 때부터 도헤이는 아키에의 자살을 예언하고 있었다. 그리고 내 자살을 막으려고 안간힘을 쓰고 있는 것이다.

……알았어.

나는 도헤이를 보고 힘없이 웃었다.

……안 죽을게.

그리고 나는 계속 살기로 결심했다.

그때의 카드는 지금도 문에 붙어 있다. 그러고 보면 무슨 일이 일어나는 때는 하나같이 겨울이었다. 부모님이 눈 속에 갇혀 돌아가신 일. 잭이 자동차에 치인 일. 아키에가 목을 맨 일. 그리고 후유에를 알게 된 일. 옛날, 노하라 영감님의 제자가 되었을 때에도 한창 추운 겨울이었다. 그래서 겨울만 되면 자꾸만 마음이 불안해지는 걸까. 추운 계절에만 만남과 이별을 되풀이했으니까.

구로이 악기 직원들이 한 명, 또 한 명 건물 밖으로 빠져나갔다. 나는 양손을 입김으로 데우면서 뭔가 일어나기를 기다렸다. 마침내 건물 안에서 들리던 대화가 모두 사라졌다. 여기저기서 들리던 발소리도 뚝 끊겼다. 경비실에서 텔레비전 소리가 조그맣게 들렸다. 나는 철조망 너머를 꼼꼼히 살

폈다. 불빛은 거의 사라졌지만, 5층 딱 한 곳에 아직 밝은 창문이 보였다. 기획부였다. 어둠속에서 손목시계를 봤다. 9시 55분.

그때 휴대전화가 요란하게 울렸다. 구로이 악기 건물에 있는 누군가의 휴대전화다.

-여보세요.

낯익은 남자 목소리. 무라이 기획부장의 휴대전화인 것 같다.

나는 온 신경을 귀에 집중했다. 무라이의 휴대전화 스피커에서 희미하게 새어나오는 목소리로 상대방 성별은 알 수 있었다. 여자다.

-그래, 다바타? 밑에 공중전화에서 걸고 있다구? ……그래, 괜찮네. 지금 회사에는 나밖에 없어. 지금 바로 경비를 처리할 테니까 조금만 기다리게.

탁, 휴대전화를 책상에 놓는 소리. 톡톡톡, 버튼을 세 번 누르는 소리. 책상 위에 있는 내선전화기를 누르는 것 같다. 경비실의 전화 벨소리가 울린다. 따르릉.

-네, 경비실입니다.

-기획부 무라이 부장인데, 저기 말이야. 밖에 좀 수상해 보이는 남자가 얼쩡거리는 거 같은데.

-네? 제가 당장 알아보겠습니다. 어디쯤입니까?

-그게 아무래도 건물 주변을 빙빙 돌면서 어슬렁거리는
거 같네. 미안하지만, 좀 보고 와주겠나? 이 근방도 뒤숭숭
한 것 같네.

-네, 알겠습니다. 수상한 놈이 있으면 바로 쫓아내겠습니다.

-부탁하네.

딸각, 통화가 끝난다. 경비원이 거친 발소리를 내며 건물
밖으로 나간다.

-여보세요, 다바타. 지금 막 경비가 나갔으니까 뒷문으로
들어오게.

누군가가 건물로 들어가는 발소리. 또각또각, 하이힐을
신은 것 같다. 엘리베이터가 움직인다. 멈춘다. 다시 들리는
하이힐 소리. 5층 복도를 걸어간다.

"멈췄어."

발소리는 어딘가에서 뚝 멈췄다. 무라이가 있는 기획부
출입문 근처일 것이다.

톡, 톡, 톡. 뭔가 딱딱한 것으로 벽을 두드리는 것 같다.

-그래, 다바타? 경비는 없었지? 내가 적당히 말해서 밖으
로 내보냈어. 이봐, 왜 그러나?

무라이의 발소리가 사무실을 가로지른다.

-뭐하는 거야?

문 쪽으로 다가간다.

-다바타?

달칵. 문이 열린다. 옷이 재빨리 스치는 소리. 쥐가 짓밟힌 것처럼 짧은 외마디 비명 소리. 뭔가 커다란 물체가 쿵 하고 바닥에 쓰러진다.

그리고 정적.

쥐죽은 듯 조용한 복도를 하이힐 소리가 멀어진다. 엘리베이터가 움직인다. 땡 하고 멈춘다. 하이힐 소리는 천천히 건물 밖을 빠져나간다. 그리고…….

더 이상 아무 소리도 들리지 않았다.

"뭐지, 도대체……."

나는 철조망 너머로 구로이 악기 건물을 가만히 응시했다. 여전히 기획부 창문만 환하게 불이 켜져 있다.

"도대체 무슨 일이 일어난 거야?"

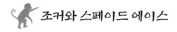 **조커와 스페이드 에이스**

이윽고 발소리 하나가 건물 안으로 들어간다. 누군가가 경비실 수화기를 집어 들고 번호를 세 개 누른다. 따르릉. 기획부 전화벨 소리다. 아무도 응답하지 않는다.

-어라. 무라이 부장님, 퇴근하셨나?

조금 전의 경비원 목소리다. 나는 20분 정도 기다렸다. 하지만 아무 일도 일어나지 않는다.

"어때? 별일 없나?"

누군가의 목소리가 들려 깜짝 놀라 고개를 돌렸다. 가리타가 바로 옆에 서 있었다.

"놀랐나? 자네도 발소리를 못 알아챌 때가 있군그래."

"죄송합니다. 구로이 악기에 신경을 집중하고 있어서요."

가리타는 김이 모락모락 나는 플라스틱 머그잔을 내밀었다. 사무실에 있는 커피포트에서 가져다준 것 같다. 고맙다는 인사를 하고 컵을 받았다.

"아직 계셨군요. 퇴근하신 줄 알았습니다."

"구로이 악기 일이 신경 쓰여서 발길이 영 떨어져야 말이지."

가리타는 구로이 악기 건물을 바라보며 발돋움을 하고 눈을 가늘게 떴다.

"그래 어때? 뭔가 시작했나?"

"네. 시작했다가 끝난 거 같습니다."

"끝나? 뭐가?"

가리타가 의아한 얼굴로 쳐다보았다. 나는 모호하게 고개를 흔들었다.

"아무튼 내일 다시 보고드리겠습니다. 조금 더 살펴보고 싶어서요."

"그래, 알았네. 그럼 나는 이제 슬슬 가보겠네. 수고하게."

가리타가 자리를 떠났다. 나는 커피를 마시면서 다시 구로이 악기 건물을 바라보았다. 커피 덕에 꽁꽁 얼어붙은 몸이 조금 따뜻해졌다.

한동안 정적이 계속되었다.

새벽 1시 반, 경비원이 건물 안을 순찰하기 시작했다. 바로 그때 일이 벌어졌다. 경비원은 5층까지 올라갔다가 기획부에 불이 켜진 것을 보고 뭔가 수상하다고 느낀 듯했다. 발소리가 곧장 그쪽을 향했다.

-엇? ……앗, 무라이 부장님? ……부장님……? 정신 차리세요.

다음 순간, 허공에 비명 소리가 울려 퍼졌다. 쿵쾅쿵쾅 복도를 뛰어가는 소리. 그는 경비실로 돌아가서 허둥거리며 전화를 걸었다.

-사람이 죽어…… 네, 살해됐어요. ……그래요. 네, 그래……. 네? 아, 찔려서…… 네 …… 네…….

경찰차 사이렌이 요란한 소리를 울리며 출동하기까지 10분도 채 걸리지 않았다.

다케나시라는 형사가 신고를 한 경비원에게 이것저것을 물었다. 횡설수설 진술하는 경비원의 말을 끊고 수차례 질문을 던지면서 형사는 참을성 있게 사태를 확인해갔다. 진술을 다 들은 다음 상사인 듯한 다른 형사에게 보고했다.

-다니오 선배님, 이거 아무래도 계획범죄 같은데요.

-왜?

다니오 형사는 테스트하는 듯한 목소리로 묻는다.

-오후 10시경, 피해자인 무라이 씨가 경비실에 내선전화를 걸었다고 하는데요, 그때 피해자는 '수상한 남자가 건물 주변을 어슬렁거리고 있다'고 말했다고 합니다. 그래서 경비가 뒷문으로 확인하러 나갔고요. 하지만 아무리 둘러봐도 그런 인물을 보이지 않았다잖아요. 그래서 경비실에 돌아와서 무라이 씨한테 내선전화로 보고를 하려고 했는데…….

-상대는 이미 죽은 다음이어서 전화를 받지 못했다?

-그렇죠. 경비가 뒷문으로 나가면서 문을 안 잠갔어요. 깜빡했나 봅니다.

-으흠. 그렇다면 이런 거군. ……범인은 건물 안에 있는 피해자 눈에 띄게끔 일부러 주변을 어슬렁거리며 수상한 행동을 했다. 그리고 피해자가 경비실에 연락하여 경비가 확인하려고 나간 틈에 건물 안에 숨어들어 피해자를 사살하고 도망갔다.

-네, 그런 거 같습니다. 경비는 건물로 돌아와서 피해자가 내선전화를 받지 않았는데도, 별 의심도 하지 않고 그대

로 경비실에 앉아 있었습니다. 무라이 씨는 퇴근했다고 생각한 것 같습니다. 그리고 새벽 1시 30분, 건물 순찰을 돌다가…….

–무라이 씨의 시신을 발견했다는 거군.

–그렇습니다.

–그런데 다케나시, 전화라고 해서 말인데, 피해자의 휴대전화 통화 내역은 확인했겠지?

–물론이죠. 초동수사 때 가장 필요한 건데요. 피해자의 휴대전화에는 매일같이 발신과 착신, 모두 많았습니다. 꽤 바쁜 사람이었나봐요. 그런데 대부분은 이미 저장된 번호로 상대를 알 수 있습니다. 업무와 관련된 사람들이구요.

–'대부분'이라는 건?

–오늘, 이 아니라, 벌써 어제구나. 범행 당일 날, 점심시간을 지난 시각과 밤 10시 조금 전에 공중전화에서 전화가 한 통씩 걸려왔습니다. 두 개 다 부재 중 전화가 아니고 피해자와 통화를 했구요.

–흠, 뭔가 연관이 있는지도 모르겠군.

두 사람의 호흡이 척척 맞는 걸 보니 오랫동안 파트너였나보다. 수사 방향이 빗나가도 한참 빗나갔지만.

범인은 분명히 다바타라는 여자일 것이다. 그리고 가리타의 말에서 추측컨대, 낮에 이 근처 찻집에서 무라이가 전화를 한 상대일 가능성이 높다. 그녀는 낮에 무라이에게 연락을 취했고, 밤 10시쯤에 사무실에 혼자 있을 것을 지시했다. 그리고 그 시간에 공중전화에서 무라이에게 전화를 걸어 그가 회사에 있는지, 다른 직원들은 모두 퇴근했는지를 확인했다. 그녀는 무라이에게 경비원이 자리를 비우게 한 다음, 유유히 건물 안에 들어가서 살해하고 사라졌다.

"제법인데……."

행운의 여신도 그녀의 손을 들어준 것 같다. 무라이가 경비원에게 '수상한 남자'가 있다고 연락을 했기 때문에 한동안 경찰은 가해자가 남자라 추정하고 조사를 할 것이다. 무슨 증거가 나오지 않는 이상, 다바타라는 성을 가진 여자가 용의자로 떠오르는 일은 절대 없을 듯싶다.

"하지만 설마 길 건너편 건물에서 처음부터 끝까지 누가 듣고 있었을 거란 생각은 못했겠지."

사람이 죽는 순간을 이 귀로 들은 건 처음이었다.

그래도 가리타가 찻집에서 엿들은 무라이의 발언으로 볼 때 다바타라는 여자가 악기 디자인 도용에 관련이 있는 것은 확실해 보였다. 그렇기 때문에 무라이는 경비원을 쫓아냈다. 뒤가 켕기는 인물이기에 몰래 만나고 싶었던 것이 분명했다.

그런데 왜 살인이 일어난 걸까. 내분이 발생했다고 해도 계획적인 살인이라면 그만한 이유가 있었을 것이다.

아무래도 묘한 사건에 휘말린 느낌이 들었다.

-다니오 선배님! 흉기를 찾았습니다.

갑자기 소리가 들렸다. 다케나시 형사의 목소리다.

-오오, 그래. 어디서?

-근처 쓰레기 집하장입니다. 평범한 부엌칼이고요. 온통 피가 묻은 채로 봉투에 둘둘 말려 있었습니다.

-어떤 봉투야?

-음, 그냥 흰 봉투입니다.

-지문은 나올 거 같나?

-감식반 말로는 칼과 봉투 모두 안 나올 거 같다는데요. 아마 천이나 뭔가로 닦은 흔적이 있는 것 같은데…… 아, 잠시만요. 감식반에서 전화가………. 네, 여보세요. 응…… 그래…… 뭐?……하핫, 그래, 알았어. 응. 응. 응? 응. 그럼 자세한 건 나중에 듣기로 하지. ……다니오 선배님! 됐어요, 찾았습니다!

-뭘 찾았는데?

-덜 닦인 부분이요. 흉기를 넣은 봉투 입구 안쪽으로 지문이 하나 덜 닦여 있었나 봅니다. 이번 사건은 의외로 빨리 종결될 거 같네요.

한동안 나는 건물 안에서 들리는 소리에 계속 귀를 기울였다. 하지만 그 뒤로는 아무 일도 일어나지 않았다.

"아, 그렇구나."

갑자기 도헤이의 카드가 생각났다.

"조커와 스페이드 에이스."

오늘 아침, 녀석이 내민 두 장의 카드. 마침내 그 의미를 깨달았다.

스페이드는 검을 나타내는 마크다. 흉기가 된 칼을 나타내고 있었던 것이다. 그리고 조커는 틀림없이 피해자인 무라이다. 다시 말해, 그 두 장의 카드는 오늘 밤에 무라이가 살해된다는 의미였다.

"도헤이 녀석. 정말 대단하다니까."

그렇다면 후유에에게 준 다이아 퀸은 뭘 뜻하는 걸까. 이 예언이 적중했으니 그 카드에 대한 의미가 더더욱 궁금해졌다.

다이아몬드를 조용히 응시하는 퀸. 그건 무슨 의미였을까. 후유에는 지금쯤 다이아 반지를 줍는 꿈이라도 꾸고 있을까. 아니면 맨션의 창문에서 밤하늘의 별을 쳐다보고 있을까.

🐒 의문의 다이아 퀸

다음 날 아침, 다니구치 악기가 업무를 시작하는 9시가 되자마자 나는 기획부에 전화를 걸었다. 가리타를 찾아서 어젯밤에 일어난 일을 보고했다. 가리타는 크게 놀란 것 같았지만, 다른 직원들이 신경 쓰이는지 간혹 "뭐!", "에!"라고 짧은 감탄사를 소리 낼 뿐, 잠자코 내 설명을 들었다.

"저는 오늘은 출근하지 않겠습니다. 사무실에서 좀 처리해야 할 일이 있어서요."

-그, 그래. 알았네. 하지만 미나시 씨, 어떡하지. 이제 그 건에 대해서는…….

"그건……."

나는 말문이 막혔다.

"어떻든지 간에 나중에 다시 연락드리겠습니다."

그 말만 하고 전화를 끊었다.

사실 사무실에서 처리할 일 따위는 없었다. 내 머릿속만 처리하면 된다.

솔직히 나는 조심하지 않을 수 없었다. 살인사건이 아닌가. 현 상태에서 구로이 악기를 지켜보는 건 바람직하지 않다. 바람직하지 않기는커녕, 어리석은 일이다. 살인사건과 탐정은 완전히 상극이다. 살인사건에는 열이면 열 경찰이 개입하기 마련인데, 탐정들이 가장 피하고 싶어하는 인물이 바로 경찰이다. 간혹 뭘 착각했는지 탐정사무소에 와서 살인사건을 의뢰하는 사람들이 있다. 그런 말도 안 되는 의뢰를 하

다니! 나는 그런 의뢰가 들어오면 딱 잘라 거절한다. 경찰한
테 찍히기라도 하면 우리 탐정들은 먹고 살기 어려워진다.
도무지 이해할 수 없다. 살인사건 수사라면 경찰들이 한 수
위다. 게다가 돈도 받지 않고 해주는데, 왜 탐정한테 의뢰를
맡기려고 하는 것인지. 이해할 수 없다.

"안녕하세요오!"

마음속으로 이런저런 생각을 하고 있는데, 호사카가 출근
했다.

"어어, 미나시 씨. 피곤해 보이시네요. 드링크제라도 사
올까요?"

"아니, 괜찮아. 잠을 좀 못 자서 그래."

"아하, 또 그 음산한 비디오라도 보신 거죠?"

"비슷해."

호사카가 들으면 괜스레 걱정할까봐 어젯밤에 일어난 일
을 말하지 않기로 작정했다. 호사카가 접수대에 자리 잡기를
기다렸다가 후유에에게 전화를 했다. 낮은 목소리로 짧게 상
황을 설명하자 그녀는 당장 사무실로 달려왔다.

나는 후유에에게 앞으로 어떻게 할지를 의논했다.

"솔직히 거기서 제시한 보수를 생각하면 포기할 수 없어.
하지만 자칫 경찰한테 찍히면 곤란하잖아. 나도 털면 먼지
한두 개는 나올 거고, 당신도 사정이야 마찬가질 거야. 더구

나 당신은 요쓰비시 에이전시를 다닐 때 쌓였을 시커먼 먼지
가 튀어나올 가능성도……."

마구 쏟아내다가 나는 당황하여 덧붙였다.

"지금 하는 일이야 문제는 없지만 말이지."

"한밤에 몰래 건물 안으로 침입한 게 문제없는 일이라구
요?"

"말이 그렇다는 거지. 아무튼 난 이번 일에서 손을 떼야
한다고 생각해. 당신 의견을 듣고 싶어. 물론 나중에 일한 만
큼 보수는 확실하게 지불하겠지만, 중간에 그만두는 일에 대
해서 만약 당신이……."

"실례합니다아."

호사카가 쟁반에 차 주전자와 찻잔을 들고 왔다. 후유에
는 자연스럽게 선글라스를 쓰고 눈을 가렸다.

"전통차인데 괜찮으세요?"

"고마워요. 내가 할게요."

후유에가 팔을 뻗자 호사카는 콩나물 같은 얼굴에 웃음을
띠며 고개를 살랑살랑 흔들었다.

"됐어요오. 후유에 씨는 그냥 앉아계세요. 이건 제 일이
에요."

호사카가 차를 따르고 나간 뒤 우리는 다시 소곤소곤 이야
기했다.

"적어도 이 일은 당분간 중단해야겠어. 한동안 경찰들도 구로이 악기 건물을 들락거릴 거고."

"얼마나요?"

"그렇게 길지는 않을 거야. 아까 얘기한 그 다바타라는 여자, 그 여자가 잡히는 건 시간문제니까."

"왜요?"

후유에의 말투는 긴장감이나 걱정을 전혀 느낄 수 없었다. 차분했다. 자신과 주변과의 거리를 신중하게 재는 것처럼. 하지만 나는 그녀의 그런 모습에 신경 쓸 겨를이 없었다.

"왜냐하면 만약 다바타라는 여자가 전과가 있거나 도로교통을 위반한 적이 있으면 지문 데이터베이스에서 단번에 이름이 뜨잖아. 그리고 어제 형사들 이야기를 들어보면 경찰은 현재 범인이 남자라고 생각하고 있지만, 봉투에 남아 있던 지문 모양에서 어쩌면 벌써 범인의 성별을 파악했는지도 몰라. 범인이 남자가 아니라 여자라는 걸 말이야. 다바타라는 여자가 체격이 어떤지는 모르지만, 만약 지문이 여자처럼 작은 거라면 모양에서……."

후유에가 선글라스를 벗었다. 두 눈을 크게 뜨고 똑바로 나를 쳐다보았다. 눈 아래 다크서클이 엄청 심했다.

"왜?"

"봉투 지문이라뇨?"

"어? 아아, 미안. 우리하고 상관없는 일이라서 아깐 일부러 얘기 안 했어."

나는 후유에게 흉기가 들어 있던 흰 봉투에서 범인의 것으로 추정되는 지문이 검출되었다고 설명했다. 그러자.

후유에는 순식간에 몸이 굳어졌다.

"뭐야, 왜 그래?"

후유에는 고개를 설레설레 흔들 뿐 대답하지 않았다. 그러더니 자리에서 벌떡 일어났다.

"미안하지만, 오늘은 이만 갈게요."

"어, 이봐……."

"나중에 연락할게요."

후유에는 재빨리 선글라스를 쓰고 황급히 방을 나갔다.

"어어, 벌써 가세요오?"

호사카의 질문에 대답도 하지 않고 후유에는 복도로 나갔다.

"왜 저러는 거야……."

나는 그녀를 쫓아가는 것도 잊고 멍하니 바닥에 앉아 있었다. 머릿속에서 다이아 퀸이 팔랑거리며 춤을 췄다.

오후에 사무실을 나섰다. 미니쿠퍼를 타고 구로이 악기 건물로 향했다. 경찰 수사가 어떻게 진행되고 있는지 무척이

나 신경이 쓰였다.

오우메 가도에서 옆길로 빠졌다. 경찰차 두 대가 구로이악기 건물 옆에 서 있었다. 제복 차림의 경찰관들이 하얀 숨을 내뱉으면서 뒷문으로 들락거렸다. 나는 일단 건물 앞을 지나쳐서 의심받지 않을 만큼 거리를 둔 다음, 갓길에 차를 세웠다. 하늘이 유난히 어스레해서 당장이라도 한 차례 쏟아질 기세다. 눈? 아니면 비? 무거운 듯한 구름색이 내 가슴밑바닥에 자리 잡은 불길한 예감을 부추겼다.

"다케나시, 틀림없는 거지?"

낯익은 목소리. 고개를 돌려 보니 길 반대편에 구깃구깃한 코트를 입은 사내 둘이 나란히 걸어가고 있다.

"네, 감식반은 그렇게 판단한 거 같습니다. 상처 모양에서⋯⋯."

그중 한 사내와 눈이 마주쳤다. 그는 입을 다물고 몸을 웅크리며 내 얼굴을 들여다보았다. 다른 한 명도 이쪽을 보고 수상하다는 듯이 입을 오므렸다. 나는 시선을 돌렸다. 두 사내는 잠시 나를 바라보는 것 같았다. 나는 크게 하품을 하고 코 옆을 긁적이며 나에게서 시선을 거두기를 기다렸다.

마침내 두 사내는 말없이 다시 걸음을 옮기더니 구로이악기 건물의 뒷문으로 들어갔다.

분명 어젯밤의 그 형사들이다. 다니오 형사와 다케나시

형사. 상사인 다니오는 검게 그을린 이마에 주름이 눈에 띄는 구부정한 사내였다. 부하인 다케나시는 목소리는 낮고 조금 투박했지만, 얼굴은 가지처럼 말끔한 동안이다. 나이도 가늠할 수 없었다.

건물 안에서 두 사람이 다시 입을 열었다. 그 소리가 내 귀에 그대로 들렸다.

-다니오 선배님. 아까 그 사람, 왜 차 안에서 그렇게 큰 헤드폰을 쓰고 있었을까요?

-카스테레오가 고장 난 거겠지.

-좀 수상하지 않아요? 혹시 그 헤드폰 밑에 이상한 거라도 숨기고 있다거나.

빙고.

-뭘 숨기는데?

-예를 들면, 도청기라든지.

아깝군. 도청기가 아닌데.

-자네는 미스터리를 너무 많이 봤어. 경찰 수사를 도청할 정도로 간땡이가 부은 사람이 있겠어?

유감입니다.

-그보다 다케나시. 아까 그 얘긴데, 그 칼은 분명히 흉기로 쓰인 게 확실하지?

-네. 피해자의 상처 모양으로 볼 때 틀림없다고 합니다.

-봉투에서 나온 지문과 일치하는 사람은?

-경찰서 데이터베이스에 일치하는 지문은 없다고 합니다.

-그래. 그런데 범인은 도대체 뭘 찾고 있던 걸까?

찾고 있었다?

-그걸 모르겠어요. 기획부의 도미타라는 사람한테 물어봤는데 범인의 지문이 나온 책상 서랍에서 없어진 건 전혀 없었대요. 원래 거기에는 그렇게 중요한 건 들어 있지 않은 것 같더라고요. 거래처에서 받은 견적서하고 악기 사양서 정도가 정리되어 있다고 합니다.

-하지만 범인은 그 책상 서랍들을 일일이 모두 열었어. 가장 밑의 서랍은 잠겨 있었는데도 말이지.

-그 도미타라는 사람, 감식반한테 열린 흔적이 있다는 말을 듣고 놀라는 거 같았죠?

-감식반도 용케 그 작은 흠집을 찾아냈지.

-그게 없었으면 범인 지문도 못 찾았을 거예요.

-책상 서랍 속까지 지문을 채취하지는 않으니까.

-그건 그렇고, 참 이상해요. 범인은 살인을 저지르고 책상 서랍을 뒤졌다. 그것도 딱 그 책상 하나만요. 하지만 책상 주인은 거기에는 중요한 게 없다고 하고.

-도대체 무엇 때문이었는지…….

-음…….

두 사람이 입을 다물었다.

어떻게 된 거지. 책상 서랍에서 범인 지문이 나왔다고? 기획부 도미타 책상에서? 그건 그 눈 오던 날 밤에 후유에가 몰래 들어가서 뒤진 책상이잖아.

……미나시 씨. 나 장갑을 안 끼었는데, 괜찮을까요?

……지문 때문에? 그런 거 아무도 조사 안 해. 살인사건이 일어나면 몰라도. 그리고 내일은 토요일이라서 청소업체 직원들이 갈 거야. 당신이 만진 문하고 복사기 그리고 책상도 반짝반짝하게 닦아줄 거니까 걱정 마.

아마 지문은 청소를 하면서 거의 대부분 지워졌을 것이다. 하지만 책상 서랍 속까지는 닦지 못했다. 당연한 일이다. 이상할 게 뭐가 있는가. 거기까지 꼼꼼하게 청소하는 사람은 없으니까. 그런데.

"범인 지문……?"

나는 그대로 1분 정도, 눈앞에 보이는 자동차 앞 유리를 노려보았다.

……그럼 오늘밤에 차로 데리러 갈게.

……일이야. 구로이 악기에 다시 한 번 들어가보려구.

어제 아침에 나는 후유에에게 말했다.

……이삿짐을 마저 정리하고 싶은데. 다른 날 하면 안 돼요?

후유에의 태도는 왠지 부자연스러웠다.

나는 코트 주머니에서 휴대전화를 꺼냈다. '후유에……
스탭 No.002'이라는 이름을 찾았다. 하지만 도저히 누를 수
가 없다. 막연한 불안감이 가슴속에서 점점 커져만 갔다.

나는 전화를 걸지 않고, 대신에 다른 번호 세 개를 눌렀다.

－감사합니다. 전화번호 안내를 맡고 있는 기노시타입니다.

"지요다 구의 요쓰비시 에이전시 부탁합니다."

……당신이 그만둔다고 하니까 요쓰비시 에이전시에서
바로 그러라고 했어?

－지요다 구의 요쓰비시 에이전시요? 잠시만 기다려주세요.

……언제든지 도망칠 수 있게 아예 가명으로 일했으니까.

－안내해드리겠습니다. 전화 감사합니다. ……번호는 0,
3, 3, 2…….

나는 전화를 끊고 합성음성이 가르쳐준 번호에 발신번호
가 뜨지 않도록 사무실 전화기로 전화를 걸었다. 중년 남자
의 낮은 목소리가 받았다.

－요쓰비시 에이전시입니다.

"조사를 하나 부탁드리고 싶은데요."

－어떤 내용이시죠?

"실은 전에도 신용조사를 부탁드린 적이 있거든요. 그때
담당하신 분이 너무 잘해주셔서요, 다시 같은 분께 부탁드리

고 싶은데."

-네에. 담당자 이름이 어떻게 되는데요?

"음, 여자 분이셨는데 항상 선글라스를 끼고 있었고, 이름
은 다바타 씨였나……."

나는 말을 끊고 속으로 빌었다. 상대가 "그런 직원은 없습
니다"라는 대답을 기다렸다. 그런데.

-아아, 다바타 씨요? 죄송합니다. 다바타 씨는 지금 특별
부서에 있어서 일반 분들의 의뢰는 받을 수가 없습니다. 다
른 직원은 안 될까요? 저희는 항상 고객님들이 신뢰하실 수
있는 직원들을…….

나는 전화기를 쥔 손을 천천히 떨어뜨렸다. 여보세요, 여
보세요………. 벌레가 윙윙거리는 듯한 소리가 전화기에서
흘러나왔다.

다이아 퀸.

다이아는 돈을 상징한다.

다이아 퀸.

🐒 커져가는 의혹

저녁 무렵, 가리타가 전화를 해서 어제 내가 들은 이야기

들을 어떻게 할 건지 물었다.

"지금은 제가 범행 순간을 듣고 있었다는 사실을 경찰에 알릴 생각은 없습니다. 만약 경찰에게 얘기하면 가리타 부장님과 다니구치 사장님도 곤란해지실 거구요."

–음, 그야……. 자네를 고용해서 라이벌 회사를 도청하고 있던 게 드러날 테니까.

가리타는 수화기 너머에서 낮은 신음 소리를 흘렸다.

–하지만 이대로 덮어두는 건 좀 그렇지 않나? 자네 말로는 경찰은 범인상을 착각하고 있어. 범인이 남자라고 생각한다며?

"아무튼 시간을 조금만 주십시오. 차분히 생각해 보겠습니다."

그리고 나는 사무실에서 혼자 양반다리를 하고 후유에의 전화를 기다렸다. 도저히 내가 먼저 걸 용기는 나지 않았다. 어떻게 이야기를 꺼낸단 말인가. 머릿속은 뇌를 끄집어내고 대신 회색 진흙을 쑤셔 넣은 것처럼 무겁고 탁했다. 회색 진흙의 정체가 뭔지, 나도 알고 있었다. 후유에에 대한 의혹 말고 무엇이 있을 수 있을까.

내 모습이 걱정되는지 호사카가 접수대에서 가끔 힐끔거리며 이쪽을 쳐다봤다. 그는 나에게 고민이 있는지 수차례 물어왔다. 괜한 걱정을 끼치고 싶지 않았기에 나는 그때마다 고개를 저었다. 그러면 호사카는 슬픈 얼굴로 다시 접수대를 향했다.

창으로 들어오던 빛이 오렌지색으로 변하다가 이윽고 흐릿해지고 마침내 사라졌다. 9시가 되어서야 호사카가 늦은 퇴근을 준비했다.

비가 오고 있었나 보다.

"집까지 바래다줄까?"

내가 말을 걸자 호사카는 "괜찮아요"라며 웃었다.

"장화 신고 가면 돼요."

"장화?"

"농담이에요. 우산 꽉 붙이고 가면 돼요. 걱정 마세요."

현관에서 호사카는 나를 돌아보았다. 몇 번 본 적이 없는 슬픔에 젖은 얼굴이다.

"미나시 씨. 저요, 미나시 씨한테 도움이 되고 있나요?"

갑작스러운 질문에 나는 바로 대답을 하지 못했다. 호사카는 내 침묵을 착각했는지 한층 슬픈 얼굴로 쓸데없는 말을 꺼냈다.

"제가 방해가 된다면 바로 말씀해주세요. 다른 데 알아볼……."

"얼굴이 콩나물 같다고 속까지 콩나물 같은 소릴 하냐!"

나도 모르게 거칠게 말을 가로막았다. "콩나물……." 호사카는 중얼거리며 내 얼굴을 다시 보았다. 나는 단호하게 말했다.

"이래 봬도 난 경영자야. 어떤 기준으로 직원을 뽑든 내 맘이야. 호감으로 뽑든, 궁합을 보고 뽑든 내 맘이라구."

"그래도……."

"그래도는 뭐가 그래도야. 네가 여기를 그만두는 건 조금 전에 네가 한 그 말을 다시 했을 때야. 명심해. 흠씬 두들겨서 내쫓아줄 테니까."

호사카는 고개를 숙이고 뭐라고 웅얼거렸다가 곧 얼굴을 들었다.

"수고하셨습니다."

호사카가 퇴근했다. 복도에서 딱 한 번 돌아보고 그는 콩나물 같은 얼굴에 히죽 미소를 지었다. 나는 흥 하고 콧방귀를 뀌었다.

밤새도록 빗줄기가 창문을 두드리더니 새벽녘에서야 겨우 그쳤다. 결국 나는 한숨도 자지 못했다.

🐭 **도헤이의 퀴즈**

오전 8시. 호사카가 출근을 했다.

"조오은 아침이에요오."

활기차게 아침인사를 하고 호사카는 부스럭거리며 가방을 뒤적였다. 항상 어깨에 끈으로 걸쳐 메는 가방을 들고 다닌다. 둥근 안경을 몇 번이고 올려가며 가방에서 꺼낸 건 그가 아주 좋아하는 일본지도와 하얀 비닐봉지였다.

"미나시 씨. 저희 어머니가 어제 차사오(구운 돼지고기-옮긴이)를 보내주셨어요. 저번에 미나시 씨가 드시고 맛있다고 하셨잖아요. 또 같이 먹어요. 이거 정말 맛있죠?"

호사카의 어머니는 호쿠리쿠의 시골에서 산다. 아버지는 호사카가 학교를 다닐 때 갑자기 돌아가셨다는 것 같다. 어머니는 호사카의 남동생들인 중학생과 고등학생인 두 아들과 함께 남편이 남기고 간 밭을 경작하고 있다. 일손이 부족해서 허리 한 번 제대로 펴지 못할 정도로 바쁘다나. 그런 사정을 알았기에 호사카는 주변의 엄청난 반대를 뿌리치고 홀로 도쿄로 나왔다. 그는 이 사무실에서 받는 월급을 조금씩 떼어 매달 시골로 송금한다. 출근일 수에 따라 월급을 주기 때문에 호사카는 내가 쉬라고 아무리 말해도 매일같이 출근을 한다. 나야 물론 다행이지만 가끔 그의 몸이 걱정된다.

"차사오라……."

오랫동안 같은 자세로 있었던 탓인지 자리에서 일어나니 무릎에서 뚜걱뚜걱 소리가 났다.

"언제 받았다구?"

"네? 저, 그러니까 어제요."

"밤 9시에 퇴근해놓고 어떻게 받았다는 거냐?"

"갔더니 문에 택배 부재통지가 있었어요."

"그 시간에 다시 배달을 해준다구?"

"아아, 제가 영업소까지 받으러 갔었어요."

"뻥치고 있네."

호사카는 길쭉한 머리를 긁적이면서 고개를 숙였다.

"어제 미나시 씨가 어쩐지 기운이 없어 보여서…… 좋아하는 거라도 드시면 기운이 날까 싶어서……."

호사카는 가끔 이렇게 착한 거짓말을 했다. 하지만 얼마나 서툰지 들통 나지 않은 적이 없다.

"고마워. 잘 먹을게."

나는 차사오가 든 비닐을 받았다. 분명히 어젯밤에 고생하며 직접 만들었을 것이다.

"하지만 정말로 맛있어요."

"그러겠지."

혼자 끙끙거리던 것이 바보 같았다는 생각이 들었다.

"좋았어. 오늘은 임시 휴업이다. 아파트 사람들을 불러서 차사오를 먹자. 고기 파티를 열자구."

"엇, 그래도……."

"걱정 마. 호사카는 유급휴가니까."

호사카는 손뼉을 치면서 기뻐했다.

"아, 후유에 씨도 불러요. 제가 만든 차사오, 후유에 씨 하고도 같이 먹어요."

뜻밖에 후유에에게 먼저 연락할 구실이 생겼다.

오전 내내 내가 할 수 있는 데까지 방을 정리했다. 하는 김에 루치오 풀치의 비디오 컬렉션도 정리하고 비디오테이프도 손을 좀 봤다.

점심 때 노하라 영감님과 마키코 할머니가 니혼슈를 한 병씩 가지고 왔다.

"어때, 방은 좀 정리됐수?"

방에 들어오자마자 마키코 할머니는 수상쩍다는 듯이 한쪽 눈썹을 치켜떴다. 노하라 영감님이 바로 고개를 설레설레 흔들었다.

"아디. 여전히 방웃 지저분한데."

"바닥에 셔츠가 굴러다니진 않수?"

"억지로 가장자리에 빌어 뒀구반."

"미나시, 너 그래가지고 평생 혼자 살어. 여자, 못 찾아."

"아아, 귀 따가워. 그만하고 앉으세요……."

"호사카, 너도 이런 데서 종일 지도만 보고 있으면 여자는 고사하고 몸에 곰팡이가 피고 말걸."

"그럴까요오?"

"암튼 열심히 해라."

마키코 할머니가 호사카의 머리를 쓰다듬으려고 했지만
손이 살짝 빗나갔다. 호사카는 머리를 재빨리 할머니의 손에
갖다 댔다.

옆방에 사는 도우미와 마이미도 왔다. 여전히 샴쌍둥이처
럼 서로 몸을 딱 붙인 채 둘은 큼지막한 사각 알루미늄 통을
내밀었다.

"쿠키 가져왔어요."

"이거 값 좀 나갈 거예요."

도우미가 왼손으로 통을 잡고 마이미가 오른손으로 뚜껑
을 열었다. 고급스러운 쿠키가 가득 들어 있다.

"아까 세어 봤더니 일흔 두 개였어요."

"모두 여덟 명이니까 한 사람이 아홉 개씩이에요."

현관문이 열리고 복도에 커다란 몸집이 나타났다. 반바지
에 검정 와이셔츠, 새빨간 넥타이를 매고 보라색 재킷에 이
마 한 가운데에는 '신'이라는 글자 하나.

"도헤이, 어서 와. 호사카가 차사오를 잘라줄 거야."

도헤이는 방에 들어오자마자 쌍둥이 자매를 보고 "후못"
이라고 말하며 굵직한 두 팔을 뻗었다. 쌍둥이는 이미 알고

있기에 즐거운 듯한 표정을 짓고 가만히 앉아 있다. 기합 한 번에 도헤이는 탁탁탁 하고 쌍둥이의 머리카락 속에서 카드를 몇 장씩 꺼냈다. 모두 페이스 카드다.

"으음. 음음. 으음."

기묘한 콧노래를 흥얼거리면서 도헤이는 정중하게 페이스 카드를 도우미와 마이미에게 내밀었다. 전부 열한 장이다.

"고마워요, 도헤이 아저씨."

"근데 이게 뭘까?"

"이건 우리를 말하는 거야, 마이미."

"이 그림들이 왜 우리야?"

"잘 봐봐. 한 장이 부족하지?"

"엇, 정말. 하트 킹만 없어."

도헤이는 히죽거리면서 아이들을 바라보았다. 하트 킹이 없는 페이스 카드가 왜 도우미와 마이미가 되는 걸까. 나도 이해할 수 없었다. 하트 킹은 전에 내가 받은 카드인데, 설마 그때처럼 자살 같은 게 연관된 건 아니겠지.

"마이미, 너도 참 둔하긴. 이건 말이지."

도우미가 마이미에게 뭐라고 소곤거렸다. "아아." 마이미가 소리쳤다.

"그거였구나. 도헤이 아저씨, 짓궂긴!"

마이미가 도헤이의 어깨를 탁탁 쳤다.

"짓궂어?"

아아, 그렇구나. 잠시 생각을 한 다음에야 나도 카드의 의미를 이해했다. 도헤이는 만족한 듯이 고개를 끄덕이고 노하라 영감님에게 카드를 내밀었다. 퀸이 네 장이다.

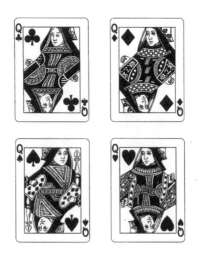

"음음음? 이건 뭔 의비지?"

노하라 영감님은 도헤이의 퀴즈를 즐기듯이 고개를 갸웃했다. 도우미와 마이미가 옆에서 카드를 들여다봤다.

"나 알았어."

"나도 알았어."

"엣, 더희든 알았다구?"

"퀸 그림을 잘 봐요."

"어딘가가 좀 이상하죠?"

"어디? 뭐가 이상하다구?"

"다 손에 아무것도 안 들고 있잖아요."

"그래요. 원래는 그걸 들고 있는데."

아하, 그런 거구나.

노하라 영감님은 눈살을 찌푸리고 천장을 올려다보더니 이윽고 "오오!" 하고 탄성을 질렀다.

"정발 맞아, 맞아! 우하하! 도헤이, 더는 굉장히 근사한 동담을 생각해댔구다! 동아, 동아!"

노하라 영감님은 도헤이의 뺨을 철썩철썩 때렸다.

"도헤이, 나도 해다오. 카드를 꺼내다오."

마키코 할머니가 조르자 도헤이는 뒷주머니에 손을 집어넣어 아주 평범하게 카드를 한 장 꺼냈다.

"이봐, 바키코 할범. 자긴 조커라든데!"

노하라 영감님이 유쾌하다는 듯이 말했다. 나도 소리 없는 웃음이 절로 나왔다. 도헤이 녀석, 이런 마무리까지 준비하다니, 제법이야.

도우미와 마이미가 조금 전에 열었던 쿠키 통을 도로 닫고 도헤이에게 내밀었다.

"이 쿠키가 몇 개인지 가르쳐줘요, 도헤이 아저씨."

"모두 똑같이 나누고 싶은데 세기가 귀찮아서요."

그러자 도헤이는 천천히 도리질을 하더니 불만스럽게 입술을 부르르 떨었다. 누군가가 이미 아는 사실을 일부러 물어보면 도헤이는 항상 이런 행동을 보인다. 다른 사람이 시험하는 걸 싫어한다.

"얘들아, 도헤이 데리고 장난치면 못써."

마키코 할머니가 무시무시한 얼굴로 쌍둥이를 나무랐다.

"죄송해요."

"다신 안 그럴게요."

쌍둥이는 쿡쿡 웃으면서 동시에 몸을 움츠렸다. 하지만 마음씨 고운 도헤이는 "후뭇" 하더니 쿠키 통 위에 7과 2의 카드를 놓았다. 모두 일흔두 개의 쿠키, 빙고.

"자, 여러분. 차사오 등장입니다."

호사카가 커다란 접시를 능숙하게 머리에 이고 방으로 들어왔다. 그와 동시에 복도를 또각또각 걸어오는 발소리가 들렸다.

"안녕하세요."

선글라스를 쓴 후유에가 주저하는 표정으로 나타났다.

후유에의 수상한 알리바이

"난 후유에 언니 눈이 멋있어요."

"숨기고 다니기 너무 아까워요."

"이렇게 예쁜데."

"나도 그런 눈 갖고 싶어."

도우미와 마이미는 진저에일을 빨대로 마시면서 떠들었다. 커다란 접시 위의 차사오는 거의 바닥을 드러냈고, 쌍둥이가 가지고 온 쿠키도 얼마 남지 않았다. 노하라 영감님과 마키코 할머니는 니혼슈에 잔뜩 취해 흐느적거렸다.

"그래? 그래도 난 싫어."

후유에는 부끄럽다는 듯이 고개를 숙이고 두 손으로 들고 있던 캔맥주를 바라보았다. 그녀는 방금 전까지 선글라스를 끼고 있었는데, 술에 취한 노하라 영감님의 "그딴 거 벗어버려"라는 일갈을 듣고는 결국 벗어버렸다. "모두들 웃고 말텐데." 후유에는 걱정했지만 웃는 사람은 아무도 없었다.

"난 어릴 때부터 이 눈이 정말 너무 싫어서…… 아아."

마키코 할머니가 팔을 뻗어 엄지와 검지로 후유에의 눈 크기를 쟀다. 후유에는 난처한 듯이 몸을 살짝 뺐지만, 크기를 잴 수 있도록 얼굴은 움직이지 않았다.

"음음…… 그래그래……."

마키코 할머니는 한참 동안 길이를 잰 다음 자세를 바로 잡고 팔짱을 끼더니 측량결과를 밀리미터 단위로 말했다. 마키코 할머니의 '손가락 자'는 꽤 정확하다.

"좋은데. 크기나 길이 다 좋아."

"우리가 아까부터 그랬잖아요."

"마키코 할머니는 항상 안 듣고 있다니까."

"확인해본 것뿐이야."

후유에가 아파트 사람들과 친해진 것, 그 사실만으로도 기뻤다. 하지만 기쁜 마음 못지않게 내 가슴속에는 어두운 그림자가 드리워졌다. 본래 내가 제안한 조촐한 파티였지만, 나는 즐기고 있을 수가 없었다.

"어, 도헤이. 비디오 보려고?"

달그락 소리가 나는 곳을 보니 도헤이가 방구석에 놓인 상자뚜껑을 열고 뒤적거리고 있었다. 「시티 오브 리빙 데드」, 「뉴욕 리퍼」, 「좀비」 등 내가 경애하는 루치오 풀치의 비디오 컬렉션이 가득 들어 있다. 몇 년 동안 힘들여 모은 것으로 마니아라면 군침을 흘릴 만한 작품들이다. 하지만 도헤이는 마니아가 아니다.

"음오오옷!"

도헤이는 상자에서 꺼낸 비디오의 기괴한 케이스를 보자마자 놀라서 내던졌다.

"풀치 영화는 네가 보기에는 무리일 거 같은데. 아아, 그래. 후유에, 괜찮으면 하나 가져가서 보지 그래? 풀치, 좋아하지?"

"네에? 그럼 그럴까요. 고마워요."

루치오 풀치를 좋아한다는 사실을 내가 알고 있다는 것이 의외였나 보다. 그녀는 당황해하며 고개를 끄떡였다.

잠시 후 아파트 사람들은 뿔뿔이 흩어지고 호사카와 후유에만 남았다.

"호사카도 가끔은 일찍 퇴근해. 나머지는 내가 정리할 테니까."

"정말요? 그럼 먼저 가볼게요."

"차사오, 잘 먹었어. 맛있더라."

"또 만들어올게요."

빙긋 웃고 호사카는 후유에를 쳐다보았다.

"후유에 씨, 괜찮으면 다음에 어떻게 만드는지 가르쳐드
릴게요. 요, 요리는 좋아하세요?"

호사카는 요리를 잘하는 사람을 좋아한다.

"미안, 요리는 잘 못해요. 지금 집에 이사하고 나서 아직
물도 끓여보지 않았어요. 렌지 위에는 상자가 산더미같이 쌓
여 있어서요."

"그렇군요. 네에……."

호사카가 유감스러워하며 밖으로 나갔다. 나는 후유에를
향해 돌아앉았다.

"그저께 아침에 분명히 방을 정리한다고 하지 않았어?"

"어……."

후유에는 순간 아무 말도 못했지만, 바로 웃음을 띠었다.

"아아, 부엌은 거의 안 들어가니까 아직 손을 안 댔어요.
부엌 빼고 다른 덴 다 정리했어요."

후유에의 말을 순순히 받아들일 수 없었다. 잠시 망설이
다가 나는 마음을 다잡고 물어보았다.

"당신, 그제 밤에 어디……."

"뭐 먼저 볼까."

내 말을 억지로 끊고, 후유에는 비디오테이프 상자 앞에 주저앉았다.

"후유에, 제발. 내가 묻는 말에……."

"딱 한 번 극장에서 봤는데. 아아, 그때 생각나네."

그녀는 내 얼굴을 보려고도 하지 않았다.

이윽고 후유에는 비디오테이프를 하나 핸드백에 넣더니 현관문을 나섰다. 나는 머릿속에 회색 진흙을 쑤셔 넣은 채 그녀를 배웅했다. 후유에가 고른 비디오테이프는 하필이면 「좀비」였다.

-자, 그럼 시작합니다. 마니마니마니악 퀘스천!

아침 7시 20분. 평소처럼 옆방 라디오 소리에 눈을 떴다.

-먼저 지난주 정답부터 볼까요. 세상에나 이런 우연이! 헤밍웨이의 손녀딸 이름은? ……네, 정답은?

"마고 헤밍웨이."

-마고(孫, '손주'의 의미-옮긴이) 헤밍웨이입니다. 손녀 의 이름이 글쎄 마고라니. 아주 오래전 중학교 때 'so'의 뜻 이 '소(そう)'라는 걸 알았을 때만큼 충격적이네요. 참고로 이 마고 씨는 수면제를 먹고 자살했기 때문에 혹 이 이야기

123

를 하실 때에는 부디 조심해주세요. 정답을 맞히신 분, 축하…….

채널을 돌렸는지 라디오에서는 오래전에 유행한 펑크밴드의 노래가 흘러나왔다. 나는 코끝에 시선을 모으고, 말을 하는 것인지 노래를 부르는 것인지 구분이 안 가는 그 음악에 잠시 귀를 기울였다.

'조만간 아키에한테 가볼까' 하고 생각했다.

아키에 부모님과의 만남

일요일, 나는 도카이도 신칸센에 올라탔다. 교토에서 로컬 선으로 갈아타고 S역에서 내려 택시를 잡았다. 시가 현의 남단, 미에 현과 접한 산간에 구레노미야라는 작은 마을이 있다. 아키에의 고향이다. 아키에가 죽은 12월이 되면 내 발길은 반드시 그곳을 향한다.

"……였어유?"

희끗희끗한 짧은 머리의 기사가 핸들을 능숙하게 다루면서 나를 돌아보았다.

"손님?"

"네? 미안합니다. 생각 좀 하느라고요."

"듣고 계셨어유? 모자로 귀를 가리고 계셔서 안 들리시는 줄 알았어유."

머리에 큼지막한 헤드폰을 끼고 성묘를 갈 수도 없어서 이곳에 올 때에는 언제나 헤드폰은 가방에 넣어 두었다. 대신에 니트 모자를 깊숙이 써서 귀를 감췄다.

"성묘하려고 도쿄에서 오신 거냐고 물었어유."

"네. 성묘하러 왔어요."

나는 창밖을 바라보았다.

아키에의 묘 앞에서 조용히 합장을 하면 후유에의 일로 뒤죽박죽이 된 머리도 조금은 차분해질지도 모른다. 그런 기대를 품고 있었다.

자갈 위를 가로질러 택시가 묘지 주차장에 도착했다.

"손님, 어떡하실 거예유? 지가 여기서 기다릴까유? 어차피 돌아가시려면 다시 택시 부르셔야 할 턴디."

"아니, 괜찮아요."

매년 택시 기사들은 똑같은 말을 하지만 나는 항상 거절했다. 아키에의 묘 앞에서 얼마나 있을지 나도 알 수 없었기 때문이다. 해 질 녘까지 있었던 적도 있다. 견딜 수 없어서 1분도 채 있지 못하고 자리를 뜨기도 했다.

……왜 비둘기를 보는데?

……좋아하거든, 비둘기를.

묘지는 산을 깎아서 조성되었다. 자갈이 깔린 주차장을 나와서 묘비 사이를 걸어갔다. 겨울 햇살이 밝게 내리쬐어 바닥에는 반짝반짝 모자이크 모양으로 나무 그림자가 드리워졌다. 귀신이 나오고 싶어도 도저히 나올 수 없는 경관이다.

문득 호사카의 얼굴이 떠올랐다. 그는 자신을 '귀신'이라고 말할 때가 있다.

……저, 귀신같으니까요.

그건 단순한 농담인가. 아니면 자신의 처지를 한탄하는 마음을 농담처럼 말하고 있는 걸까.

조용하고 험한 길을 두 번 구부러져서 나는 아키에의 묘 앞에 다다랐다. 힐끔 주변을 둘러보고 니트 모자를 벗고 무릎을 꿇었다.

준비해 온 꽃을 꽂으려고 했는데 싱싱하고 커다란 국화가 병에 꽂혀 있었다. 누가 올린 걸까. 나는 가지고 간 꽃을 묘 앞에 내려놓았다.

"음……."

묘비 뒤로 뭔가 하얀 게 보였다. 일어나서 돌아가 보니 도자기로 된 마네키네코(한쪽 앞발로 사람을 부르는 모습을 한 고양이 장식물-옮긴이)였다. 오른쪽 앞발을 들고 자갈 위에 오도카니 앉아서 고양이는 소리 없이 웃고 있다. 크기는 딱 주먹 하나 정도 되려나. 집어 들었는데 손끝의 느낌이 좀 이상했다. 고양이를 돌려 뒤쪽을 살펴보니 뒤통수에서 등 한가운데까지 구멍이 뻥 뚫려 있다. 안은 텅 비어 있다. 갖다 둔 걸까. 잊고 간 걸까.

고개를 들었다. 묘비는 씻은 지 얼마 안 되었는지 약간 축축했다. 묘비의 뒷면에는 고인의 이름이 새겨져 있다. 노무라 아키에, 노무라 소타로, 노무라 하루미. 조부모와 셋이서 사이좋게 이 밑에 잠들어 있다. 언젠가 아키에는 어릴 때부터 할머니를 아주 좋아했다는 말을 한 적이 있다. 할머니를 많이 따르다 보니 내가 항상 신세를 졌던 요리솜씨며 재봉솜씨를 모두 배워서 잘하게 되었다나. 할머니가 돌아가셨을 때 아키에는 일주일 동안 울었다고 한다. 실컷 울고 보니 콧물이 아니라 코피가 났다고 아키에는 웃으면서 말했다. 그러다가 또 울었다.

뒤에서 인기척이 들렸다. 나는 구멍 난 마네키네코를 든 채, 한 손으로 후다닥 니트 모자를 써서 귀를 감췄다.

뒤를 돌아보니 묘 사이의 험한 길 사이로 두 사람의 그림자가 보였다. 나이든 여자와 남자. 그들은 나를 발견하고는 놀라서 발걸음을 멈췄다. 누굴까. 처음 보는 사람들이다. 나는 가볍게 인사를 하고 다시 아키에의 묘비로 돌아섰다. 그래도 다가오는 소리가 들려 돌아보니 여자가 머뭇거리며 다가오고 있었다.

"우리 애⋯⋯를 찾아오신 건가요?"

깜짝 놀랐다. 아키에의 어머니인 것 같다. 그렇다면 저 남자는 아버지인가.

부모님을 뵌 건 처음이었다. 매년 성묘를 오기는 했지만 아키에의 집에 들른 적이 한 번도 없다. 내 외모도 그렇지만, 일단 도쿄에서 지낸 나와 아키에의 관계에 대해서 설명하고 싶지 않았다. 아키에가 내 방에서 같이 지낸 사실을 알면 분명히 아키에가 자살한 원인이 나와 관련이 있다고 생각할 것이다. 나라면 반드시 그럴 테니까. 오해받는 건 상관없지만, 부모님 가슴속의 순수한 조의를 방해하고 싶지 않았다.

"도쿄에서 알고 지낸 사람입니다."

나는 간단히 대답하고 머리를 숙였다.

"실례지만 부모님 되십니까?"

두 사람은 환하게 웃으며 동시에 고개를 끄덕였다.

"그 애가 도쿄에서 알던 사람을 만난 건 처음이에요."

어머니가 웃는 얼굴로 부드럽게 말했다. 그녀는 내 손으로 눈길을 옮겼다가 "아" 하는 소리를 냈다.

"역시 여기에 놓고 갔었구나. 그 마네키네코, 그 애가 어릴 때 쓰던 저금통이에요. 여기 올 때에는 꼭 가져오거든요. 유난히 좋아했던 거라서."

아버지가 말을 이었다.

"놓고 가면 더러워지잖아요. 그래서 항상 가지고 돌아가죠. 비석 닦았을 때 내려놓고 잊고 있었네. 치매가 시작됐나 봐요."

그는 아내를 쳐다보며 씩 웃었다.

나는 들고 있던 마네키네코를 아버지에게 돌려주었다. 슬며시 두 사람을 바라보았다.

아키에의 큰 키는 아버지를 닮았다. 약간 구부정하긴 하지만 아버지는 나보다 훨씬 컸다. 부모님의 얼굴을 보고 있자니 아키에의 모습이 떠올랐다. 특히 어머니는 아키에가 나이 들었을 때의 모습 그대로인 것 같았다. 아키에에게서 수분이 좀 빠지면 분명히 이런 모습일 거야. 어머니는 아주 정중하게 나에게 머리를 숙였다.

"도쿄에서 일부러 찾아주시다니 감사합니다. 그 애도 분명히 기뻐할 거예요. 찾아오는 사람이 별로 없어서."

"옛날부터 내성적이어서 친구가 별로 없었지."

아버지가 갑자기 슬픈 얼굴이 되어 덧붙였다.

나는 두 사람에게 아키에에 대해 이것저것 물어보고 싶은 충동에 휩싸였다. 아키에는 도쿄에 오기 전의 일은 별로 이야기하려고 하지 않았다. 아키에의 어린 시절을 나는 거의 모른다. 어떤 아이였는지, 어떤 학생이었는지.

언제 말을 꺼낼지 생각하고 있는데, 아버지가 어설프게

웃으며 말했다.

"어때요? 우리 집에 안 가실래요? 멀리서 여기까지 찾아
왔는데."

아키에의 집에서 보낸 하룻밤

"미나시. 오호, 드문 이름이네요."

아키에의 아버지는 내 잔에 맥주를 채우며 말했다. 묘지
에서 택시로 30분 정도 걸리는 아키에의 집은 오래된 2층
목조건물이었다. 1층 거실에서 우리는 고타쓰(탁자 난로-옮
긴이) 안에 다리를 집어넣고 마주 앉았다.

"그런 말을 자주 듣습니다. 어릴 때는 정말 놀림 많이 받
았어요. 미나시는 '미나시고(みなしご, '고아'라는 뜻-옮긴이)'
의 미나시라고요. 이름이 고이치로이다 보니 '미나시고 이
치로'라고 불렸죠. 당시 꿀벌이 나오는 애니메이션이 유행
한 탓도 있구요."

"어머, 그럼 미나시 씨의 부모님은 돌아가셨어요? 아, 좀
들어요."

아키에의 어머니가 부엌에서 음식을 끓여 와서 고타쓰 위
에 놓았다. 짭짤한 간장 냄새가 좋았다.

130

"어릴 때 살던 아오모리에서 눈 때문에 집이 무너졌어요. 아버지, 어머니 모두 그때 지붕 아래에 깔려서."

"어머나, 눈 때문에……."

고타쓰 옆에 앉아 있던 어머니는 상체를 기울이며 내 얼굴을 보았다.

"미나시 씨는 괜찮았어요?"

"잘 기억은 안 나는데, 전 깨진 기왓장 사이를 기어서 지붕 밑에서 빠져나온 거 같아요. 아이니까 몸집이 작아서 가능했겠죠."

지붕 밑을 빠져나왔지만, 바로 앞에는 엄청난 눈 더미가 있었다. 나는 그 눈 속에 오랫동안 묻혀 있던 것 같다. 구조대가 빈사 상태가 된 나를 발견하고 눈에서 끄집어낸 것이 거의 한나절이 지난 때였다고 하니까.

그때 나도 부모님과 같이 죽었어야 했다는 생각을 얼마나 많이 했던가. 그런데 아키에를 만나고, 로즈 플랫 사람들과 장난도 치고, 지금 이렇게 고타쓰에서 맥주를 마시면서 슬픔에 젖어 있다가도 금방 활기를 찾는 사람들과 마주하고 있으면 그런 생각은 순식간에 머리에서 사라졌다.

"세상에 그런 끔찍한 일이…… 우리는 상상도 할 수 없어요. 눈이 오면 걷기 불편해지겠구나 하는 정도죠."

"보통은 그렇죠. 우산을 가져갈까 하고, 추워지니까 장갑이니 목도리니 모자니…….”

문득 아직도 니트 모자를 깊숙이 눌러쓰고 있다는 사실을 깨달았다. 실내에서 모자를 벗지 않아서 두 사람이 의아하게 생각하는지도 모른다. 뭐라고 변명을 하는 게 낫겠지.

“저기, 모자를 계속 쓰고 있어서 죄송합니다. 실은 어릴 때 그 사고로 귀를 좀 다쳐서요.”

“어머나, 그래서 귀를 감추고 있던 거예요?”

어머니의 웃는 모습이 아키에와 똑같았다.

“네, 그 흉터가 좀…….”

적당한 말을 찾았지만 떠오르지 않았다. 결국 나는 솔직하게 말했다.

“눈에 띄어서요.”

“그런 걸 왜 신경 써요.”

약간 취기가 오른 아버지가 코로 트림을 하면서 내 잔에 맥주를 따랐다.

이윽고 화제는 아키에에 대한 추억담으로 자연스럽게 바뀌었다. 나는 두 사람에게 이곳에서 자랐을 아키에의 어린 시절을 물어보았다.

“아키에는 우리가 기다리고 기다리다가 마흔 넘어서 낳은 아이였어요.”

어머니는 꿈꾸는 표정으로 아키에의 어린 시절을 이야기

했다.

아키에는 고등학교를 졸업할 때까지 이 집에서 지냈다고
한다. 나는 전혀 알지 못했던 아키에에 대한 이야기를 들었
다. 하지만 놀라운 이야기는 없었다. 디즈니의 캐릭터 상품
을 좋아했다는 것. 어릴 때부터 요리를 좋아해서 할머니에게
일일이 배우면서 곧잘 식사준비를 거들어준 것. 추위를 아주
잘 탔다는 것……. 부모님의 입에서 흘러나오는 어린 아키
에는 내가 아는 다 자란 아키에와 쉽게 겹쳐졌다.

거실 유리창이 바람에 흔들렸다. 세 사람 모두 유리창으
로 시선을 옮겨 잠시 대화가 끊겼다. 아버지가 울적한 목소
리로 입을 열었다.

"그런데 녀석은…… 왜 오지 않았을까. 얼굴이라도 비췄
을 법한데……."

아버지는 빨개진 코로 길게 숨을 뱉었다.

"차가운 애는 아니었는데……."

어머니는 끌려 들어갈듯이 고타쓰 판을 바라보았다.

두 사람의 이야기를 들어보면 아키에는 고등학교를 졸업
하고 집을 나간 뒤 돌아오지 않았다. 단 한 번도. 나와 지내
는 동안 아키에가 집에 가지 않은 건 물론 알고 있었지만, 그
전에도 가지 않았다는 건 처음 알았다.

"미나시 씨, 도쿄에서 녀석은 어떻게 지냈습니까?"

아버지가 결심한 듯이 얼굴을 들었다. 가슴츠레한 두 눈에는 눈곱이 끼고 눈물이 조금 고여 있다.

"우리는 정말 아무것도 몰라요. 어떻게 지내고, 어디서 일했는지 전혀 몰라요."

전 아주 친하지는 않았습니다만 하는 전제를 깔고 대답했다.

"듣자니 어느 상사에서 사무직 아르바이트를 하는 거 같았어요."

"아아, 그랬군요."

두 사람은 안심한 듯이 부드러운 미소를 지었다.

"도쿄에 와서 계속 그곳에서 일했나 보더라구요."

반은 거짓이었다. 아키에가 상사에서 아르바이트 일을 시작한 것은 나와 같이 지내게 된 다음이다. 아키에를 처음 알았을 때 그녀는 신주쿠 뒷골목에 있는 술집에서 일하고 있었다. 몸을 파는 일은 아니었지만, 거의 비슷하다고 할 수 있는 정도의 일을 했던 것 같다.

"왜 자살을 했을까. 도쿄에서 무슨 일이 있었는지……."

아버지는 술잔에 대고 한숨을 쉬었다.

이미 해 질 녘을 지나 얇은 창문 너머 밖은 어두워져 있었다. 조금 더 이야기를 하고 싶었지만, 지금 일어나지 않으면 전철이 끊긴다. 나는 일어나 인사를 했다.

"조금 더 있다 가면 좋을 텐데."

아버지가 애원하는 눈빛으로 붙잡았다.

"뭐하면 자고 가도 되고."

"여보, 우리야 은퇴해서 할 일이 없지만, 미나시 씨는 내일 출근해야죠. 미나시 씨, 하룻밤 묵는 건 무리겠죠?"

나는 잠시 망설이다가 두 사람을 보고 웃었다.

"폐가 안 된다면."

어머니가 놀라워했다. 막상 말을 꺼낸 아버지도 순간 멍한 표정을 지었다. 사실 두 사람보다 놀란 사람은 나였다. 내가 그런 말을 하다니. 아키에가 예전에 살던 집에 조금이라도 오래 있고 싶었던 건지도 모른다. 아니면 단순히 도쿄로 돌아가고 싶지 않았는지도. 다니구치 악기, 살인, 의심, 의혹 그리고 후유에, 잠시 모두 잊고 싶은 건지도 모른다.

"그럼 2층에 이부자리 준비할게요. 조금 더 들고 있어요."

어머니는 싱글벙글 웃으면서 복도로 나갔다. 사뿐사뿐 계단을 올라가는 발소리가 들렸다.

고타쓰에서 불을 쬐며 아키에에 대한 부모님의 추억담을 들으면서 아버지가 내온 토속주를 계속 마셨다. 행복했다. 밤도 제법 깊었을 무렵, 나는 어머니에게 인사를 하고 일어났다. 아버지는 오래전에 고타쓰 위에 쓰러져서 잠이 들었다.

"여보. 미나시 씨, 자러 가잖아요."

"아아, 괜찮습니다. 깨우지 마세요. 말씀을 많이 하셔서 피곤하실 겁니다."

"피곤하지 않아도 늘 이래요."

어머니는 마치 아들을 바라보는 눈빛으로 남편을 내려다보았다.

나는 머리를 숙이고 방을 나가다가 복도 앞에서 멈춰 섰다. 거실 안쪽에 있는 불단이 보였다.

위패 옆에 놓인 마네키네코. 구멍 난 마네키네코.

"평소에는 거기에 둬요."

내 시선이 멈춘 것을 보고 어머니가 말했다.

"마네키네코가 불단에서 손짓하는 게 좀 불길해 보이기도 하지만요. 요즘에는 저승에서 부른다면 그것도 괜찮다고 둘이 얘기해요. 우리도 이제 나이가 있으니까."

나는 불단에 다가가서 도자기로 된 마네키네코를 가만히 집어 들었다. 뒤집어서 뒤통수에서 등까지 뻥 뚫린 구멍을 가만히 들여다보았다. 한참 동안을.

"미나시 씨, 왜 그러세요?"

어머니의 말에 나는 "아뇨" 하고 얼른 고개를 저었다.

"아무것도 아닙니다. 실례했습니다."

나는 마네키네코를 불단에 내려놓았다.

"이 마네키네코는 저금통이었죠? 깨서 뭘 샀나요?"

"거울이요. 2층에 있는, 여자 미키마우스 거울요."

"미니마우스요?"

"네, 맞아요. 초등학교, 아마 4학년 때였나. 꼭 갖고 싶다고 해서요. 정말 별난 애였어요."

어머니는 그립다는 듯이 미소를 지었다.

🐭 하얀 봉투와 빨간 비닐테이프

계단을 오르면서 나는 오랫동안 쓰고 있던 니트 모자를 벗었다.

아키에가 쓰던 2층 방에는 이부자리가 준비되어 있었다. 다다미 위에 카펫이 깔린 세 평짜리 방. 아직도 깨끗하게 청소를 하고 있는 것 같았다. 바닥과 가구도 깨끗해서 먼지 하나 보이지 않았다. 옷걸이에는 고등학교 교복이 걸려 있었다. 아키에가 그 옷을 입고 있는 모습을 상상했다. 반에서 키가 큰 편이었을 것이다. 훤칠해서 틀림없이 이성의 눈길도 끌었을 테고.

다른 쪽 벽으로 시선을 옮겼다. 파스텔 톤의 화장판을 붙인 목제옷장 위에 디즈니의 캐릭터 인형이 쪼르르 늘어서 있다. 인형들 뒤에는 한 폭 정도의 창문이 있는데 회색 커튼이 쳐져 있다. 저 수수한 커튼은 아키에가 아니라 부모님이 골랐을 것이다. 카펫도 같은 색상이었다.

"이거구나……."

방구석에 작은 거울이 있었다. 플라스틱으로 된 미니마우스가 양손으로 거울을 안고 그 뒤에서 얼굴을 내밀고 있다. 거울 옆에는 흐린 하늘색의 작은 상자가 하나 놓여 있다. 판지에 색종이를 붙여서 직접 만든 것 같다. 가만히 뚜껑을 열어보았다. 족집게, 면도칼, 색조 립크림 등 자잘한 화장도구가 정리되어 있다. 고등학생이 부릴 수 있는 최대의 멋이었겠지. 상자 안에는 사진도 한 장 들어 있었다. 초등학생으로 보이는 아키에가 부모님과 나란히 웃으며 정면을 바라보고 있다. 어느 공원에서 찍었는지 발밑에는 잔디가 깔려 있고 뒤에는 코끼리 모양의 커다란 미끄럼틀이 보인다. 아키에의 작고 하얀 얼굴은 카메라가 아니라 다른 곳을 바라보고 있다. 잔디를 배회하는 비둘기에 마음이 뺏긴 것 같다.

……왜 비둘기를 보는데?

……좋아하거든, 비둘기를.

머리를 흔들어 생각을 떨쳐내고 크게 한숨을 쉬었다. 너무 감상에 빠져 있으면 도쿄에 정말 돌아가기 싫어진다. 가방에서 필요한 것들을 주섬주섬 꺼내고 이불 위에 벌러덩 드러누웠다.

후유에한테 전화나 해볼까.

문득 그런 생각이 들었다.

하지만 그녀가 전화를 받을까. 통화를 할 수 있을까. 통화가 된다면 무슨 말을 해야 할까. 살인이 일어난 그날 밤, 어디 있었어? 요쓰비시 에이전시는 정말 그만둔 거야? 후유에에게 궁금한 것이 산더미처럼 남아 있다. 하지만 어떻게 말을 꺼내야 할까. 말을 꺼내도 또 얼버무리고 넘어가지 않을까.

-여보, 일어나요.

아래층에서 어머니의 목소리가 들렸다.

-에구, 잠깐 잠들었나 보네.

-언제나 그러잖아요. 한잔하나 싶으면 어느새 코골고 있고. 오늘도 모처럼 손님이 오셨는데 미안하게 말이에요.

-나이 먹으니까 어쩔 수 없나 봐. 어, 미나시 씨는?

-벌써 2층으로 올라갔어요. 뜨거운 차라도 드실래요?

-음, 그럴까.

달그락하며 찻잔이 부딪히고, 뜨거운 물을 붓는 소리가 들린다.

하품 섞인 커다란 한숨이 한 번.

-그런데 아키에가 도쿄에서 어떻게 지냈는지 별로 듣질

못했네.

-그러게요. 그쪽에서 알고 지내던 사람을 처음 만났는데, 아쉬워요.

-그래도 제대로 된 회사에서 일했다니 다행이야.

-그 말 듣고 저도 안심했어요. 자, 여기 차 드세요.

-응, 고맙소.

나는 가슴에 희미한 통증을 느꼈다. 두 사람은 아키에가 사무직에 있었다는 내 거짓말을 믿고 있다.

-평범한 회사에서 평범하게 일했다면 나쁜 일에 말려들지는 않았겠지.

아버지가 중얼거렸다. 잠시 후 어머니가 망설이면서 물었다.

-여보, 당신은 지금도 단순한 자살이 아니었다고 생각하는 거예요?

-웬 일이오? 당신이 먼저 그런 말을 꺼내다니.

-다른 때는 일부러 말 안 하려고 하니까요.

다시 흐르는 침묵.

어머니가 다시 물어본다.

-어떤 거 같아요? 당신은 그 애가 뭔가에 휘말렸다고 생각해요?

아버지의 한숨. 소리 내어 차를 마신다.

-가끔은 그런 생각이 들 때도 있어. 경찰이 가르쳐줘서 아

키에가 살던 아파트 방에 가봤잖아, 정리하러. 그때 그 느낌을 잊을 수가 없어.

-옷도, 세면도구도, 아무것도 없었죠, 그 방에.

다시 가슴에 통증이 느껴진다. 부모님이 의문을 품고 있는 이 미스터리는 그 이유가 지극히 단순하다. 아키에는 나하고 같이 지내면서도 전에 살고 있던 아파트를 정리하지 않았다. 짐들은 내 사무실로 옮겼고, 전에 지냈던 방은 며칠에 한 번 우편물을 가지러 갔다. 그러니 텅 비어 있을 수밖에.

-우편함에도 공과금 고지서밖에 없었고. 무슨 편지라도 있었으면 편지 보낸 사람을 찾아가봤을 텐데.

나는 당장이라도 계단을 내려가서 부모님께 자초지종을 털어놓고 싶은 충동에 휩싸였다. 그런데 어머니의 말을 듣고 그 충동은 순식간에 사라져버렸다.

-그 봉투는 편지가 아니었을까요? 안에는 아무것도 없었지만.

-휴지통에 있던 그거?

-그래요. 그 하얀 봉투.

-그게 무슨 편지겠어. 보내는 사람이나 받는 사람이 안 쓰여 있던데. 그리고 봉투하고 같이 빨간 비닐테이프가 버려져 있었잖아. 그걸로 원래 봉투를 봉했던 거잖소. 편지를 보내면서 뭐하러 그렇게 시뻘건 테이프를 쓰겠어?

하얀 봉투. 빨간 비닐테이프.

그런 게 있었구나. 아키에가 사라졌을 때 몇 번인가 그 방에 찾아갔다. 하지만 휴지통 안은 전혀 신경 쓰지 않았다.

─쓰레기는 아무려면 어떻소. 그런 건 아키에 자살하고 상관없다구. 지금까지도 걸리는 건 아까 말한 텅 빈 방과 녀석의 마지막 모습이야.

─마지막 모습이라면 옷하고 머리요?

옷과 머리? 무슨 얘기지?

─그래. 그렇잖아? 산속에서 목매 죽으면서 뭐하러 운동복을 입겠냔 말이지. 이유를 모르겠어. 머리도 아키에 취향이 아니잖소. 그렇게 짧게 깎다니. 그리고 그건 아무리 봐도 미용실에 가서 깎은 게 아니야. 삐뚤빼뚤 엉망이었어.

아키에의 시신이 발견되었을 때의 상황을 처음 알았다.

마지막으로 봤던 아키에의 모습을 떠올려 보았다. 시신으로 발견되기 약 한 달 전, 내가 업무 때문에 외출하던 그날 아침. 앞으로 몇 번이고 계속될 일상의 평범한 작별이라 생각하고 내가 아키에에게 가볍게 손을 흔들었던 그때. 아키에는 기다란 롱플레어 스커트에 단추를 약간 푼 스카이블루 와이셔츠를 입고 있었다. 갈색으로 염색한 아름답고 긴 머리카락이 가느다란 허리 근처까지 내려와 찰랑거렸다. 아키에는 그 모습 그대로 나갔을 것이다. 옷은 면티 하나 없어지지 않았고, 방바닥에서도 머리카락을 자른 흔적을 찾을 수 없었다.

　-그게 다가 아니야. 짐이라곤 주머니에 달랑 지갑만 있고, 가방이고 뭐고 아무것도 없었잖소. 다 큰 성인이 멀리 가는 것치고 이상하지 않소? 안 그래?

　아키에가 늘 가지고 다니던 핸드백은 내 사무실에 없었다. 틀림없이 가지고 나갔다.

　-그리고 아키에가 입고 있던 운동복 말인데, 비바람을 맞긴 했지만 소매하며 끝단이 빳빳했어. 왠지 죽기 전에 새 걸 사 입은 거 같지 않소?

　잠시 침묵이 흐른 뒤 아버지가 다시 입을 열었다.

　-솔직히 말하면 말이지. 나는 가끔 이런 생각이 들어. 누군가가 우리 애를 죽인 게 아닐까. 아키에의 옷에 뭔가 범인을 알 수 있는 증거가 남은 게 아닐까. 그래서 범인은 가게에서 운동복을 사 와서 아키에한테 입힌 거야. 운동복은 입히기도 쉽잖소. 그리고 범인은 아키에의 시신을 나무에 매단 거야. 머리를 짧게 자른 것도, 짐이 없어진 것도 그 때문이야. 증거를 없애려고 한 거라고. 머리에 범인을 나타내는 증거가 남았던 게 분명해. 피라든가, 체액 같은 거 말이야. 그래서 범인은 머리를 잘랐어. 가방 안에도 분명히 범인을 알 수 있는 물건이 들어 있었던 거야. 그걸 알고 범인은 가방을 가지고 간 거야. 그래, 난 이렇게 생각해. 범인은 아키에의

가방 안에 자기 정체가 들어날 수 있는 가방이 들어 있다는 걸 알았어. 범인은 분명 우리 애가 잘 아는 사람일 거야. 그것도 상당히 친했던 사람이야.

말이 빨라지며 점차 흥분하는 아버지를 어머니가 조용히 말렸다.

-당신, 취했어요.

아버지는 말을 끊고, 거칠게 호흡을 반복하다가 크게 숨을 쉬었다.

-그래. 손님이 와서 아무래도 너무 마신 거 같소. 이런 얘기해서 이제 와 뭐한다고.

-내가 이상한 걸 물어서 시작한 거잖아요. 불단 옆에서 이런 이야기하면 안 되는데……. 미안하구나.

어머니는 큰 목소리로 말하며 이야기를 매듭지었다. 잠시 후 두 사람은 잘 준비를 시작했다. 가끔 누군가가 코를 훌쩍이는 소리가 들렸다. 이윽고 땡 하고 불단 종소리가 날카롭게 울렸다. 귀를 찌르는 그 소리가 멈추자 아래층은 완전히 고요해졌다.

나는 이불 위에 대자로 누워서 가만히 천장을 노려보았다.

산속에서 발견된 부자연스러운 시신. 새것 같은 운동복. 짧게 깎은 머리. 그리고 아키에의 유일한 소지품이었던 지갑.

방 휴지통에 남아 있던 하얀 봉투. 빨간 비닐테이프.

팔을 뻗어 옅은 하늘색 상자를 끌어당겼다. 안에서 사진을 꺼내 보았다. 지금보다 훨씬 젊은 부모님. 그 사이에서 비둘기를 보고 있는 아키에를 가만히 응시했다.

🐒 다바타의 정체

다음 날 아침. 어머니가 준비해준 정성 어린 아침을 깨끗이 먹어치우고 나는 두 사람에게 작별인사를 했다. 두 사람은 현관까지 배웅해주었다. 내가 신발을 신는 동안 계속 미소를 지으며 나를 바라보았다. 두 사람은 나와 헤어지는 것을 진심으로 아쉬워하는 것 같았다.

문을 열다가 나는 중요한 것을 잊고 있다는 걸 깨달았다.

"죄송합니다. 깜빡했네요."

허둥지둥 신발을 벗고 거실로 들어가 불단 앞에서 조용히 합장을 했다.

사진 옆에 있는 마네키네코와 눈이 마주쳤다.

─에엣! 지금 시가 현이라고요오?

수화기 너머에서 호사카의 목소리가 뒤집어졌다.

─기후 현, 아이치 현, 시즈오카 현, 가나가와 현, 직선거리로

도 300킬로가 넘는다고요오. 전철이면 450킬로나 되고요오.

"빙고. 역시 대단해."

-칭찬하셔도……. 아, 그보다 의뢰를 맡긴 가리타 씨가 몇 번이나 전화를 하셨어요. 뭔가, 굉장히 화나신 거 같던데요.

"그러겠지. 무단결근을 하고 있으니까."

가리타는 내 휴대전화 번호를 몰랐다. 고객 중에는 의뢰한 일이 어떻게 돌아가고 있는지 알고 싶어서 시도 때도 없이 전화를 거는 사람들이 있었다. 때문에 나는 휴대전화 번호를 가르쳐주지 않는다.

"사무실엔 점심때가 넘어서 들어갈 거 같은데. 가리타 씨한테는 내가 전화할게."

-아, 그러고요. 세무서에서 또 전화가 왔어요. '음, 그러니까, 지난번 연락드린 일로 빨리 방문해주십시오'라고요.

"그건 내버려 두면 돼."

나는 통화를 마치고 다니구치 악기로 전화를 걸었다.

-미나시 씨, 자네…….

전화를 받은 가리타는 큰소리를 지르려다가 사무실 안에 있다는 걸 깨달았는지 곧바로 목소리를 낮췄다.

-도대체 지금 뭐하는 건가. 자네한테 긴히 할 말이 있는데.

"죄송합니다. 좀 일이 있어서요. 그런데 하실 말씀이라는 건?"

-그 살인사건 얘기야, 구로다 악기. 뉴스 봤나?

"아뇨, 아직."

가리타는 굵은 한숨을 내쉬고 입을 열었다.

-역시나야. 경찰은 완전 착각하고 있더구먼. 범인은 건물 주변을 얼쩡거리던 수상한 남자일 가능성이 높다면서.

"아아, 네. 그러겠죠. 피해자 자신이 경비실로 전화해서 그렇게 말했으니까요."

-주말 동안 쉬면서 나도 곰곰이 생각해봤네. 미나시 씨, 자네가 경찰에 사실을 알려야 하지 않을까 싶네만. 물론 건물 안을 도청하고 있었다는 것까지는 좀 그러니까, 음, 예를 들면 익명으로 경찰에 전화를 건다거나 편지를 쓴다거나 뭐 그런 방법 있잖나. 구로이 악기는 우리 라이벌이긴 하지만 같은 업계에 있는 회사야. 말하자면 동업자라고도 할 수 있지. 그쪽 직원을 죽인 범인이 이대로 도망간다는 건 나로서는 도저히 용납할 수 없네.

"그렇죠. 동업자라고 할 수 있겠네요."

나는 가리타의 말에 왠지 화가 났다. 머릿속으로 떠오르는 생각들이 입 밖으로 쏟아져 나왔다.

"한 가지 말씀드리면 저는 구로이 악기 직원이 살해당한 일에 아무 느낌이 없습니다. 솔직히 안 들어도 되는 걸 괜히 들은 것 같습니다."

내 강한 말투에 놀랐는지 가리타는 잠시 아무 말도 하지 않았다.

－하지만 미나시 씨⋯⋯.

"아무튼 저는 그 일에 대해서는 더 이상 관여할 생각이 없습니다. 당신이 어떤 말을 해도요."

잠시 침묵이 흐른 뒤 가리타는 낮은 목소리로 말했다.

－자네, 아무래도 잠시 잊은 거 같은데⋯⋯ 나는 자네 클라이언트일세.

기름기가 번지르르한 얼굴을 바로 옆에 들이댄 것 같은 불쾌감. 가슴 밑바닥에서 솟아나오는 말들을 실컷 퍼붓고 싶은 충동이 울컥 치밀어 올랐다. 하지만 그 충동을 목구멍에서 간신히 억누르고 대답했다.

"나중에 다시 연락드리겠습니다."

가리타가 무슨 말을 했지만, 나는 전화를 끊었다.

머릿속에서 여러 가지 생각들이 빙글빙글 소용돌이쳤다. 아키에의 자살. 하얀 봉투. 빨간 비닐테이프. 그리고 구로이 악기의 살인. 후유에의 태도. 그날 밤 내가 들은 말.

아키에의 죽음은 이제 와서 어떻게 할 수 없다. 벌써 7년이나 지난 일이다.

후유에와의 일은 현재진행형이다. 앞으로 골치 아픈 일이 벌어질지도 모른다. 팬텀의 새로운 멤버로 받아들인 그녀가 살인자일 수도 있다. 게다가 그 살인이 벌어지는 현장을 나는 이 귀로 들어버렸다.

"금지된 방법을 쓰면 문제를 해결할 수도 있는데……."

그 방법을 사용할 생각은 없지만, 자꾸만 머릿속에서 떠오르는 건 어쩔 수 없다.

……동업자라고도 할 수 있지.

가리타의 말을 들었을 때 왜 갑자기 화가 치밀었는지 그 이유를 깨달았다. 가리타는 나라는 인간을 이용해서 '동업자'의 건물을 도청했다. 이 얼마나 웃긴 일인가. 모순도 정도가 있다. 먹고 있던 밥이 튀어나올 지경이다. 그러나.

나는 그와 똑같은 짓을 하고 싶은 충동에 흔들리고 있다.

JR 신주쿠 역을 나온 뒤 곧장 후유에의 맨션을 향했다. 양복을 차려입은 샐러리맨들 사이를 터벅터벅 걸어갔다. 건물과 건물 틈으로 10층짜리 고급맨션의 산뜻한 외관이 보이는 곳에 멈춰 섰다. 휴대전화를 꺼내 후유에에게 전화를 걸었다. 하지만 연결음만 들릴 뿐 아무리 기다려도 응답이 없었다. 집으로 전화를 해보았다. 뚜뚜 하는 통화음이 들렸다.

"통화 중이구나."

최악의 타이밍이었다. 후유에는 방에서 누군가와 통화하

고 있다. 내 결심은 생각보다 단단하지가 않다. 한심한 일이지만, 나는 너무도 쉽게 유혹에 빠져버리고 말았다.

어느새 나는 오가는 사람들 사이를 빠져나가 빠른 걸음으로 후유에가 사는 맨션으로 다가가고 있었다. 하얀 벽 옆에 멈춰서 주변을 둘러봤다. 근처에 사람 그림자는 보이지 않았다. 나는 눈을 감고 귀를 기울여 후유에의 목소리를 찾았다. 온 신경을 귓속에 집중한다. 후유에의 목소리, 후유에의 목소리.

−네, 알아요.

주변 소음에 뒤섞여 들리는 후유에의 목소리.

−그건 알아요. 하지만……네? 좀 그만해요.

누구하고 얘기하는 거지? 상대가 뭐라고 한 걸까?

−됐다니까요! 사장님 좀 바꿔요.

사장? 나도 모르게 턱에 힘이 들어갔다. 알고 싶은 욕망. 듣고 싶지 않다는 마음. 후유에에 대한 죄책감. 사장이라니 누구야? 뭘 안다는 거야?

다시 후유에의 목소리가 들린다.

−사장님, 다바타예요. 수고 많으십니다.

그 순간, 머릿속이 온통 새하얘졌다. 두 눈에 들어온 풍경이 흐릿해지더니 난생 처음 느껴보는 감각이 온몸을 덮쳤다. 마치 물에 흠뻑 젖은 생쥐가 위속에서 식도로 타박타박 기어

올라와 목구멍에서 얼굴을 내밀려고 하는 듯한 느낌.

"왜 그러세요?"

누가 뒤에서 어깨를 가볍게 쳤다. 돌아보니 제복 차림의 젊은 경찰이 구두에 묻은 얼룩을 보듯이 나를 지켜보고 있었다.

"여기 사십니까?"

"아뇨."

"뭐하고 계시는 겁니까?"

"머리가 좀 아파서요."

"머리요?"

"네, 머리가 아파서요."

나는 그 자리를 떠나 맨션을 뒤로하고 걸어갔다. 뒤를 돌아보니 경찰은 아직도 나에게서 시선을 떼지 않았다. 다시 걸음을 내딛었다. 가만히 있으면 온몸의 힘이 빠져나가 차가운 아스팔트 위에 주저앉을 것만 같았다. 후유에의 목소리는 이제 들리지 않았다.

죄를 잊는 방법

다니구치 악기 사무실에 들어가자마자 곧장 가리타의 책상으로 다가갔다.

"사장님께 계약을 해지하겠다고 전해주십시오."

가리타는 당황하는 기색이 역력했다. 그는 불독 같은 두 눈을 부릅떴다. 주변을 힐끗 살펴본 다음 밖으로 나가자고 눈짓을 했다. 그를 따라 나갔다. 가리타와 나는 엘리베이터를 타고 옥상으로 올라갔다. 아무도 없는 것을 확인하고, 가리타는 잠시 망설이다가 입을 열었다.

"그 사건 때문인가?"

"네. 신중히 생각해봤습니다만, 자칫 잘못하면 경찰 레이다 망에 걸릴 가능성이 있습니다. 그러면 앞으로 탐정 일을 하는 데 지장이 생깁니다."

나는 가리타에게 머리를 숙였다.

"의뢰받은 일을 중간에 그만두는 건 물론 있어서는 안 될 일이지만, 지금은 어쩔 수 없습니다. 사장님께 계약을 해지한다고 전해주십시오."

"아침에 전화했을 때하고는 태도가 완전히 다르구만."

가리타는 불쾌한 눈빛으로 나를 쏘아보았다.

"클라이언트인 나를 '당신'이라고 부르면서 꽤나 잘난 소리를 하던데?"

"죄송합니다. 그건……."

나는 머리를 더 깊이 숙였다.

"말만 그런 겁니다."

"그건 됐네." 가리타는 턱을 목덜미에 파묻으며 고개를 끄떡였다.

"알았네. 사장님께는 내가 말씀드리지."

휴, 이제 됐다.

"폐를 끼치게 되었습니다."

"확실히 해둘 말이네만, 성공보수는……."

"물론 안 주셔도 됩니다."

가리타는 턱을 문지르며 잠시 내 얼굴을 가만히 바라봤다. 그러더니 뭔가를 캐내려는 듯이 물었다.

"그런데 그 일은 어떻게 할 건가? 그날 밤에 벌어진 사건 말일세. 경찰한테 알릴 거지?"

나는 바로 고개를 저었다.

"아뇨. 아무 말 안 할 겁니다."

가리타는 찌푸리고 복잡한 감정이 교차하는 듯한 표정을 지었다.

"그러면 내가 직접 경찰에 연락을 하는 수밖에 없겠군. 익명의 편지든, 전화든. 물론 자네 이름은 밝히지 않겠네."

"아뇨, 그것도 그만두시는 편이……."

"왜?"

"군자는 위험한 일은 하지 않는다고 하죠. 쓸데없는 동료 의식은 버리셔야 합니다. 자칫 잘못해서 만약 익명의 편지를 보내거나 전화를 건 사람이 부장님이라는 사실이 알려지면 어떤 의심을 받을지 모릅니다. 회사 이미지에도 막대한 영향을 받을 거고요."

나는 일부러 심각한 목소리로 말했다. 그날 밤 일은 내 손으로 진실을 밝힐 생각이었다. 경찰이 알아채기 전에 내 손으로 직접.

가리타는 팔짱을 낀 채 잠시 생각에 잠겼다.

"음, 하긴…… 그럴 수도 있겠군."

그는 흥 하고 콧소리를 내며 고개를 끄떡였다.

"알았네. 경찰에 연락하는 건 관두겠네. 그 의뢰에 대해서는 사장님께서 다른 말씀이 있으시면 내가 다시 연락하겠네."

"번거롭게 해드려서 죄송합니다."

나는 다시 머리를 숙였다. 가리타는 아주 어색한 동작으로 외국인의 제스처를 따라 하듯 어깨를 움츠려 보이고는 계단으로 걸어갔다. 그 등을 바라보면서 나는 가슴을 쓸어내렸다. 당분간 경찰은 후유에가 그 살인사건과 관련이 있을 수 있다는 사실을 알지 못할 것이다. 가리타는 내가 들은 그 이야기를 경찰에게 알리지 않겠다고 했다. 물론 내가 경찰에게 이야기할 이유도 없다. 그렇다고 너무 우물쭈물하고 있다가는 경찰의 수사가 후유에에게까지 손을 뻗을지도 모른다. 최대한 서둘러야 한다.

"그럼 완전히 거절한 거네요."

다음 날, 사무실에 온 후유에는 내 설명을 듣더니 아무렇지 않게 말했다.

"저번엔 당신 의견을 듣겠다고 했는데, 당신이 어째 좀 확실하게 말하지 않아서."

"처음부터 미나시 씨가 받아온 의뢰잖아요. 제가 뭐라 할 문제가 아니죠."

후유에는 어딘지 모르게 일부러 태연한 척하려고 애쓰고 있었다. 그녀의 표정을 살펴보려고 했지만 커다란 선글라스로 얼굴을 가렸다. 왜 하필 오늘따라 선글라스를 벗지 않는 거지?

"후유에, 전에 요쓰비시 에이전시에서 일할 때 가명을 썼다고 했지?"

나는 가슴속에 품고 있던 궁금증을 꺼냈다.

"어떤 가명이었어?"

대답은 이미 알고 있었다. 그녀는 잠시 말이 없더니 맞서듯이 얼굴을 들었다.

"다바타 후유미예요."

나도 모르게 고개를 천장으로 향하고 눈을 감았다. 역시나 그랬구나.

……그래, 다바타? 뭐? 밑에 공중전화에서 걸고 있다구?

그날 밤, 구로이 악기의 무라이를 방문한 인물.

……아아, 다바타 씨요? 죄송합니다. 다바타 씨는 지금 특별부서에 있어서 일반 분들의 의뢰는 받을 수가 없습니다.

요쓰비시 에이전시의 특별부서에 있다는 여자.

"그 이름, 다시는 떠올리고 싶지 않아요. 나는 그 이름으로 돈 되는 일이라면 나쁜 짓도 서슴지 않고 저질렀어요. 요쓰비시 에이전시의 수법은 당신도 잘 알잖아요. 거긴 탐정회사가 아니에요. 공갈전문업체지."

"지금은…… 어떤 거야?"

조심스럽게 물었다. 후유에는 천천히 고개를 설레설레 흔들었다. 부정인지, 긍정인지 분명하지 않았다.

"지금은 이제 그런 일 하지 않는 거지?"

나는 다시 한 번 물었다. 하지만 후유에는 똑같은 행동을 반복할 뿐이었다.

가슴 깊숙한 곳에서 궁금증이 요동을 쳤다. 톡 까놓고 물어보지 못하고 있으니 속이 갑갑하기만 하다. 정말 요쓰비시 에이전시와 손을 끊은 거야? 물어보는 건 간단하다. 하지만 그 물음이 무슨 의미가 있을까? 사실이 어떻든지 간에 후유에는 부정할 것이 뻔할 테니까.

"하나만 더 가르쳐줘. 그날 밤, 구로이 악기에서 살인사건이 있던 날 밤, 당신은……."

후유에의 하얀 뺨이 흠칫 경직되었다.

"당신은 정말 어디에 있었어?"

"그건 왜요?"

"별 뜻은 없어."

나는 다시 물어보았다.

"당신은 그날 밤, 맨션에 있었어?"

"계속 방에 있었어요. 이삿짐을 정리했다고 했잖아요."

"아아, 그랬지."

한 박자 쉰 다음 나는 질문을 했다.

"뭐 먹었어?"

"네?"

"저녁은 뭘 먹었냐구."

"근처 편의점에서 사 왔어요."

"컵라면?"

"음."

내가 말을 하기 전에, 후유에는 고개를 저었다.

"아뇨. 저번에 호사카 씨하고 요리 이야기할 때 말했잖아요. 부엌을 정리하지 못해서 물도 못 끓인다구."

"아아, 그렇구나. 물을 못 끓이면 컵라면도 못 먹지."

"날 떠본 거예요?"

"그건 아니야."

"뭘 알고 싶은 거죠?"

후유에의 목소리가 히스테릭하게 떨렸다. 나는 그녀를 향해 웃어 보였다.

"실은 그날 밤, 연락할 일이 있어서 집에 전화를 했거든. 한참 신호음이 울려도 안 받잖아. 5분쯤 지나서 다시 걸었는데 안 받는 거야. 그래서 좀 걸렸어. 그게 다야."

"편의점에 갔을 때였을 거예요. 저녁거리 사러."

"그렇구나. 그럼 5분쯤 있다가 다시 걸어볼 걸 그랬네."

"타이밍이 나빴네요."

"그러게. 아아, 잠깐. 그래, 한 번 더 걸었었어. 10분쯤 있다가."

"그날 밤은 편의점에 갔다 와서 바로 샤워를 했어요. 그래서 전화벨 소리를 못 들은 거예요."

"당신은 항상 한 시간이나 물을 틀어놓나 보네."

"네?"

"한 시간 동안 계속 전화를 했거든."

후유에는 나를 보며 얇은 입술을 꽉 다물었다. 무슨 말을 하려는 듯 입술을 달싹거렸지만, 결국에는 아무 말도 하지 않았다. 그녀는 고개를 숙이고 크게 한숨을 내쉬었다.

"당신이 이긴 거 같네요."

사실은 내가 전화하지 않았다는 걸 깨달은 것 같았다.

나는 다시 물어보았다.

"후유에, 당신은 그날 밤에 정말 어디에 있었던 거야? 뭘 숨기고 있는 거지?"

후유에는 크게 숨을 쉬고 입을 열었다.

"말하고 싶지 않아요."

"왜?"

"말할 수 없어요."

"그럼 다른 질문에 대답해줘."

"뭔데요?"

"당신, 사람 죽였어?"

나는 후유에가 즉각 반발하기를 바랐다. 화를 내며 부정하기를 기대했다. 그러나.

"대답해봐."

후유에는 여전히 고개를 숙인 채 입을 굳게 다물고 있었다.

"하지 않았다고 하면 되잖아. 그런 적 없으면 없다고 하면 되잖아."

후유에가 고개를 들었다.

"죽였어요."

나도 모르게 숨을 죽였다.

후유에의 입이 다시 열리기를 기다렸다. 마음의 준비를 하고, 그녀가 모든 걸 털어놓기를 기다렸다. 잠시 침묵이 흐르고 난 뒤 그녀는 자신이 저지른 죄를 털어놓았다. 하지만 내가 예상한 것과는 달랐다. 그녀의 입에서는 구로이 악기의 '구' 자도 나오지 않았다. 대신에⋯⋯.

"옛날에 젊은 여자를 죽였어요."

그녀는 그렇게 말했다.

"젊은, 여자⋯⋯."

"늘 해오던 수법이었어요. 7, 8년 전에 있었어요. 한 텔레비전 프로그램 프로듀서의 아내에게서 의뢰가 들어왔어요. 나는 그 남편이 바람피우는지 뒷조사를 했구요. 타깃인 남편을 미행하다가 그 사람이 젊은 애인과 서로 꼭 끌어안고 호텔을 나오는 걸 봤어요. 애인은 얼굴이 긴 머리에 가려서 잘 안 보였지만, 남편은 선명하게 찍혔어요. 난 그 증거사진을 의뢰인인 아내한테 주지 않았어요. 대신 남편하고 거래를 했죠. 사진을 봉투에 넣어 들이대고 50만 엔을 요구했어요. 남편은 거래에 응했고, 현금을 지불했어요. 죽은 건⋯⋯."

후유에는 괴로운 듯이 숨을 들이쉬었다.

"그 남편의 애인이었어요."

나는 멍하니 후유에를 바라보았다.

"남편은 내가 지시한 장소에 나와서 현금봉투를 주고 바로 떠났어요. 인형처럼, 유리를 박은 것처럼 눈빛이 멍해 있더군요. 봉투를 열어봤더니 안에는 만 엔짜리 지폐 50장과 두 번 접은 편지가 들어 있었어요. 그 편지, 한 글자 한 글자 모두 기억해요. 연필로 쓴 커다란 글씨로 이렇게 쓰여 있었어요. '나와 같이 사진에 찍혔던 사람이 죽었습니다. 당신이 찍은 사진에 대해 털어놨더니 이제 만나지 못할 거 같다는 말을 남기고 목을 매 죽었습니다. 함께 여행을 갔던 산에서. 당신을 증오하며 죽었습니다.'"

후유에의 턱이 가늘게 떨렸다. 그녀의 얼굴은 단순한 구조로 만들어진 장난감처럼 보였다. 누군가가 뒤에서 손으로 조정하고 있는 것처럼.

"당신은……."

"이제 당신을 못 만나겠네요. 이런 얘기까지 들었는데 만나고 싶을 리가 없겠죠."

후유에는 일어나서 나를 내려다보았다. 그녀의 입술이 파르르 떨렸다.

"마지막으로 미나시 씨한테 도움이 될 만한 거 하나 알려드릴까요? 저지른 죄를 잊는 방법에는 두 가지가 있어요. 하나는 자신의 모든 걸 던져서 속죄하는 것. 또 하나는 더 많은 죄를 저질러서 그걸 덮어버리는 것. 강한 사람만이 전자를 선택하죠. 나는……."

후유에는 더 이상 말을 잇지 못했다. 그대로 몸을 돌려 방을 나가려고 했다. 나는 재빨리 일어나서 그 팔을 잡았다.

"이제 됐잖아요. 내 얼굴 따윈……."

"이름은?"

"뭐?"

"자살한 애인의 이름 말이야."

"잊어버렸어요. 요쓰비시 에이전시의 데이터라도 찾아보세요."

"정확히 언제지? 그 일이 일어난 거 말이야."

"7, 8년 전 겨울이에요. 잘 기억 안 나요."

"목을 맨 산이 어딘데?"

"몰라요!"

후유에는 내 손을 뿌리치려고 했지만 나는 더욱 세게 잡았다.

"증거사진을 어떤 봉투에 넣었어?"

후유에는 숨을 크게 들이쉬더니 거칠게 말을 내뱉었다.

"무늬 없는 하얀 봉투예요. 요쓰비시 에이전시 탐정들은 모두 그걸 써요. 새하얀 봉투에 증거사진하고 협박장을 넣어서 빨간 비닐테이프로 봉해요. 상대한테 강한 인상을 주려고요. 됐어요, 이제 만족해요?"

후유에가 팔을 휘적였다. 나는 균형을 잃고 쿵 하고 엉덩방아를 찧었다. 다리에 힘이 풀렸다. 일어날 수 없다. 후유에는 나를 내려다보고 있다. 선글라스 너머로 두 뺨에 눈물이 주르륵 흘러내렸다.

"안녕."

후유에는 방을 나갔다.

🐒 마스터의 송별회

하얀 봉투. 자살. 빨간 비닐테이프. 아키에의 방에 있던 휴지통.

하얀 봉투. 살인. 내가 들은 이야기. 후유에의 그날 밤 행동.

'지하의 귀'의 한구석에서 나는 위스키 잔을 노려보고 있었다. 똑같은 말만 떠올랐다가 사라졌다. 계속 반복적으로.

……됐다니까요! 사장님 좀 바꿔요.

……사장님, 다바타예요. 수고 많으십니다.

……죽은 건 그 남편의 애인이었어요.

……함께 여행을 갔던 산에서.

"전에 왔던 그 여자 분 때문인가요?"

고개를 들었다. 낡은 황토색 재킷에 피곤한 얼굴마저 황토 빛을 띤 마스터가 카운터 너머에서 느릿느릿 지혜의 고리를 만지작거리고 있다.

"왜 그렇게 생각해요?"

"미나시 씨는 자신이나 세상일에는 별로 고민하지 않잖아요. 그래서 가까운 사람 때문에 그런가 보다 하고 생각했죠.
지난번 여자 분이라고 한 건 그냥 짐작이에요."

마스터는 지혜의 고리에서 눈도 떼지 않은 채 눈썹을 꿈틀
거렸다.

"노하라 형님이나 마키코 누님, 로즈 플랫 사람들 말고 미
나시 씨가 아는 사람은 그 여자 분밖에 본 적이 없으니까요."

두 사람도 여기 단골이었다. 나에게 이 가게를 소개해준
사람도 노하라 영감님이다.

"마스터의 직감은 대단하다니까."

"사람의 얼굴을 읽는 것도 장사 방법 중 하나죠."

"그러면 손님들이 더 오겠지요."

"장사방법을 연구하면 손님들 오는 것까지 컨트롤할 수
있게 돼요. 오는 손님도 별로 없는데, 어쩌다 좀 오는가 싶은
손님들은 하나같이 이상한 사람들이라니. 다 제가 컨트롤해
서 그런 거죠……. 으랏차."

마스터의 손끝에서 지혜의 고리가 스르르 풀렸다. 나는
위스키를 마저 비우고 빈 잔을 카운터 너머로 내밀었다. 마
스터는 술을 새로 따르면서 중얼거렸다.

"그만하시는 게 좋을 거 같은데요."

"이 정도로 안 취해요."

"그 여자 분 말이에요."

마스터의 가슴츠레한 눈꺼풀 안에서 두 눈동자가 진지한 빛을 발했다.

"그 여자는 나쁜 사람이에요. 저는 알아요."

마스터가 그렇게 단호하게 말하는 걸 처음 들었다.

"그것도 직감이에요?"

"네. 이것 또한 장사의 일환이죠. 만약 미나시 씨한테 무슨 일이 생기면 단골이 한 사람 줄어드니까요."

"그 여자 때문에 나한테 무슨 일이 생긴다는 거예요?"

위스키 병을 치우면서 마스터는 모든 세상 사람들이 알고 있는 사실처럼 말했다.

"그 여자는 자기 욕심 때문에 미나시 씨를 이용하고 있어요."

하얀 봉투. 자살. 빨간 비닐테이프. 아키에의 방에 있던 휴지통.

하얀 봉투. 살인. 내가 들은 이야기. 그날 밤 후유에의 행동.

"그렇담 나를 어떻게 이용하는지 다 밝혀낼 겁니다."

나는 잔을 단숨에 비웠다. 마스터는 말없이 똑같은 술을 따랐다. 그리고 웬일로 자신의 잔을 꺼내더니 팔짱을 끼고 술병들이 놓인 선반을 올려다보았다.

"그렇다면 송별회네요."

놀라웠다. 마스터가 선반 깊숙한 곳에서 꺼내온 술은 로열살루트 30년산이었다. 그야말로 최고급 위스키다.

"너무 비싸요."

"제가 내는 거예요."

잔에 담긴, 놀라울 정도로 투명한 호박색 액체를 살짝 맛보았다. 고급스러운 맛이 혀와 코에 퍼져나갔다.

"어! 뭐지, 저게?"

문득 고개를 돌렸다가 선반 안쪽에 로열살루트 병이 놓여 있던 자리 뒤로 아이들의 손바닥 정도 되는 인형이 여러 개 늘어서 있는 것을 보았다.

"아아, 저거요? 미나시 씨의 친구들이죠." 마스터는 손을 집어넣더니 카운터 위로 인형을 늘어놓았다. 고무로 만든 피규어로 채색은 되어 있지 않지만 제법 정교했다. 어릴 때 유행한 '초인'들 모양의 지우개보다 약간 커 보였다. 모두 합쳐 네 개. 그중 세 개는 보자마자 누구인지 알 수 있었다.

"이거 노하라 영감님하고 마키코 할머니, 그리고 도헤이네요."

"오래전, 미나시 씨가 아직 로즈 플랫에 오기 훨씬 전에 노하라 형님이 선물로 주셨어요."

"그 영감님이 만드셨어요? 이걸."

놀란 눈으로 피규어를 다시 살펴보자 마스터는 "설마" 하고 웃으며 설명했다.

"이런 고무 피규어를 제작하는 회사 사장님이 노하라 형님한테 일을 의뢰했어요. 라이벌 회사가 특허기술을 도용하는 거 같다고요. 그 증거를 찾아달라는 의뢰였어요."

어째 어디선가 들어본 이야기다.

"특허법 위반으로 고소하기 전에 탐정을 고용해서 증거를 잡고 싶다고 하더군요. 이런 제품들은 기계로 만든 거하고 비교하면 제작과정에서 어떤 기술을 썼는지 알기 어렵잖아요. 그러다 보면 괜한 오해였다, 착각이었다며 둘러댈 가능성도 있구요. 그런데 조사가 거의 막바지에 이르렀을 때 클라이언트인 사장의 집에 불이 난 거예요. 사장을 포함해서 임원이었던 사모님과 아드님들까지 모두 죽었어요. 가족 기업이었기 때문에 직원들이 회사를 일으키기는 어려웠고, 결국 도산하고 말았어요."

"그럼 노하라 영감님에게 맡겼던 의뢰 건도 없어진 거예요? 조사비용도……."

아하, 알았다.

"혹시 이 인형들…… 노하라 영감님이 조사비용으로 대신?"

마스터는 고개를 끄떡였다.

"그렇게 된 거죠. 사정을 알게 된 공장 기술자들이 사과의 뜻이라며 만들어줬대요."

클라이언트였던 사장이 죽고, 보수를 못 받게 된 탐정을 동정한 것이다. 가끔은 보수 대신 이런 선물을 받는 것도 괜찮지 않을까. 매번 이러면 먹고 살 수 없지만.

"마스터. 그 이야기, 노하라 영감님이 직접 하신 거예요?"

"그럼요."

"그 영감님, 옛날부터 수다스러웠나 보군요. 탐정하셨을 때도."

나도 모르게 쓴웃음이 나왔다. 아무리 클라이언트가 화재로 죽었다고 하더라도 의뢰 내용을 단골 바의 마스터에게 나불대다니. 영감님답다.

"그런데 노하라 영감님은 왜 마키코 할머니하고 도헤이의 인형까지 만들어달라고 했을까요?"

"글쎄요." 마스터는 눈썹을 팔(八) 자로 만들고 로열살루트를 마셨다.

"난 몰라요. 아무튼 이걸 받았을 때 노하라 형님, 엄청 감동하셨죠. 그래서 지저분한 사무실에 두기가 미안하다며 여기에 장식하기로 한 거예요."

"장식이요? 술병 뒤에 숨겨 두신 거 아니었어요?"

"어느 날, 그렇게 해달라고 부탁하셨어요, 노하라 형님이. 옛날 일을 떠올리는 게 싫어졌는지도 모르죠."

마스터는 카운터 너머에서 고개를 내밀고 고무인형을 살펴보았다.

"모두 꼭 닮았죠? 눈매, 코, 표정하며."

"잘 모르겠는데요…… 저는."

나는 고개를 설레설레 흔들었다.

"아아, 그렇죠……. 모르시겠네요."

마스터는 느릿느릿 끄떡였다.

얼굴을 가까이 대고 고무인형들을 자세히 살펴보았다. 노하라 영감님은 카운터 위에 탁 버티고 서서 담배를 물고 있다. 서양인을 닮은 큰 코에 높이를 맞추듯이 담배 끝이 위를 향해 있다. 고무인형을 만드는 사람 앞에서 실제로 이런 자세를 취했는지는 모르지만, 거드름을 피우고 있는 모양새다. 마키코 할머니는 노하라 영감님의 오른쪽에서 두 다리를 약간 벌리고 팔짱을 끼고 서서 정면을 노려보고 있다. 눈매가 제법 날카롭다. 도헤이는 두 손을 코트 주머니에 찔러 넣고 노하라 영감님 왼쪽에 서 있다. 얼굴이 지적인 느낌을 풍기고 있지만, 꼭 다문 입술에 빈정거리는 웃음을 머금고 있다.

"마스터, 이건 누구죠?"

세 사람 뒤에 놓인 유난히 몸집이 큰 사내를 가리켰다. 처음 보는 인물이다.

"예전에 로즈 플랫에 살던 사람이에요."

"흠, 이런 사람도 있었구나."

노하라 영감님과 마키코 할머니가 이 사내에 대해 이야기를 하는 걸 들은 기억이 없었다.

"이거 괜찮으시면 드릴게요."

"됐어요."

"가져가세요. 버려도 괜찮으니까."

마스터의 표정이 어두웠다. 언제나 어둡긴 하지만, 평소보다 눈빛이 흐릿했다. 굳이 이것저것 묻기도 무엇해서 고무 인형을 내려다보았다. 이렇다 할 이유도 없었는데, 어쩌면 이 사내가 죽은 건 아닐까 하는 생각이 들었다.

"그럼 가져갈게요. 이따가 버릴지도 모르지만."

나는 불길해 보이는 사내를 손가락 끝으로 집어 의자 등받이에 걸쳐 놓은 코트의 윗주머니에 쑤셔 넣었다. 어쩐지 마스터의 얼굴에 희미하게나마 안도의 빛이 감도는 것 같았다. 혹시 이건 저주받은 인형인지도 몰라. 그런 생각이 슬쩍 머리를 스치고 지나갔다.

그리고 몇 시간 동안 나와 마스터는 계속 술잔만 기울였다.

심해어에 대해 이야기를 했던 기억이 난다.

"마스터, 악랄한 짓을 저지르는 인간은 죄의식을 느끼지 않는 걸까요? 아무렇지도 않게 나쁜 짓을 계속하고 사람을 배신할 수 있는 걸까요?"

"글쎄, 모르겠어요."

마스터는 카운터 너머에서 거슴츠레한 눈으로 자기 잔을 내려다보았다.

"그런 사람들은 대개 심해어 같으니까요."

"무슨 말이에요?"

"미나시 씨는 텔레비전에서 심해어가 헤엄치는 걸 보고 이상하다고 생각한 적 없어요? 수백 미터, 때로는 수천 미터나 깊은 바다에 있는데도 녀석들은 멀쩡하잖아요."

듣고 보니 이상했다.

"바다 위쪽에 사는 물고기를 그런 깊숙한 바닥까지 데리고 가면 어떻게 될까요? 아마 순식간에 납작해져서 죽을 거예요. 우리도 마찬가지고요. 하지만 녀석들은 아무렇지 않아요. 왜 그럴까요?"

마땅한 대답이 떠오르지 않았다.

"녀석들은 거기서 태어났거든요. 처음부터 깊은 바다에서 태어났으니까 몸이 그런 환경을 견딜 수 있는 거예요. 아무리 주위에서 강한 수압을 받아도 자기 몸이 같은 압력을 가지고 있으니까 부서지지 않는 거죠. 아무런 문제 없이 그렇게 살아갈 수 있는 거예요."

"악랄한 사람들도 마찬가지라는 건가요?"

잠시 침묵하던 마스터가 중얼거렸다.

"짐작이지만요."

마른 두부 같은 황토빛의 손을 카운터 위로 느릿느릿 뻗었다. 주름진 손끝은 거기에 떨어진 물방울을 의미 없이 만지작거렸다. 나는 고개를 들고 술을 모두 입에 털어 넣었다.

"반대로 생각하면 그런 이유 때문에 심해어를 키울 수도 없어요."

뜨거워진 머릿속에 마스터의 말이 가늘게 울렸다.

그 뒤는 잘 기억나지 않는다.

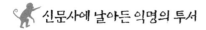 신문사에 날아든 익명의 투서

"좋은 아침이예요오."

호사카가 문 너머로 길쭉한 얼굴을 내밀었다. 소파 위에서 몸을 일으키는데, 머릿속에서 커다란 징소리가 울렸다.

"미나시 씨, 스포츠 신문 사 왔는데 보실래요? 의뢰 건하고 관련이 있는 거 같아서 저……."

"미안한데, 날 좀 가만히 내버려둬."

내가 이마를 짚으며 손사래를 치자 호사카는 둥근 안경을 올리며 쓸쓸히 문 너머로 사라졌다.

퀴퀴한 냄새가 나는 방 안에서 양반다리를 하고 크게 숨을 내뱉었다. 고급술도 숙취가 남는다는 새로운 사실을 배웠다.

접수대에서 부스럭부스럭 가방에서 뭔가를 꺼내는 소리가 들렸다. 곧이어 커다란 종이를 넘기는 소리가 들리더니 "와아", "엣!", "우와" 하며 감탄사를 연발하는 음성이 들렸다. 잠시 잠잠해지는가 싶더니 다시 또 그 소리가 울렸다. "와아", "엣!", "우와!"

"녀석, 일부러 저러는 걸 모를까 봐서."

한숨을 쉬고 자리에서 일어나 문으로 고개를 내밀었다. 호사카는 카운터 책상 위에 컬러판 스포츠 신문을 펼쳐놓고 있었다.

"웬일이야, 호사카가 그런 걸 다 읽구."

콩나물 같은 얼굴이 기쁜 표정을 짓고 뒤를 돌아보았다.

"네, 별일이죠. 도쿄의 도로지도 개정판이 나와서 올 때 서점에 들렀거든요. 이 시간에 문을 연 곳이 딱 하나 있어서요. 근데 우연히 미나시 씨의 일과 관련 있어 보이는 제목이 눈에 띄었어요. 도움이 될까 싶어서 사 왔어요."

"아아, 아까 들은 거 같다……."

나는 신문을 보았다.

"어느 기산데?"

"이거, 이 기사요."

호사카의 가느다란 손끝이 가리킨 제목을 본 순간, 머릿속의 숙취는 순식간에 날아갔다.

"이럴 수가……."

일에 관련이 있는 정도가 아니다.

'나카노 구 회사원 살인사건.
범인은 젊은 여자?'

바로 그 사건 기사였다. 나는 카운터 책상을 덮치듯이 몸을 숙이고, 신문을 펼치고 서둘러 읽어나갔다. 기사에 따르면 어제 나카노 경찰과 몇몇 주요 신문사에서 일제히 익명의 편지를 받은 것 같았다. 편지는 워드로 친 것으로 '구로이 악기 살인사건의 범인은 ○○○라는 젊은 여자입니다. 저는 보고 있었습니다'라는 내용이었다. 기사 옆에는 '○○○부분은 회사 판단에 따라 밝히지 않습니다'라는 코멘트가 덧붙여 있다. 그렇다면 원문에는 그곳에 '다바타'라고 세 글자가 적혀 있었다는 건가.

"가리타 짓이야."

가리타밖에 없었다. 틀림없다. 녀석은 직접 편지를 작성해서 뿌렸다. 그저께 경찰에 연락할 생각이 없다고 해놓곤, 마음이 바뀐 거겠지.

"젠장, 충고했는데."

아무래도 그는 생김새와 다르게 고지식한 것 같다. 만약 보낸 사람이 자신으로 밝혀지면 어떤 일이 벌어질지 생각은 안 해본 건가. 경찰이 찾아와서 "당신은 어떻게 그 사실을 알게 됐습니까?" 하고 묻는다면…… 나에게 부탁해서 구로이 악기를 도청한 일이 드러난다. 다니구치 악기의 이미지는 바닥으로 추락한다. 나 또한 곤란해진다.

"아냐, 그게 문제가 아니야."

가장 큰 문제는 후유에다. 경찰이 이 편지대로 수사방향을 돌린다면 '다바타라는 젊은 여자'를 찾을 것이다. 후유에에게 경찰의 손길이 뻗히는 건 시간문제다.

머릿속에서 여러 생각들이 어지럽게 서로 뒤섞였다. 어떡하지. 후유에를 구해줄까. 그녀를 도와줄까. 왜 내가 그래야 하지? 그녀는 7년 전, 아키에를……

"아아, 제길!"

카운터 책상 위의 수화기를 집어 들고 후유에의 휴대전화 번호를 눌렀다. 전파가 도달하지 않는지 전원이 끊겨 있다는 메시지가 나왔다. 곧바로 맨션으로 다시 건다. 신호음이 한 번, 두 번, 세 번……. 아무리 기다려도 받지 않는다.

"호사카, 후유에한테 연락 오면 바로 나한테 전화해!"

아무 결론도 내지 못한 채 나는 사무실을 뛰쳐나가 미니쿠퍼에 올라탔다.

🐒 후유에의 비명

어디로 가야 하나. 조급하게 차선을 이리저리 바꾸면서 나는 야스쿠니 길에서 오우메 가도를 달렸다. 후유에의 휴대 전화는 여전히 연결이 안 된다. 맨션 전화도 역시 응답이 없다. 머릿속에서는 징소리가 울린다. 초조함과 불안감이 목구멍으로 스멀스멀 올라왔다.

"우선 현장이다. 범죄현장에는 몇 번이고 가봐야 한다잖아."

지금 상황에 맞는 말인지 아닌지 생각할 겨를 없이 핸들을 구로이 악기사 쪽으로 꺾었다. 골목으로 들어가 건물 쪽으로 모퉁이를 돌려는데, 경찰차들이 보였다. 주위에 제복을 입은 경찰들이 서 있다.

"검문인가……."

나는 허둥지둥 방향을 바꿔 모퉁이를 도는 대신 그대로 직진하여 건물에서 멀리 떨어졌다. 다행히 경찰들은 알아채지 못한 것 같다. 필시 그 사건의 목격자 정보를 수집하기 위한 검문일 것이다. 설사 검문을 받는다고 해도 적당히 둘러대면 별 문제 없겠지만, 내 몸에서 술 냄새가 심하게 났다. 창문을 내리자마자 틀림없이 경찰의 얼굴색이 변할 것이다.

조금 더 직진하다가 골목 가장자리에 차를 세웠다. 차에서 내려 구로이 악기 쪽을 돌아봤다. 마침 그쪽에서 두꺼운 코트를 입은 풍채 좋은 남자가 걸어오는 모습이 보였다. 아는 얼굴인데 누구인지 얼른 생각나지 않는다.

"아아, 자네구만."

남자는 나를 보자 커다란 얼굴을 끄덕이며 다가왔다. 그 제야 나는 그가 누군지 떠올랐다. 한 번밖에 만나지 않았지만, 의뢰를 맡긴 인물을 잊는다는 건 나 스스로 생각해도 정말 한심하기 짝이 없다.

"다니구치 사장님, 오래간만에 뵙습니다."

나는 클라이언트인, 아니 그제까지 클라이언트였던 다니구치 이사오에게 인사를 했다. 다니구치는 고개를 끄떡였다.

"미나시 씨, 가리타 부장한테 들었네. 우리 일을 그만뒀다 면서?"

말투는 날카로웠지만, 표정은 부드러웠다. 뭐가 그리 좋은지 살집이 많은 양 볼에 싱글벙글 희색이 만면했다.

"폐를 끼쳐서 죄송합니다. 가리타 부장님께 설명드렸듯이 타깃 회사에서 살인사건이……."

"괜찮네, 괜찮아."

다니구치는 과장되게 손사래를 치며 내 말을 막았다.

"어차피 그 회사는 이제 끝일세. 디자인 도용은 아무렴 어떤가. 실은 말이지, 그 사건이 일어났을 때 나도 자네와 계약을 해지할까 생각했네. 하지만 자네와 약속한 지불 건이 생각나서 망설이고 있던 참이었네."

"그렇습니까?"

"그래. 아무래도 위험하지 않은가. 경찰이 움직이고 있는데 자칫 우리한테까지 불똥이 튀면 그 꼴을 어떻게 보겠나."

가리타보다 조금은 머리가 잘 돌아가나 보다.

"구로이 악기는 이제 끝났네. 내막은 모르지만, 사내에서 그런 일이 벌어졌으니 이미지를 회복하기 어려울 걸세. 주가는 바닥을 치고, 상사는 모두 피할 거고, 소매점은 상품을 철수시킬 거야. 동종업계 종사자로서 동정은 가네만, 비즈니스라는 게 다 이런 거야. 자네가 그동안 올린 보고서도 이제 아무 소용 없게 됐네. 열심히 해줬는데 아쉽게 됐어."

얼굴은 전혀 아쉬워하는 표정이 아니다.

"지금 그 건물에 가서 수사 분위기를 살펴보고 오는 길이네. 이야, 역시 살인사건 수사는 분위기부터가 장난 아닌데.

경찰들 눈빛이 교통법규 단속하는 거하고는 하늘과 땅 차이야. 정말 대단해."

실컷 떠들더니 다니구치는 "그럼 이만 가네"라며 두툼한 손을 들어 인사를 하고 자신의 회사로 유유히 들어갔다. 나는 왠지 허무한 마음으로 그 뒷모습을 배웅했다.

자, 이제 어떡하지.

구로이 악기사 근처에서 수사 상황에 귀를 기울여볼까. 아니면 뭔가 구실을 만들어 경찰서로 들어가서…….

"우선 후유에가 어디 있는지 알아야 하는데."

나는 다시 미니쿠퍼에 올라탔다. 검문을 하는 골목을 피해 큰길로 나가서 신주쿠 쪽으로 돌아갔다. 길이 막혔다. 조금 가다가 멈춰 서고, 다시 조금 가다가 신호에 걸려 브레이크를 밟았다. 속에서 부글부글 끓어올랐다. 뒷길로 가려고 야스쿠니 길에서 왼쪽으로 핸들을 꺾었다.

바로 그때.

-……그만해. 아야얏!

짧은 순간 들린 목소리였지만, 분명히 후유에였다. 공포에 떨고 있는 비명 소리.

브레이크를 밟고 숨을 멈추고 온 신경을 귀에 집중했다. 하지만 아무 소리도 들리지 않았다. 어디야. 주변을 둘러보았다. 어디에 있는 거야. 후유에의 비명 소리는 급속하게 멀어지고, 마치 카레이스의 엔진소리처럼, 카레이스의……

"자동차닷!"

창문을 내리고 고개를 내밀었다. 수많은 자동차가 울리는
경적소리가 요란했다. 소리가 들리는 방향을 주시했다. 창
문을 스모크 색으로 선팅한 밴 한 대가 제한속도를 완전히
무시하고 자동차 사이를 이리저리 빠져나가고 있었다.

야스쿠니 길을, 동쪽으로.

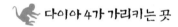 다이아 4가 가리키는 곳

곧바로 자동차를 돌려 밴을 뒤쫓았다. 하지만 따라잡을 수
없었다. 아무리 액셀을 밟아도 밴의 모습은 보이지 않았다.
후유에의 목소리도 더 이상 들리지 않았다.

"제길."

주먹으로 무릎을 마구 때렸다. 교차로에서 단숨에 핸들을
돌려 반대차선의 차들을 아슬아슬하게 피하면서 유턴을 했
다. 발밑에서는 타이어 네 개가 비명을 지르고, 주변에서 경
적소리가 요란하게 울려 퍼졌다.

나는 엄청난 속도로 로즈 플랫으로 돌아갔다.

"으아아!"

사무실로 뛰어 들어갔다. 호사카가 지도책에서 고개를 들고는 휘둥그레진 눈을 쏨벅였다.

"그 지도 좀 보자!"

"네? 이거?"

나는 카운터 책상에서 도쿄 지도책을 낚아채 신주쿠 구의 지도를 들여다보았다. 그 밴은 어디로 간 거지? 야스쿠니 길 동쪽에 뭐가 있는데? 지도에 얼굴을 파묻다시피 하면서 나는 상대방의 행선지를 찾았다. 하지만 마음은 초조했고, 더구나 술이 덜 깬 상태에서 지도가 눈에 들어오지 않았다. 어디가 어떻게 되어 있는지 알 수가 없었다. 야스쿠니 길은 대체 어느 선이냐구! 이 굵은 선? 아니지, 이건 선로고…….

"저기, 뭘 찾으세요?"

보다 못한 호사카가 말을 걸었다. 내가 상황을 설명하자마자 호사카는 순식간에 백짓장처럼 하얗게 질려서 떨리는 목소리로 말했다.

"후후후후유에 씨가 납치 됐다고요! ……근데 야스, 야스쿠니 길 동쪽이라면…….."

단서가 될 만한 정보가 너무 없어서 호사카는 나보다 더 허둥거렸다.

"야스쿠니 신사는 물론 아키하바라도 갈 수 있고, 더 가면 료코쿠 국기관에도 갈 수 있고, 거기서 야스쿠니 길은 게이요 도로로 바뀌어서 지바까지 이어져 있다구요!"

"그럼 어쩌라는 거야!"

"아아아, 후유에 씨이!"

나는 머리를 붙잡고 카운터 데스크에 팔꿈치를 내리쳤다. 생각한다. 추리한다. 머리를 있는 대로 쥐어짠다.

"신에게 맡기는 거예요!"

갑자기 호사카가 소리를 질렀다.

"뭐?"

"신에게 맡겨요, 미나시 씨! 이런 거 생각한다고 어떻게 알아요. 이럴 때는 신에게 묻는 거예요!"

"신이라면…… 도헤이?"

"그래요. 도헤이 씨라면 분명히 가르쳐줄 거예요."

"하지만 아무리 도헤이라 해도…….'

"믿는 자는 구원받는다!"

호사카는 큰 소리로 말하더니 양손으로 힘껏 카운터 데스크를 쾅 내리쳤다. 나는 그 기세에 튕기듯이 사무실 문을 뛰쳐나갔다. 그대로 복도를 뛰어 도헤이의 방 앞에 섰다. 문이 부서져라 두들겨 보았지만 아무런 대답이 없다.

"도헤이! 도헤이!"

한참 있다가 겨우 도헤이가 나왔다. 반바지에 검은 와이셔츠 차림으로 입이 찢어져라 하품을 했다.

"도헤이, 후유에가 어디 있는지 알려줘. 지금 어디 있는지, 빨리."

내가 애원하자 도헤이는 아직 꿈나라를 헤매는 것 같은 멍한 눈으로 나를 바라보았다. 다시 한 번 하품을 했다.

"제발, 도헤이. 시간이 없어. 후유에가 납치당했어. 어디로 갔는지 가르쳐달란 말이야."

도헤이는 내 눈을 가만히 응시하더니 어깨를 움츠렸다. 천천히 도리질을 하고 불만스럽게 입술을 부르르 떨었다.

"뭐야. 야, 진지하게 들어봐, 도헤이!"

하지만 도헤이는 입술만 떨 뿐 꼼짝하지 않았다.

"제발, 도헤이. 후유에가 위험하단 말이야!"

내가 멱살을 잡고 다가서자 도헤이는 포기한 듯이 어깨를 움츠리고 느릿느릿 한 손을 높이 쳐들었다. 마지못해 억지로 하는 행동이었다. 도헤이가 공중에서 손으로 강아지의 입모양을 만들고 오므리자 어느새 손 끝에 카드가 한 장 물려 있었다. 다이아 4.

"다이아 4…… 다이아 4라는 건………."

나는 중얼거렸다. 이 카드가 의미하는 게 뭔지 필사적으로 생각했다. 후유에가 납치된 장소를 추리했다. 아니, 하는 척했다.

"젠장. 지금 이게 뭐하는 거야."

가슴 밑바닥에서 갑자기 부끄러운 생각이 들었다.

"처음부터 알았으면서……."

그렇다. 나는 알고 있었다. 사실은 다 알고 있었다. 누가 후유에를 납치했는지, 어디로 데리고 갔는지 짐작하고 있었다. 그래서 도헤이는 나에게 불만스럽게 입술을 떨었다. 언젠가 쌍둥이가 쿠키 개수를 가르쳐달라고 했을 때처럼. 나는 단지 무서웠을 뿐이다. 나 자신을 속여서 시간을 벌고 싶었다.

"당연히 거기잖아!"

단숨에 계단을 뛰어 내려가 아파트 현관을 박차고 골목으로 돌진했다. 요쓰비시 에이전시가 어디 있는지는 알고 있었다.

🐀 요쓰비시의 함정

"네. 여기 세워주세요."

야스쿠니 신사와 가까운 요쓰비시 에이전시 사무실 옆에

서 택시를 세웠다. 지바 역에서 후유에를 미행한 뒤로 처음 와보았다. 2층짜리 그 사무실은 인적이 드문 뒷골목에 조용 히 서 있다.

창문 너머 주위를 확인했다. 오가는 사람은 한 명도 보이 지 않았다. 움직이는 거라곤 쓰레기장에 떼 지어 있는 까마 귀뿐이었다.

"감사합니다. 이천……."

뒷좌석을 돌아보며 계산을 하려는 기사에게 나는 한 손을 들고 조용하라는 신호를 보냈다. 앞 유리 너머로 보이는 사 무실 건물의 2층 창문에 시선을 고정하고 가만히 귀를 기울 였다. 창문에는 커튼이 쳐져 있어서 안은 보이지 않았다.

하지만 녀석들의 목소리가 똑똑히 들렸다.

-고물딱지 미니쿠퍼가 나타나면 꼭 보고해. 가능성이 낮 긴 한데, 혹시 미나시가 들이닥칠지도 모르니까.

-네, 알겠습니다.

-나는 아래층에 있겠다.

사내 둘이 낮은 목소리로 이야기를 하고 있다. 커튼이 살 짝 흔들리더니 그 틈으로 사람 그림자가 언뜻 보였다. 골목 을 살펴보는 것 같다.

택시를 타기 잘했다. 내가 타고 다니는 초라한 미니쿠퍼 는 이 업계에서 알려질 대로 알려져 있다. 그건 그렇고 요쓰비시 에이전시 인간들은 어떻게 내가 올 거라는 걸 알았는지. 후유에가 내 사무실에서 일하는 사실을 스스로 이야기한 걸까.

"저기, 어디 안 좋으세요?"

기사가 근심스러운 표정으로 내 얼굴을 들여다봤다.

"아아, 아니에요."

나는 기사에게 요쓰비시 에이전시의 사무실을 우회하여 조금 떨어진 곳에 차를 세워달라고 했다.

"하지만 미터기를 세웠는데요."

"가라면 빨리 가요. 이렇게 되고 싶지 않으면!"

나는 감추고 있던 귀를 슬쩍 보여주었다. 기사는 앗 하고 낮은 비명을 지르더니 고개를 돌리고 허둥지둥 사이드브레이크를 풀었다. 그는 황급히 요쓰비시 에이전시 사무실에서 가정집을 사이에 둔 곳까지 차를 몰았다.

요금에 얼마를 조금 더 얹어주고 택시에서 내렸다. 요쓰비시 에이전시를 향해 뒤쪽에서 천천히 다가갔다. 사무실 주변은 오래된 목조 주택뿐이다. 지요다 구 근처라고는 하나 대로변에서 골목으로 조금만 들어가면 전부 이런 식이다.

사무실 뒤에 있는 비상계단은 2층으로 들어가는 철제문으로 이어져 있다.

-제발, 이것 좀 풀어줘.

후유에의 목소리다. 이어서 사내가 실실 웃는 소리가 들렸다. 조금 전에 이야기하던 두 사람은 아닌 것 같다. 젊은 사내다.

-농담이시죠? 누님.

누님?

-그거 풀어주면 분명히 날 한 방 먹이고 도망갈 거잖아. 여차하면 물불 안 가리는 성질은 여전하시면서.

-살에 파고들어서 아프단 말이야.

-그러니까 풀어줄 수 없댔잖아. 귀먹었어요? 다바타 선배?

사내는 소리 높여 웃었다. 아무래도 '누님'은 단순한 호칭이었나 보다.

-너무 아파.

-그만 좀 하슈.

-좀 느슨하게라도…….

-못 푼댔잖아!

사내의 성난 목소리와 동시에 다른 소리도 들렸다. 밀가루 반죽을 탁자에 내려친 것처럼 털썩하는 둔탁한 소리가 들리더니 후유에의 외마디 비명 소리가 뒤를 이었다. 곧바로 바닥 위에 커다란 무언가가 넘어진 것 같은 소리가 쿵하고 내 고막을 때렸다.

-아차, 대선배님인데 깜빡 손을 놀렸네. 미안, 누님.

조용해졌다.

-오호, 누님도 그런 얼굴을 하는구나.

사내는 새로운 장난감을 발견한 어린아이 같은 목소리로
말했다.

-잘못했어.

후유에는 소리 죽여 울었다. 나는 무의식적으로 한 발짝,
한 반짝 발이 앞으로 나아갔다. 회색 건물 벽이 성큼성큼 다
가왔다. 분노가 발끝에서 심장을 지나 머리 꼭대기까지 치솟
아 올랐다. 침착해. 냉정해지자. 어떻게 구할지 방법을 생각
해봐. 상대는 여러 명이지만, 나는 혼자다. 체력에 별 자신도
없는데, 술까지 덜 깬 상태가 아닌가.

하지만 나는 발걸음을 멈추지 않았다. 아무런 망설임 없
이 철제 비상계단을 하나씩 올라갔다. 고개를 들어 2층 문을
노려보면서 서서히 그곳으로 다가갔다.

누군가가 건물 안에 있는 계단을 올라가는 발소리가 들렸다.

-어어, 뭐야. 요스케, 주먹 쓴 거냐?

조금 전 아래층에 내려갔던 사내 같았다. 무슨 소리를 듣
고 올라온 것 같다.

-아, 사장님. 네, 그게…… 죄송합니다. 수갑을 풀라고 하
도 시끄럽게 굴어서…….

젊은 사내의 목소리가 약간 긴장되었다.

-잘못한 겁니까?

-아니, 잘못한 거 없네. 단지 별 효과가 없을 것 같아서. 차 속에서 충분히 본때를 보여줬는데, 지금 때린다고 뭐가 아프겠어. 사람의 신경이라는 건 포기가 꽤 빠르거든.

발소리가 바닥을 걸어가다가 멈춘다.

-이봐, 다바타. 살았냐? 울고 있는 걸 보니까 살아 있긴 한가 본데?

철썩철썩, 살을 때리는 소리.

-이런, 네 트레이드마크가 떨어졌잖아. 걱정 마, 주워줄게. 아이구, 미안해라!

유리가 으깨지는 소리.

-아, 밟아버렸네. 미안해서 어쩌지.

사내는 소리 없이 웃었다. 처음에는 낮게 울리던 웃음은 점차 커졌고, 다른 사내의 웃음소리와 겹쳤다. 나는 계단을 다 올라가 2층 문 앞에 섰다. 손잡이를 잡고, 소리가 나지 않도록 천천히 돌리고 문을 잡아당겼다. 하지만 꿈쩍도 하지 않았다. 잠겨 있다. 자물쇠는 핀실린더에 버튼식 키까지 부착되어 있다. 핀실린더를 열어도 버튼식 키의 비밀번호를 모르면 문을 열 수 없다.

-다바타, 다시 한 번 묻겠다.

목소리는 바로 문 안쪽에서 들린다.

-자네, 정말로 □□□의 □□□에 □ 생각인가?

쓰레기장에서 까마귀가 싸우기 시작하여 정작 중요한 부분이 잘 들리지 않는다.

-……정말입니다.

-우와, 정말이래! 하하하, 자네, 진짜 보통내기가 아니군!

-누님, 어쩜 그런 생각을 해요. 귀엽게시리.

-사장님, 고물 미니쿠퍼는 아직 안 보입니다.

다른 사내의 목소리다. 창밖을 감시하던 녀석인가.

-하긴 그러겠지. 요즘 같은 세상에 정의의 사도가 그렇게 흔치 않으니까.

-아니, 그건 당신이 몰라서 하는 소리야.

후유에가 따지듯이 말한다.

-구해주러 올지도 몰라.

-구해주러, 어떻게?

사장이라고 불린 사내가 낮게 웃는다.

-1층에는 주먹깨나 쓴다는 녀석들이 버티고 있어. 몰래 2층으로 들어오려고 해도, 알다시피 문은 이중 자물쇠야. 대비는 완벽해. 내가 제일 싫어하는 게 자신은 조심하지 않으면서 남만 조심하라고 하는 거거든.

-그깟 열쇠야 조금만 아는 사람이면 금방 열 수 있어요. 버튼식도 비밀번호만 알면 자기 집 문보다 빨리 열 수 있어요.

-비밀번호는 직원들밖에 몰라. 그리고 우리 직원들은 외부에 비밀번호를 흘리고 다니는 일은 없네.

-그야 모르죠. 술집에서 취해가지고 나불거렸을지도. ……○○○○라고.

후유에는 네 자리 숫자를 말했다. 그 순간 나는 확신했다. 그녀는 내가 근처에 있다는 걸 알고 있다. 아니면 그렇게 믿고 있다.

-그런 짓 할 사람은 누님밖에 없다고요. 우리는 모두 여기에 충성을 다 하니까.

나는 주머니에서 문을 여는 도구를 꺼냈다.

-야, 요스케.

-네, 부르셨습니까?

조심스럽게 앉아서 소리가 나지 않게 주위를 기울이며 자물쇠를 풀기 시작했다.

-저…… 그전에 사장님, 제 부탁 하나만 들어주시면 안 되겠습니까?

-부탁?

-저요, 요즘 좀 거시기합니다. 여자하고 놀 시간이 없어서……그래서 그, 뭐랄까…….

-뭐? 아하, 그렇구나. 그래, 넌 아직 젊으니까. 상관없어, 이 기집애랑 그래도.

-저, 정말입니까?

-그래. 어차피 고통을 줄 거면 주먹보다 그쪽이 더 좋을지도 모르겠어.

-그, 그렇고말고요. 저도 그렇게 생각했습죠. 헤헤.

-수갑을 차고 있으면 저항도 못할 테고. 좋아, 우리는 밑에 가 있을 테니까, 후딱 해치워버려. 자, 가자.

두 사람의 발소리가 사무실을 가로질러 계단을 향한다. 나는 더 빨리 열쇠를 풀려고 했지만, 초조한 탓에 손이 뜻대로 움직이지 않았다. 식은땀이 등줄기를 타고 내려갔다.

-그래서 누님. 잠깐 실례해요……. 어디 보자…… 우왓! 속옷이 장난 아닌데…….

으으으 하는 후유에의 목소리. 손으로 입을 막고 있는 것 같다. 쿵쾅쿵쾅. 발을 격렬하게 구르는 소리.

-금방 끝난다니까요. ……그래 ……헤헤, 무진장 흥분되는데.

옷이 거칠게 스치는 소리. 후유에가 발을 구르며 비명을 지르지만, 입을 막은 손 안에서 우물거리고 있을 뿐이다.

-네네, 누님. 조용히 좀 하고……. 자, 다리 벌리고…… 좋아…… 좋아, 좋아……. 됐어요.

당장 눈앞에 있는 문을 때려 부수고 싶은 충동을 간신히 억누르고, 자물쇠를 여는 데 집중했다.

-우우…… 오랜만인데…… 오오…… 죽인다…….

스르르 자물쇠가 돌아갔다. 서둘러 버튼식 키를 눌렀다. 후유에가 가르쳐준 네 자리 번호를 누르면 이 문은 열린다.

잠깐.

갑자기 의문이 들었다. 나는 동작을 멈췄다.

이건 함정이 아닐까? 지금까지 안에서 들린 대화는 모두 연기한 게 아닐까? 후유에가 녀석들과 짜고 나를 함정에 빠뜨리려는 게 아닐까?

……그 여자는 나쁜 사람이에요.

'지하의 귀' 마스터가 했던 말이 머리에 울렸다.

……그 여자는 자신의 욕심 때문에 미나시 씨를 이용하고 있어요.

하지만 지금 들리는 후유에의 우물거리는 비명 소리는 절대로 연기가 아니다. 절대로.

"젠장! 에랏, 모르겠다!"

나는 소리 지르면서 머리를 흔들어 잡념을 좇아냈다. 네 자리 숫자를 눌렀다. 희미한 전자음이 울리고 문이 열렸다. 나는 단숨에 문을 열어젖혔다.

"믿는 자는 구원받는다!"

큰 소리를 지르면서 뛰어들었다. 방 끄트머리에 버티고 서서 주위를 둘러보았다. 냅다 갈길 상대를 찾았다. 누구부

터 시작하지. 누가 먼저야. 너냐? 너냐? 아니면 너냐? 잠깐
만. 이게 뭐지. 결론부터 말하면…….

"구원은 무슨…… 개뿔!"

수많은 사내들이 나를 에워싸고 있었다.

🐒 총출동, 로즈 플랫

열 명이 넘는 사내들. 하나같이 체력이나 흉악한 표정이
둘째가라면 서러워 할 사람들이다.

"우와! 짱이야, 짱! 누님…… 오오, 우와아…… 히히……
히하하핫!"

저게 요스케구나. 여유롭게 바닥에 양반다리를 하고 앉아
서 죽어라 웃으며 배를 움켜쥐고 있다. 그 옆에는 바닥에 쓰
러져서 팔이 뒤로 묶인 후유에가 울어서 퉁퉁 부은 눈으로
나를 바라보고 있다. 옷은 전혀 흐트러져 있지 않았다. 그녀
의 입은 다른 사내가 손으로 꽉 틀어막고 있다.

"하이, 친구."

엄청나게 키가 큰 사내가 무리 속에서 천천히 다가왔다.
어디선가 본 듯한데, 누구인지 생각나지 않았다.

"다바타가 어째 좀 수상쩍더라니. 일부러 비밀번호를 얘

194

기하지 않나. 그런데 댁도 의외로 단순한 방법에 걸려드는
구만."

목소리로 볼 때 이 자식이 빌어먹을 놈의 사장새끼다. 새
까만 양복에 팔짱을 끼고, 감탄한 듯이 나를 내려다보고 있
다. 근육질의 몸매가 양복 위로 팽팽하게 도드라져 있다. 낮
고 무거운 목소리는 가슴 깊숙한 곳에서 울려 나오는 것 같
다. 표정 없는 하얀 얼굴, 날카로운 두 눈빛, 유난히 작은 검
은자위. 외모에서부터 냉혈한 기운이 뿜어 나오는 것 같은
인물이다. 이 인간, 정말 인간이 맞긴 한 걸까.

"후유에, 괜찮아?"

내가 그녀를 부르자 사장이 "후유에?" 하고 한쪽 눈썹을
꿈틀했다.

"다바타, 너 후유미가 아니었나?"

후유에는 말없이 나를 바라보았다. 후유에의 입을 막고
있던 사내가 손을 치우자 그녀의 얼굴이 드러났다. 양 볼이
통통 붓고 입술은 터져서 피가 검게 말라붙어 있다.

"이름이야 아무렴 어때. 근데……."

사장이 나를 돌아보았다.

"당신, 미나시지? 도청 전문으로 이름 꽤나 날리고 있는
것 같더군."

"아니, 그렇게…… 이름 날릴 정도까지야……."

"그래? 이 업계에서는 제법 이름이 들리던데. 신주쿠 뒷골목에 있는 탐정사무소 팬텀."

"요쓰비시 에이전시에 비하면 아직 쨉도 안 되지. 하루하루 간신히 버텨나가는데……."

"그래? 그런대로 제법 짭짤하게 재미 좀 보고 있는 것 같던데."

"당치 않은 소리. 난 요쓰비시 에이전시처럼……."

나는 사장을 올려다보았다.

"똥 같은 지저분한 일은 절대 안 하는데, 짭짤할 리가 없잖아."

사장의 표정과 사무실 안의 분위기가 동시에 얼어붙었다.

제일 먼저 요스케라는 남자가 움직였다. 그는 바닥을 차며 일어나더니 두 눈을 부릅뜨고 성큼성큼 나에게 다가왔다.

"죽여버릴 거야아!"

사장이 재빨리 팔을 뻗어 요스케의 어깨를 잡았다.

"왜 그러십니까, 사장님!"

요스케는 사장과 나를 번갈아봤다. 화가 치미는지 얼굴이 온통 새빨갛게 달아올랐다.

"진정해라. 요쓰비시 에이전시 직원들은 흥분하면 안 돼. 감정을 통제하지 못하면 중요한 일을 그르칠 수 있어."

"하지만, 사장님……."

"감정을 통제한다는 건 똥이 된다는 건가?"

내 말에 다시 사무실 안이 조용해졌다.

"똥은 냄새는 나지만, 감정이 없지. 참, 꾀꼬리 똥은 미백효과가 있고, 날다람쥐 똥은 혈행을 촉진하는 데 효과가 있다고 들었어. 너희들보다 훨씬 쓸모가 있지. 너희들은 똥 중에서도 가장 질이 낮은 똥이야. 어디에도 쓸모없는 똥 중의 똥이라고나 할까."

나는 계속 똥, 똥 하고 있었지만 사실 그 자리를 빠져나갈 대책이 전혀 없었다. 그래, 똥덩어리들아. 어디 할 테면 해봐. 배 째라는 식의 배짱이다.

"미나시! 당신, 입이 험하다는 말 들은 적 없나?"

사장이 무표정한 얼굴로 입만 움직였다. 다시 시원하게 쏘아붙여주고 싶지만, 똥의 소재가 다 떨어져서 달리 할 말이 없었다. 별수 없이 솔직하게 대답해줬다.

"몇 번 있지."

"그러겠지." 사장 녀석이 입술을 오므렸다.

"그렇다면 입은 재앙의 근원이라는 속담도 들어봤나?"

"똥은 재앙의 근원이라는 말은 알지. 아까 말했듯이 꾀꼬리 똥에는 미백효과가 있고, 날다람쥐……."

요스케가 뭐라 짧게 말하더니 나에게 달려들었다. 사장이 또 한 번 말려주지 않을까 기대했지만, 그런 일은 없었다. 요스케의 앞차기가 내 갈비뼈 아래를 정확하게 가격했다. 나는 힘없는 허수아비처럼 뒤로 날아갔다. 등과 뒤통수가 벽에 부 딪히자 눈앞에 별이 번쩍였다. 바닥이 천천히 내 얼굴로 다 가와서 코에 쾅 부딪히더니 얼굴에서 피비린내가 훅 끼치는 것 같다. 후유에가 피리처럼 가느다란 소리를 질렀다. 하지 만 그 소리는 바로 우우 하고 우물거리는 소리로 바뀌었다. 누군가 다시 더러운 손으로 그녀의 입을 틀어막은 것이 분명 했다. 어디, 어떤 녀석이 그런 거야. 고개를 돌리는데, 마침 요스케의 가죽신발이 맹렬한 속도로 나에게 다가왔다. 발끝 에 금속이 들어 있는지 놀라울 정도로 단단한 감촉이 입술을 내리쳤다. 쓰러져 있는 내 몸이 상체만 빙글 돌아 벽에 뒤통 수를 들이박았다. 눈앞에 펼쳐진 빛이 아까보다 훨씬 선명하 게 빙글빙글 돌았다.

"너, 바보냐?"

내 앞에 쭈그리고 앉아 요스케는 "어?" 하고 내 멱살을 비 틀듯이 끌어올렸다. 가느다란 체구에 어울리지 않게 악력이 대단하다. 젓가락으로 당면을 건지듯이 요스케는 두 팔로 내 가슴팍을 가볍게 들어올렸다.

"바보라…… 그럴지도 몰라."

나는 띄엄띄엄 말했다.

"난 지금 뭐가 뭔지 모르겠다. 내가 왜 여기에 있지? 아니,

더 궁금한 건 우리 회사 직원이 왜 여기에 있는 거야?"

나는 요스케의 어깨너머로 후유에를 바라봤다. 후유에는
온몸을 바들바들 떨면서 나를 바라보며 눈물을 흘렸다. 입이
막혀 있어서 아무 말도 못했다. 나는 사장 녀석에게 시선을
돌렸다. 녀석은 얇은 입술 끝을 살짝 올리며 "모르는 게 나
아"라고 대답했다.

"알면 슬퍼질걸. 미나시, 자네 아무래도 다바타한테 반한
것 같은데? 그렇지 않나?"

"사적인 질문은 사양하겠다."

녀석이 싱긋 웃었다.

"좋아, 가르쳐주지. 넌 우리한테 속은 거야. 다바타는 지
금도 요쓰비시 에이전시 직원이야. 너는 다바타의 고용인이
아니라 목표물이었어. 이 업계에서 일컫는 타깃일 뿐이야."

"아하……."

나는 한숨을 쉬면서 고개를 끄떡였다. 입 가장자리에서
끈적끈적한 붉은 액체가 흘렀다.

"으악, 드러워."

요스케가 손을 놓자 내 몸이 바닥에 툭 떨어졌다. 나는 간
신히 두 눈으로 사장을 바라보며 말을 내뱉었다.

"팬텀과 요쓰비시 에이전시 사이에는 생각의 차이가 엄
청난 것 같군. 그건 됐고, 아무튼 후유에는 돌려줘야겠어. 저

여자는 우리 회사 직원이야. 사무실로 돌아가서 후유에한테 직접 이야기를 듣겠어."

나는 바닥을 짚고 상체를 일으켰다. 배와 등에 극심한 통증이 전해졌다. 정수리에서 빠직하고 무슨 소리가 났다.

"말귀 되게 못 알아듣는 자식이네."

사장은 길게 숨을 내쉬었다.

"다바타는 너한테 돌아가지 않는다니까. 요스케. 이 미나시 탐정님께 다시 한 번 설명 좀 해드려. 말로 설명해도 못 알아들으니까 네가 알아서 해. 네 마음대로 해도 좋아. 예를 들면……."

사장은 생각지도 못한 놀라운 방법을 몇 가지 자세히 이야기했다. 아무래도 요스케의 설명을 듣게 될 곳은 주로 내 신체 말단에 해당하는 부분 같다.

"그 전에 조금 더 힘 좀 빼 놔. 너무 날뛰어도 귀찮으니까."

"알겠습니다."

요스케가 고개를 돌려 나를 보았다. 파충류 같은, 아주 잔인해 보이는 눈이 즐거움에 겨워 빛나고 있다.

"그럼 지금부터 설명해주지. 말이 아니라 다른 방법으로."

요스케는 내 멱살을 쥐고 일어났다. 나는 연체동물처럼 힘없이 들려졌다. 부직. 머리 위로 다시 소리가 들렸다.

"죽게 되면 미안하이!"

요스케는 왼손으로 내 몸을 잡고 오른팔을 크게 뒤로 젖혔다. 어차피 흠씬 얻어터져야 한다면 가능한 한 빨리 의식을 잃고 싶다. 저항은 꿈도 꾸지 않았다. 실눈으로 요스케를 올려다보며 몸에 가해질 통증을 기다렸다. 요스케의 오른쪽 주먹이 얼굴을 향해 날아오는 순간, 내 몸이 살짝 흔들거렸다. 퍽. 머리 위에서 유달리 큰 소리가 울렸다.

"으아……."

요스케가 동작을 멈췄다.

그는 왼손으로 나를 움켜쥔 채 두 눈을 크게 뜨고 나를 보고 있다. 툭. 내 발밑에 뭔가 떨어졌다. 나는 멍하니 그쪽으로 시선을 돌렸다.

귀를 감추고 있던 헤드폰이 바닥을 뒹굴고 있었다. 헤드폰 윗부분이 쩍 부러져 있다. 머리가 시원했다. 나는 요스케를 바라보았다.

"왜? 안 때려?"

"아, 아니……."

요스케는 내 귀를 말끄러미 응시한 채 몸이 굳어버렸다. 뒤에 있던 다른 녀석들도 몸이 얼어붙은 채로 나를 쳐다보고 있다. 사장이 불길한 것을 본 것처럼 가는 눈썹을 찌푸렸다.

"소문은 익히 들었다만…… 역시 굉장하군."

나는 그런 말 따위는 무시해버리고 요스케를 바라봤다.

"때려. 치려고 했잖아. 아까하고 뭐가 다른데?"

"아니, 하지만……."

"나라니까. 아까 네가 치려고 했던 사람이라고. 달라진 건 아무것도 없어. 자, 쳐봐."

요스케는 영원히 움직이지 않을 듯이 꼼짝하지 않았다. 시간이 갈수록 뱃속이 점차 뜨거워졌다. 요스케의 눈빛. 내가 가장 싫어하는 눈빛이다. 가장 보기 싫은 눈빛. 초등학교 시절, 반 친구들이 나를 바라보던 눈빛이다. 그리고 중학교, 고등학교 때에서도 나는…….

"쳐봐!"

"으아아!"

요스케는 마침내 오른 주먹을 휘둘렀다. 하지만 상대방을 때려눕히려고 휘두르는 주먹질이 아니었다. 그의 주먹은 내 왼쪽 뺨을 톡 치더니 허공을 갈랐다.

"그래서 네놈들이 똥이라는 거야!"

나는 큰 소리로 울부짖었다.

"내가 달라졌냐! 너하고 내가 뭐가 다른데! 역겹냐! 괜히 봤냐?"

소리를 지를 때마다 눈두덩이 뜨거워졌다. 뜨거운 피가 관자놀이를 쿡쿡 찔렀다.

"이게 뭐 어때서? 이 모습이 어떻다는 건데? 왜 힘껏 못

202

패! 왜 제대로 때리지 못하냐구!"

요스케는 그대로 굳어 있었다. 그 뒤에 있는 녀석들도 쥐 죽은 듯 조용히 나를 쳐다보고 있었다.

바로 그때였다.

아래층에서 무슨 소리가 들렸다.

"뭐야, 당신. 이봐, 어디 가!"

"시꺼, 상꽈 바. 비키기다 해."

"누구냐?"

"다? 다는 정의의 사자다!"

아무래도 바보가 한 명 더 온 것 같다.

쿵쾅쿵쾅 계단을 올라오는 발소리. 제지하려는 사내들이 내지르는 고함 소리. 2층에 있는 시선이 일제히 입구를 주시 했다. 모두 침입자가 등장하기를 기다렸다.

"안뎡, 비다시."

문을 열고 들어오자마자 노하라 영감님은 나를 향해 밝게 손을 흔들었다.

"더, 얼굴 볼반한데."

노하라 영감님은 흐물흐물 웃으면서 주위를 둘러보았다. 바닥에 뒹굴고 있는 휴우에를 발견하더니 얼굴에서 웃음기 가 뚝 사라졌다. 쭈그려 앉아 후유에의 얼굴에 난 상처를 찬 찬히 들여다보았다. 후유에는 난처하다는 듯 노하라 영감님의 얼굴을 가만히 올려다보고 있다.

노하라 영감님은 일어서서 무표정하게 사장을 바라보았다.

"자네가 얠 이렇게 만들었냐, 요쓰비시?"

요쓰비시. 사장의 이름이었구나. 몰랐다. 그런데 노하라 영감님은 이 많은 사람들 중에서 그가 사장이라는 걸 알았을까.

"당신이 뭔 상관이요."

냉정한 자세를 잃지 않던 요쓰비시가 처음으로 동요했다.

"잘단 척하긴. 이봐, 요쓰비시."

저렇게 낮고 위협적인 노하라 영감님의 목소리는 처음 들어본다.

"당신, 벌써 오래전에 뒈진 줄 알았는데. 그 병으로."

요쓰비시도 위협적으로 말을 받았다.

"반들반들했던 상판때긴 어디 가고, 지금은 몰골이 말이 아니군. 아무튼 당신하고 나 사이에 이제 볼일은 없을 텐데……. 어서 꺼져. 데려가고 싶으면 미나시, 저 녀석도 데려가든지. 녀석한테 볼일이 있는 건 아니니까."

"후유에도 데려가야겠어."

"그건 곤란해. 이 녀석은 우리 직원이거든. 노하라 영감, 당신……."

다시 아래층에서 발소리가 다가왔다. 하나는 무겁고, 다른 하나는 가볍다.

"이 요쓰비시 녀석아, 나쁜 짓도 정도가 있지!"

"봇!"

입구에 나타난 사람은 놀랍게도 마키코 할머니와 도헤이였다.

"뭐야, 제길! 단체로 행차하셨군."

당황한 빛이 역력한 요쓰비시가 두 사람을 번갈아 쳐다보았다.

"노하라 탐정사무소의 재결성인가……."

"네가 엄청난 짓을 저지르고 있다고 해서 달려왔지."

마키코 할머니가 거만하게 서서 팔짱을 끼었다. 도헤이가 옆에서 고개를 크게 끄떡였다. 과연 도헤이는 상황파악이나 하고 있는 걸까. 전혀 모르겠다. 무슨 말들을 하고 있는 건지, 무슨 일이 벌어진 건지…….

"알겠네."

요쓰비시는 두 팔을 들더니 후유에를 누르고 있던 사내에게 턱으로 신호를 보냈다.

"다바타를 놔줘……. 귀찮다."

지시를 받은 사내는 잠깐 망설이는 듯하더니 곧 주머니에서 작은 열쇠를 꺼내 후유에의 수갑을 풀었다. 노하라 영감님이 그녀의 어깨를 부축하고 일으켜 세웠다.

"비다시, 가자."

노하라 영감님은 나한테 말하고, 마키코 할머니와 도헤이를 재촉하여 문을 나섰다. 뭐가 뭔지 잘 모르겠지만…….

"자세한 건 나중에 들으면 되는 거구."

나도 그들을 따라 문을 나섰다. 요쓰비시는 부하들에게 제자리에 있으라 지시하고, 내 뒤를 따라왔다. 노하라 영감님이 후유에를 부축하고, 도헤이가 마키코 할머니의 손을 잡아끌고, 나하고 요쓰비시가 뒤를 따라갔다. 여섯 명이 계단을 줄줄이 내려갔다.

"이번 한 번뿐이야. 노하라 영감."

요쓰비시가 못마땅한 목소리로 말했다. 그의 입에서 나왔던 목소리 중에 가장 인간다운 느낌을 주었다.

"그야, 자데한테 달렸어."

노하라 영감님이 대답했다.

"네가 이상한 짓을 안 했으면 우리도 이런 데까지 오지 않았어."

마키코 할머니가 말을 이었다.

"이봐, 다바타."

1층 복도로 나왔을 때 요쓰비시는 후유에를 불렀다.

"그 얘기는…… 받아주마."

후유에가 흠칫 놀란 얼굴을 하더니 아픈 몸을 돌려 요쓰비시를 똑바로 바라보고 머리를 깊이 숙였다.

"폐가 많았습니다……."

그래, 자세한 건 나중에 들으면 된다.

🐒 기습! 데이터를 훔쳐라

우리는 사무실 출구를 향했다. 유리창이 달린 문 너머에 택시가 한 대 서 있다. 노하라 영감님과 그 일행이 타고 왔을 것이다.

노하라 영감님이 후유에를 부축하면서 사무실을 나갔다. 마키코 할머니와 도헤이가 그 뒤를 따라 택시를 향하고 있다. 나는 문 앞에서 걸음을 멈추고 사무실 안을 둘러보았다. 서른 개 정도 되는 책상이 두 곳으로 나뉘어 있다. 생각보다 규모가 크다. 위에 있는 녀석들이 전부가 아닌 것 같다. 외근 나간 직원 수가 더 많은 듯하다. 책상에는 각각 신형 컴퓨터가 한 대씩 놓여 있다. 사무실 안 벽 쪽에 대형 컴퓨터가 한 대 놓여 있다. 그 옆에는 데이터서버가 한 대.

"부탁이 하나 있어."

나는 요쓰비시를 돌아보았다.

"뭔데?"

"당신네가 과거에 했던 일들을 기록한 데이터를 보고 싶어."

요쓰비시는 내 말이 믿기지 않다는 듯이 눈살을 찌푸리며 목을 뺐다. "뭐라고?" 나를 말끄러미 내려다보며 거친 숨을 뱉어냈다.

"지금 그걸 말이라고 하냐?"

"7년 전 것만 보면 돼. 부탁이야."

나는 문 밖의 상황을 슬쩍 엿보며 입을 열었다. 노하라 영감님이 택시 기사에게 뭐라 말을 건네자 기사가 고개를 끄떡였다. 아마 택시를 한 대 더 부르는 것 같다. 한 대로는 부족하겠지.

"7년 전? 특별히 알고 싶은 게 있나?"

"그래. 반드시 확인하고 싶은 게 있어."

"그렇다면 더 안 되지."

요쓰비시는 긴 팔을 좌우로 들어 올리며 웃었다.

"뭘 알고 싶은지는 모르겠지만 괜히 남의 일에 관여하고 싶지 않네."

"그걸 어떻게 좀."

"무리야. 너도 탐정사무소를 하고 있다면 안 된다는 걸 잘 알고 있을 텐데……."

"그렇겠지, 무리한 일이겠지."

나는 힐끔 문밖을 쳐다보았다. 마침 택시 한 대가 멈춰 섰다. 말 떨어지기가 무섭게 도착했다. 어디 가까운 곳에 있었나 보다. 먼저 나간 네 사람이 택시 옆에서 걱정스러운 눈초리로 이쪽을 바라보고 있다.

"그럼 잘됐네."

나는 다시 고개를 돌려 요쓰비시를 보았다.

"얻어맞기만 하고 이렇게 물러설 순 없어."

마지막 "어"와 동시에 나는 수십 개의 책상을 향해서 일직선으로 뛰었다.

"야!"

바닥을 차고 책상 위로 뛰어올라가 흩어진 서류 위를 쾅쾅거리며 빠져나갔다. 반대편에 뛰어내려 복사기 옆에 놓인 데이터서버를 두 손으로 들어올렸다. 연결된 케이블 선 몇 개가 바닥으로 떨어져 나갔다.

"야, 뭐하는 거얏!"

요쓰비시가 책상들을 돌아서 다가왔다. 잔뜩 분노가 치민 얼굴이다. 나는 데이터서버를 옆구리에 끼고 책상 반대쪽 사무실 밖으로 뛰쳐나갔다.

"도망가자!"

뒤쫓는 발소리를 들으면서 택시를 향해 돌진했다.

"다들 빨리 타!"

네 사람은 순간 흠칫했지만 바로 택시로 돌아섰다. 이제 자리에 올라타 그대로 줄행랑을⋯⋯.

그런데 생각지도 못한 돌발 상황이 벌어졌다. 아직 아무도 타지 않았는데, 택시 두 대가 문을 연 채 출발한 것이다.

"⋯⋯봐줘요."

기사가 조그맣게 중얼거리는 소리가 들리더니 택시 두 대가 순식간에 사라졌다.

"제길. 아무튼 뛰어! 도헤이, 마키코 할머니를 부탁해!"

우리는 다다다다 발소리를 내며 골목을 쏜살같이 내달렸다. 도헤이는 마키코 할머니를 한 손으로 어깨에 들쳐 멨지만, 뜀박질이 늦춰지지 않았다. 뒤에서 쫓아오는 요쓰비시의 발소리가 점점 가까워졌다. 그 뒤로 여러 명이 소리를 질렀다. 2층에 있던 녀석들이 뭔가 눈치를 채고 달려온 것 같다.

"무봇!"

도헤이가 뒤를 돌아보고 보라색 소맷부리에서 뭔가를 뿌렸다. 엄청난 양의 트럼프카드였다. 돌아보니 요쓰비시가 아스팔트에 흩어진 카드에 미끄러져서 엉덩방아를 찧고 있다. 만화에서나 볼 수 있을 것처럼 우스꽝스럽다.

"잘했어, 도헤이!"

바로 다음 순간, 나는 내 눈을 의심했다.

"어⋯⋯."

바닥에 납작 엎드린 요쓰비시 뒤에서 눈에 익숙한 것이 다가오고 있었다.

"저건……."

내 미니쿠퍼다. 분명히 아파트 주차장에 놓고 온 내 자동차. 도대체 누가…….

"말도 안 돼, 야……."

세상에나, 이게 무슨 일인가.

운전석에는 도우미, 조수석에는 마이미가 앉아 있었다. 신호를 위반한 자동차가 우리를 향해서 돌진해왔다. 기기기기기! 미니쿠퍼는 옆에 다가오더니 소리를 내며 급정차했다.

"정의의 사도 등장!"

"모두 빨리 타요."

"이렇게 작은 차 뒤에 어떻게 다섯 명이나 타냐! 도대체 너희들……."

"다섯이 아니라 여섯 명이에요."

"호사카 오빠가 타고 있어요."

뒷좌석 안쪽에 호사카가 미안한 듯이 목을 움츠리고 있다. 입가에는 엷은 미소를 머금었다.

"암튼 됐어. 자세한 건 이따가 듣구!"

일단 노하라 영감님, 후유에, 마키코 할머니, 도헤이를 뒷좌석에 마구 밀어 넣었다. 나는 데이터서버를 안은 채 네 사람의 무릎 위로 뛰어들었다. "출발!" 내가 소리치자

1300cc의 작은 엔진은 마치 치질로 괴로워하는 테너처럼 고성을 내지르며 움직이기 시작했다. 도헤이가 거의 옴짝달싹 할 수 없는 상태에서 카드 한 장을 꺼내 창틈으로 내던졌다. 카드는 바람을 타고, 꽥꽥 소리를 지르며 쫓아오는 요쓰비시 에이전시 녀석들 쪽으로 날아갔다. 도헤이의 손을 떠나기 직전에 카드를 힐끔 봤는데, 아무런 숫자도 마크도 인쇄되어 있지 않았다. 새하얀 카드에는 비뚤비뚤한 글씨로 '바보'라고 적혀 있었다. 미니쿠퍼가 속도를 올렸다. 요쓰비시 에시전시 녀석들이 내지르는 "자식"이니 "거기 서" 하는 상투적인 고함 소리도 서서히 멀어졌다.

"너희, 어떻게 운전을 하는 거야!"

나는 고개를 비틀어 앞을 보았다.

"엄마가 하는 걸 늘 봤거든요."

"이런 건, 우리 둘이 하면 식은 죽 먹기예요."

"이 자동차 우리가 운전하기에 딱인데요."

"깜빡이 레버가 핸들 왼쪽에 있으니까 편한걸."

운전석의 도우미가 핸들과 페달을 조작하고, 왼쪽 조수석에서 마이미가 적절한 때에 기어를 탁탁 바꾸고 제때 깜빡이를 켠다. 텔레비전 게임을 할 때처럼 호흡이 척척 맞았다.

"근데 길을 잘 몰랐어요. 호사카 오빠가 가르쳐줘서 다행이에요."

"호사카 오빠, 굉장해요. 뒷골목까지 다 꿰고 있어요."

"그게 유일한 특기라서…….""

호사카는 구석자리에서 우리한테 짓눌리면서도 길쭉한 얼굴로 기쁜 표정을 지었다. 안경이 약간 삐뚤어져 있다.

"너희들, 얌전히 기다리고 있으랬잖아!"

내 귀 바로 옆에서 마키코 할머니가 고함을 질렀다. 쌍둥이가 키득거렸다.

"그럼 어디 가는지 뭐하러 말씀하셨어요?"

"그렇게 허둥거리며 나가는 데 당연히 신경이 안 쓰일 수가 있나요?"

마키코 할머니는 흥 하고 콧방귀를 뀌었다.

"그래, 됐어. 적당한 곳에서 세우기나 해. 택시 잡아서 빨리 갈아타는 게 좋겠어. 경찰차라도 나타나면 큰일이니까. 근데 지금 여기가 어디야?"

"음, 구단키타 4번지 근처 같은데요."

호사카가 대답했다.

"그게 아니라 골목이야? 큰길이야?"

"아, 골목이요. 통행량이 적은 뒷골목이에요."

"눈에 띄는 곳으로 나가기 전에 얼른 옆에 세워."

"운전 더 하고 싶어요."

"점점 익숙해지고 있단 말이에요."

"이제 쫓아오지도 않잖아. 암튼 어디 좀 세워봐."

나는 네 사람의 무릎 위에서 끙끙거렸다.

"미나시 아저씨도 경찰이 무서워요?"

"아니면 사고 날까봐요?"

"그런 거 아니야."

나는 이를 악물고 대답했다. 거의 한계에 다다른 것 같다.

"술이 덜 깼단 말야."

🐒 노하라 탐정사무소 사람들

"네가 아직 노하라 영감 제자로 들어오기 전이었지. 나도, 도헤이도 한때 노하라 탐정사무소에서 일한 적이 있어. 오래 전 일이야. 예전에 다 그만뒀지. 나는 다치고, 도헤이는 병에 걸려서 말이야."

병원 벤치에서 팔짱을 끼고 마키고 할머니는 씩씩거렸다.

"그땐 요쓰비시 녀석도 있었지. 그 녀석, 우리랑 일할 때에는 성실한 탐정이었어. 그런데 갑자기 훌쩍 사라졌나 했더니 요쓰비시 에이전시라는 그럴듯한 사무실을 차린 거야."

마키코 할머니의 굵은 목소리에 로비를 오가는 사람들이 힐끔힐끔 시선을 던졌다.

후유에는 진찰실에서 다친 곳을 치료하고 있다. 줄줄이 병원 입구에 나타난 여덟 명의 몰골을 보고 젊은 간호사는 도대체 누가 환자인지 파악하지 못했다. "저기……"하고 우물거리며 우리를 번갈아 볼 뿐이었다. 내가 후유에를 가리키며 "넘어졌어요"라고 설명하자 간호사는 후유에에게 응급처치를 시작했다.

"요쓰비시 녀석은 도헤이와 동기였단다. 둘 다 본성이 착해서 일도 참 잘했지."

마키코 할머니는 로비 천장을 올려다보며 우울한 목소리로 말했다.

내가 노하라 영감님의 제자가 되기 전이라면 아직 신이 도헤이의 뇌에 장난치기 전이다. 내가 로즈 플랫을 찾아와서 노하라 탐정사무소 문을 두드렸을 때는 이미 도헤이가 자신이 지닌 능력의 일부를 카드의 재능과 교환한 뒤였다.

"전혀 몰랐어요. 요쓰비시의 일도 그렇고, 영감님이랑 할머니 일도 그렇고."

나는 들고 있던 작은 병뚜껑을 비틀었다. 매점에서 사 온 숙취해소 약이다.

"일부러 얘기 안 했다. 요쓰비시든 다의 수치야. 바키코 할범과 도헤이든 탐정하던 때를 잊고 싶었던 거 같아서."

"그래요?"

나는 두 사람을 쳐다보았다. "여러 가지 많은 일이 있었으니까." 마키코 할머니는 살짝 고개를 끄떡였다.

"탐정 일은 다른 사람 인생의 그림자로 만들어진 것과 같으니까. 그게 쌓이다 보면 자기 인생이 그 그림자에 가려져서 잘 보이지 않게 되거든. 까맣게, 흐릿하게 말이지."

마키코 할머니는 잠시 입을 다물고, 옆에 앉은 내 어깨를 툭 쳤다.

"너는 괜찮은 거 같아. 근성이 똑바르니까."

"근성이 똑바른 게 아니라…… 미나시 아저씨는 아무 생각도 안 하는 것 같은데."

"도우미, 그거 내가 하려던 말인데."

실은 나도 하려고 했던 말이다. 단지 아무 생각도 하지 않는 것뿐이다. 한심할 정도로.

"응, 아참."

문득 머릿속에서 무엇인가가 떠올랐다. 나는 재빨리 코트의 윗주머니에 손을 집어넣었다. '지하의 귀' 마스터가 준 고무인형을 꺼냈다.

"이거, 그 녀석이네……."

찬찬히 살펴보니 그 인형은 요쓰비시가 틀림없다.

"하하, 그 옛달 걸 가지고 있구나."

"마스터가 줬어요. 버려도 된다고 하던데요."

"마스터도 요쓰비시 녀석이 아무런 말도 없이 나갔을 때 엄청 화를 냈으니까."

마키코 할머니의 말에 나는 고개를 갸웃했다.

"나갔을 때라뇨?"

마키코 할머니는 주름진 입술을 비웃듯이 일그러뜨렸다.

"마스터는 노하라 탐정사무소에서 사무를 봤었거든."

"네?"

"나하고 도헤이가 사무실에서 빠졌을 때 그만두고 거기에 가게를 열었단다. 영감 혼자 무슨 일을 하겠니? 없는 거나 마찬가지지. 마스터 혼자 남아서 뭐하겠니."

"으아, 어떻게 이럴 수가……."

나도 모르게 머리를 감쌌다. 마스터까지 동료였구나. 아하, 그러니 당연히 옛날 노하라 영감님이 맡은 의뢰 내용을 술술 꿰고 있었던 게 당연하지.

아무튼 노하라 탐정사무소는 예전에 엄청난 사람들이 모여 있던 곳 같다. 나는 당시 일하던 사람들의 모습을 상상하다가 곧바로 지워버렸다.

"잠깐 화장실 좀 다녀올게요."

호사카가 자리를 떴다. 초등학생 둘이 운전하는 걸 지켜봤으니 얼마나 긴장을 했을까. 젊은 여자 간호사가 호사카를 안내해주는 모습이 보였다. 호사카는 "혼자 가도 돼요"라고 상냥하게 거절하고, 화장실 안으로 사라졌다.

"오오, 다 끝났다 본데."

노하라 영감님이 소리를 질렀다. 진료실 문으로 후유에가 조용히 나오던 참이다.

"걱정 끼쳐드려서 죄송해요."

후유에는 기어들어가는 목소리로 사과하고 머리를 깊이 숙였다. 여기저기 거즈를 붙인 얼굴을 한참 동안이나 숙이고 있었다.

"아아, 후유에 씨. 상처는 어때요?"

호사카가 화장실에서 나와 걱정스럽게 물었다.

"뼈는 괜찮은가 봐요. 단순한 타박상이래요. 다친 데가 많아서 시간이 좀 걸렸지만."

후유에는 한 번도 나한테 눈길을 주지 않았다.

나는 숙취해소 약을 마저 마셨다. 볼 안쪽이 따끔거렸다.

🐒 7년 전 미스터리

"얘기해봐."

호사카가 만들어준 얼음주머니로 얼굴을 찜질하면서 나는 짐짓 아무렇지 않게 말했다. 몸 여기저기가 아파서 코트

218

도 벗지 못하고 있었다.

후유에는 사무실 소파 가장자리에서 조금 전부터 초연하게 고개를 숙인 채 말없이 훌쩍이고 있었다. 그런 후유에를 호사카가 한구석에서 걱정스럽게 바라보았다. 다른 사람들은 각자 자기 방으로 돌아갔다.

"무슨 말을 해도 안 놀라. 초딩이 수동기어 차를 운전한 거까지 봤잖아."

요쓰비시 에이전시 녀석들이 한동안 이곳에 쳐들어올 걱정은 없다. 병원에서 돌아오는 길에 내가 요쓰비시한테 전화를 했다. 빌린 데이터서버는 금방 돌려줄 테니 걱정하지 말 것, 단 이상한 행동을 보인다면 그 순간 모든 데이터를 경찰에 넘길 것이라는 경고와 함께. 요쓰비시가 얌전히 기다리고 있을지, 어떤 꿍꿍이를 세우고 있을지는 알 수 없다. 어쨌든 아직 시간적 여유는 조금 있다.

"다 얘기할게요······."

후유에는 여전히 고개를 숙인 채 잠긴 목소리로 입을 열었다. 그리고 그동안 있었던 일을 낱낱이 털어놓기 시작했다. 아주 유감스럽게도, 그녀의 설명으로 '지하의 귀' 마스터가 했던 말이 옳았다는 사실이 새삼 증명되었다. 그와 동시에 도헤이가 후유에에게 건넨 다이아 퀸이 지닌 의미도 마침내 알게 되었다.

후유에는 돈을 위해서 나를 이용하고 있었다.

"당신이 처음 나한테 역에서 말을 건 날, 나는 요쓰비시 사장한테 사실대로 털어놨어요. 당신이 준 명함도 보여주고 상황을 설명했어요."

"그러니까 녀석이 뭐래?"

나는 애써 조용하게 말했다.

"마침 잘됐다고 했어요. 당신을 다음 타깃으로 하자구."

"타깃이라면?"

내 물음에 후유에는 전혀 예상도 못한 말을 꺼냈다.

"요즘 이 지역 탐정사무소가 잇따라 문을 닫는 건 당신도 알죠? 그건 모두 요쓰비시 에이전시 짓이에요. 요쓰비시 사장은 보통사람들을 협박해서 돈을 갈취하는 것만으로는 만족하지 못하는 작자예요. 동업자들한테까지 눈을 돌렸어요. 다른 탐정사무소가 문을 닫게 해서 요쓰비시 에이전시로 들어오는 의뢰 건수를 늘리자는 속셈이에요. 그 사람이 생각해낸 방법은 아주 간단해요. 우선 다른 탐정사무소에 요쓰비시 직원을 침투시켜놔요. 의뢰를 받고 조사를 시작하면 도중에 타깃한테 익명의 편지를 보내요. 어디어디의 탐정사무소에서 누구누구에게 의뢰를 받아 당신의 무엇무엇을 조사하고 있습니다 하는 내용으로."

"아하, 말하자면 모두 터뜨린다는 거네."

"네. 그러면 그 사무실은 의뢰를 완수할 수 없으니까 클라이언트한테 돈을 못 받게 되죠."

"아하, 그렇구나……."

의뢰받은 일마다 그런 일이 생기면 작은 탐정사무소는 순식간에 문을 닫고 말 것이다.

"그래서 우리 탐정사무소 팬텀도 그 타깃이었다구?"

후유에가 고개를 끄떡였다.

"당신은 유명했으니까 요쓰비시도 신중하게 시기를 노리고 있었어요. 사실은 아직 손댈 생각도 못하고 있었는데 우연히 당신이 나한테 말을 걸어서……."

"바라던 대로 된 거네."

"자신이 스카우트 한 직원이 스파이일 거라고 생각할 사람은 없을 테니까요."

하긴 맞는 말이다. 후유에가 내 제의를 받아들여 함께 일하겠다고 했을 때 나는 아무런 의심도 하지 않았다.

"그래서 그렇게 이야기가 쉽게 풀렸던 거구나."

그날 내가 벌벌거리며 이야기를 꺼냈는데도 후유에는 그 자리에서 내 제안을 받아들였다. 그때 뭔가 부자연스럽다는 걸 눈치 챘어야 했다.

"요쓰비시 에이전시가 나한테 약속한 성공보수는 꽤 많았어요."

후유에는 이 팬텀을 문 닫게 만들었을 때 요쓰비시 에이전시가 그녀에게 지불하기로 한 금액을 구체적으로 이야기했다. 입이 떡 벌어질 정도로 어마어마한 숫자였다. 내 차를 몇 대나 살 수 있을까.

"근데 좀 이상하지 않아? 이런 손바닥만 한 사무실을 망하게 했다고 어떻게 그런 돈을 줘? 요쓰비시 에이전시한테는 수지가 안 맞을 텐데."

"그때는 나도 좀 이상했어요. 하지만 오늘에서야 알겠어요. 당신이 노하라 할아버지의 제자였기 때문이에요."

"뭐야, 그게. 꽤나 삐딱한 감정인데."

말은 그렇게 하면서도 왠지 그 감정을 이해할 수 있을 것 같았다. 나는 방구석에서 얌전하게 있는 호사카를 바라보았다. 호사카는 내 생각을 눈치 챘는지 설레설레 도리질을 했다.

"나는 그저 평범한 사무직원이니까요. 그런 모반 같은 건 꾸미지 않는다구요."

"그래…… 믿어."

나는 다시 후유에에게로 시선을 돌렸다.

"요쓰비시의 계획에 따르자면 내 타깃인 구로이 악기 측에 익명의 편지를 보내는 거였겠네? 다니구치 악기가 나를 고용해서 악기 디자인을 도용한 증거를 찾고 있다구. 그럼 나는 허탕만 치게 되고, 거액의 성공보수는 날아가는 걸 테구."

"그럴 계획이었어요. 그런데……."

"구로이 악기에서 살인사건이 벌어지는 바람에 내가 먼저 보수를 포기하고 손을 접었어. 요쓰비시 계획은 다 날아갔구."

후유에는 고개를 끄떡였다. 그리고 비로소 고개를 들어 나를 똑바로 바라보았다.

"또 있어요. 예상치 못한 게 하나 더 있어요."

그녀는 마음속으로 뭔가 결심하듯이 턱을 당기더니 입을 열었다. 입속 깊이 찢어진 상처가 살짝 보였다.

"내가 정말 여기서 일하고 싶어진 거예요. 나는 그제 요쓰비시 에이전시에 전화해서 큰맘 먹고 그 사실을 얘기했어요. 그랬더니 오늘 아침, 사무실 사람들이 갑자기 맨션으로 들이닥쳐서 억지로 나를 차에 태우고……."

머릿속으로 무엇인가가 떠올랐다. 그제 맨션 옆에서 내가 후유에의 목소리에 귀를 기울이고 있을 때 들린 바로 그 전화내용이었구나. 그리고 또 하나. 오늘 요쓰비시가 후유에에게 했던 말. 까마귀 소리 때문에 잘 들리지 않았지만.

……정말로 □□□의 □□□에 □ 생각인가?

"아하, 그건 미나시의 사무실에 갈……."

"네?"

"아냐, 아무것도. 그래서 당신은 정말 여기서 일하고 싶다구?"

나는 다시 이야기를 꺼냈다.

"그래요. 거짓말이 아니에요. 지난번에 같이 모둠냄비를 먹었을 때 말했잖아요. 요쓰비시 에이전시를 빠져나가고 싶다구. 그건 진심이기도 했어요. 내 눈을 칭찬해준 사람은 여태 없었어요. 아파트 사람들도 다들 즐겁게……."

"잠깐만."

나는 한 손을 들고 후유에의 말을 제지했다. 후유에는 당황한 듯이 눈을 깜빡였다.

"두 가지 확인할 게 있어. 중요한 일이야."

후유에는 고개를 끄덕이고 내가 이야기하기를 기다렸다.

나는 살인자와 일을 계속할 생각은 없었다. 7년 전, 아키에를 자살로 몰고 간 사람도 절대 용서할 수 없었다.

어느 걸 먼저 확인해야 할까. 나는 망설였다. 시선을 옮기는데 요쓰비시 에이전시에서 뺏어온 데이터서버가 두 눈에 들어왔다.

"오래된 거부터 하자."

나는 데이터서버로 돌아서서 콘센트를 꽂고 전원을 넣었다.

"저기…… 저, 여기 있어도 돼요?"

호사카가 조심스럽게 물어본다. 나는 고개를 끄떡이며 대답했다.

"독을 먹으려면 접시까지 먹으라는 말이 있잖아."

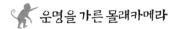 운명을 가른 몰래카메라

다행히 안은 멀쩡했다. 허브를 끼워 노트북과 연결하자 데이터서버는 접속이 가능해졌다. 암호가 필요했지만 후유에가 알고 있었다. 'BISHIYOTSU'였다. 놀고들 있네.

나는 노트북에 데이터를 열었다.

"어디 보자. 와우, 엄청나네."

"요쓰비시는 데이터 관리를 철저하게 했으니까."

업무 데이터는 폴더를 만들어서 연도별로 보존되어 있었다. 각 폴더를 열면 1월부터 12월까지 열두 개의 폴더가 나타났다. 그 안에 다시 50개 정도의 폴더가 있는데 각 업무에서 사용한 파일 전체가 정리되어 있다. 나는 터치패드를 조작하여 7년 전의 파일을 몇 개 열어보았다. 모두 속이 메슥거리게 하는 내용들이다. 먼저 증거물건에 해당하는 파일을 열어봤다. 밤에 공원에서 서로 끌어안고 있는 초로의 남자와 젊은 여자. 임대건물의 화장실을 몰래 찍은 동영상. 유흥업소에 들어가는 고급 양복을 입은 중년남자의 모습. 문서 파일들을 읽었다. 일의 개요가 꼼꼼하게 정리되어 있다. 증거 물건과 금전과 교환을 요구하는 협박장도 각 물건 별로 저장되어 있다.

지겨워진 나는 후유에에게 노트북을 내밀었다.

"그 일은 어느 거야?"

"그 일이라뇨?"

"당신이 어제 7, 8년 전 겨울에 타깃의 애인이 자살했다고 얘기해줬잖아. 당신은 그때 그 애인 이름이 기억 안 난다고 했어. 여기에 든 데이터를 보면 그것도 알 수 있는 거 아냐?"

내 말에 후유에는 당황해 했다. 그녀는 내가 왜 그 데이터를 보려 하는지 몰랐다. 그녀에게 아키에의 이야기를 자세히 하지 않았다. 후유에는 아키에가 이 방에서 함께 지냈다는 정도만 알고 있다.

"이건 불공평해요."

나는 내 지갑에서 랩에 쌓은 사진을 꺼내 후유에에게 건넸다. 후유에는 사진을 받더니 불안한 표정으로 고개를 들었다.

"아키에 씨가…… 무슨 관련이 있는 거예요?"

"아키에는 7년 전 12월, 후쿠시마 현 산속에서 목을 매고 자살했어."

그 순간, 후유에의 낯빛이 달라졌다. 모든 상황을 이해한 것 같았다. 예전에 자신이 죽음으로 내몬 '애인'의 일을 내가 왜 알려고 한 이유를, 어제 그 이야기를 들었을 때 내 태도가 갑자기 변한 이유를.

"데이터를 찾아줘."

후유에는 마네킹처럼 아무런 표정 없이 조용히 노트북 앞에 앉았다. 터치패드를 조종하며 폴더 안을 확인해갔다. 이윽고 손가락이 움직임을 멈추더니 후유에의 얼굴이 움찔하고 굳었다.

"이거예요."

화면을 보았다. 7년 전, 12월의 폴더였다.

"기억이 확실하지 않았는데 7년 전이 맞았구나……."

"게다가 12월이라."

무서운 진실을 향해 한 걸음 내딛는다.

후유에는 업무 내용이 정리된 문서파일을 열었다. 나는 타깃인 남자 이름을 보았다. 낯선 이름이다.

"자살한, 그 애인 이름은, 어딨지?"

"당시의 신문 기사를 PDF파일로 저장해 뒀을 거예요."

포인터가 화면 속을 불안정하게 움직였다. 터치패드 위를 기어가는 후유에의 손끝이 떨고 있는 탓이다.

"여기요."

화면 한가운데, 스캔한 신문기사가 나타났다. 기사는 작앉고, 내용도 그다지 자세하지는 않았다.

"시신이 발견된 날짜, 이 기사에서 보면 12월 13일이라는 데……?"

"날짜는 중요하지 않아. 난 아키에의 시신이 정확히 언제 발견됐는지 모르니까."

내가 아키에의 시신이 발견된 사실을 안 것은 이미 새해가 밝은 뒤였다.

"단지 12월 중순경이었다고만 들었어."

"그러면 시기는 일치하는 거네요."

"그런 거 같아."

나는 뱃속이 묵직해지는 것을 느끼면서 천천히 화면 가까이 얼굴을 가져갔다.

12월 13일, 후쿠시마 현의 산속에서 산책을 하던 남성(68, 무직)이 젊은 여성이 목을 매고 숨진 것을 발견하고 경찰에 신고했다. 시신은 숨진 지 여러 날이 경과했으며, 외상이 없는 점으로 미루어 경찰은 자살로 간주하고 신원을 확인하고 있다. 여성은 신원을 확인할 수 있는 물품은 아무것도 소지하지 않았고, 현재 경찰은 목격자나 정보 제공자를 찾고 있다.

화면에서 고개를 돌렸다.

"이걸로는 모르겠네요. 죽은 사람에 대한 정보가 아무것도 없어요."

후유에는 복잡한 표정으로 나를 보았다. 하지만 나는 고개를 저었다.

"아니, 알았어."

"네?"

"이건 아키에가 아니야. 장소하고 시기는 일치하지만 우연일 뿐이야."

"하지만 기사에는 시신의 신원을 알 수 없다구……."

"됐어. 아무튼 알았어. 당신 때문에 자살한 건 다른 사람이야."

나는 터치패드를 조종해서 신문기사 파일을 닫았다. 후유에는 당황한 표정으로 나를 바라보았다.

"미나시 씨. 저기, 혹시……."

호사카가 가느다란 목소리로 말을 꺼냈다. 뭔가 알아챈 것 같다. 나는 재빨리 손을 들어 말을 하지 말라는 신호를 보냈다.

"이제 됐어, 호사카. 이 얘기는 이걸로 끝이야."

눈치 빠른 호사카는 입속으로 나오려는 말을 삼켰다.

입으로는 이제 지난 일이라고, 모든 것이 다 정리된 것처럼 말했지만, 여전히 내 안에서는 정리가 되지 않은 것 같았다.

내 머리는 안도와 곤혹스러움으로 가득 차 있었다. 그 기사를 읽고 7년 전, 후유에가 협박한 남자의 애인이 아키에가 아니라는 것은 확실해졌다. 후유에는 아키에의 자살에 아무런 관련이 없었다. 분명 기뻐할 일이다. 그렇다면 아키에의 방 휴지통에 남아 있던 하얀 봉투와 빨간 비닐테이프는 뭐란 말인가.

……무늬 없는 하얀 봉투에요. 요쓰비시 에이전시 탐정들은 모두 그걸 써요. 새하얀 봉투에 증거사진하고 협박장을 넣어서 빨간 비닐테이프로 봉해요.

그건 단순한 우연이었던 걸까. 우연히 아키에의 방 휴지통에 비슷한 게 들어 있던 걸까.

"잠깐."

나는 노트북을 무릎에 올려놓고 7년 전 데이터를 다시 한번 살펴보았다. 조금 전에 슬쩍 들여다본 데이터 중에 내 머리에서 딱 떠오르는 것이 있었다.

"이거야."

임대건물 화장실을 몰래 찍은 동영상이었다. 문서 파일에 타깃이 된 건물 이름이 적혀 있다. 내가 아는 건물이다. 이곳은 아마…….

"그건 상관없을 거예요."

"왜?"

"다른 직원이 한 일이라서 잘은 모르지만, 그건 여자 화장실 몰카예요. 화면에는 얼굴이 잘 보이지 않고 요구한 액수도 적어서 상대방은 전혀 신경 안 썼을 거예요. 그래도 마음에 걸리는 여자들은 돈을 지불했을 거구요. 그런 일은 거의 그렇게 정리돼요. 설마 그것 때문에 자살까지…….."

"그런가."

나는 화면을 계속 조종했다. 뱃속이 뒤집어지고 초조해지는 걸 느끼면서 동영상 파일을 차례로 열어나갔다. 이건 아니야……. 이것도…… 이것도…….

"저기, 미나시 씨, 그 영상으로는 몰라요. 초점이 너무 안 맞아서 얼굴도 구분이 잘 안 가고…….."

아니야…… 아니야……. 이것도…… 이것도…….

"미나시 씨?"

손이 딱 멈췄다.

나는 화면에서 시선을 떼지 못하고 굳어버리고 말았다.

……왜 비둘기를 보는데?

좌식 변기를 사이에 두고 뻗는 두 개의 다리. 아름다운 다리다. 얼굴은 보이지 않는다. 천천히 속옷을 내린다. 긴 다리의, 작은 두 개의 무릎이 구부려지고…….

바로 이거다. 틀림없다.

"이게…….."

……좋아하거든, 비둘기를.

이것이 아키에를 죽였다.

"미나시 씨, 왜 그래요?"

후유에가 불안해 하는 목소리로 물으며 화면으로 시선을 옮겼다.

"보지 마!"

나는 노트북을 들고 힘껏 벽에 내던졌다. 화면이 새하얗게 빛나며 갸아아 하고 노트북 스피커에서 고음의 소음이 튀어나와 좁은 방 안에 울렸다. 그 소리는 내 귀를 찌르고 두개골 속에 들어가 뇌를 마구 휘저었다. 머리에 뜨거운 피가 치솟고, 온몸에 분노가 들끓었다. 나는 소리를 질렀다. 뱃속에서 끓어오르는 분노를 목으로 내뱉듯이 악을 쏟아냈다. 하얗게 빛을 발하던 화면은 점차 깜빡거리더니 본래의 영상을 비추었다. 아키에의 영상. 아키에를 죽음으로 내몬 영상.

"역시 네놈들이었어! 니들이 아키에를 죽였어!"

나는 후유에의 멱살을 잡고 인정사정없이 흔들었다. 겁에 질린 호사카의 입 밖으로 신음 소리가 흘러나왔다. 후유에는 내 팔이 움직이는 대로 목이 심하게 흔들렸다. 그렇지만 눈은 내동댕이쳐진 노트북 화면을 향해 있었다. 이상하다는 듯이, 보고 있는 것을 이해할 수 없다는 듯이 후유에는 그 영상을 응시하고 있다. 거기에는…… 쪼그려 앉은 자세와 어울

232

리지 않는 성기가 비춰지고 있었다.

"설마……."

그런 말이 후유에의 입에서 새어나왔다.

"빌어먹을!"

나는 후유에를 밀쳐내고 노트북으로 달려들어 두 팔을 내려쳤다. 사정없이 주먹으로 내려쳤다. 기계가 부서지는 둔탁한 소리가 나고 마침내 화면이 어두워졌다. 그 순간, 내 안에서도 어떤 스위치도 툭 꺼졌다. 나는 인형처럼 온몸에 힘이 빠져 바닥에 쓰러졌다.

눈물이, 쉴 새 없이 흘러나왔다.

"이제 알겠어?"

바닥에 얼굴을 비비면서 나는 오열했다.

"그 신문기사만 보고 아키에가 아니라는 걸 어떻게 알았는지, 이제 알겠냐고?"

내 목소리는 떨리고 있었다. 눈물과 분노, 모든 감정이 뒤섞여 부들부들 떨렸다.

"그 기사에는 '젊은 여성'이라고 되어 있었지?"

나는 자포자기하는 심정으로 어두운 화면을 가리켰다.

"저 남자가 아키에야."

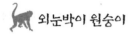 외눈박이 원숭이

나는 바닥에서 큰 대자로 뒹굴고 있었다. 후유에의 무릎이 내 머리를 받치고 있었다. 나는 겨우 입을 떼어 몇 번이고 후유에게 사과했다. 난폭했던 나의 행동을. 그때마다 후유에는 내 얼굴을 내려다보고 고개를 설레설레 흔들었다.

내 모습을 보고 싶지 않았는지 호사카는 방구석에서 가만히 바닥만 살피고 있었다.

나와 아키에의 관계를 한 마디로 설명하기는 어렵다.

"연애감정이 아니야. 나는 정상이야. 우리는 우정으로 맺어진 사이였어."

8년 전, 아키에는 신주쿠 뒷골목에서 일하고 있었다. 2번지의 수많은 술집 중 하나다. 아키에는 그곳 건물들 사이에 자리 잡은 작은 공원 벤치에 앉아서 비둘기를 멍하니 바라보곤 했다. 나는 온 시내를 이리저리 종횡무진 뛰어다니며 일을 하다가 아키에의 모습을 가끔씩 보게 되었다. 계속 마음 속으로 신경이 쓰였다.

"이성으로, 라는 의미가 아니야. 물론 그땐 녀석이 여자인 줄 알았지. 아름답다고 생각했어. 하지만 내가 신경이 쓰인 건……"

아키에의 모습이었다. 발밑을 서성거리는 비둘기들을 멍

234

하니 바라보는 그 눈은 쓸쓸하고 슬퍼 보였다.

어느 따뜻한 초겨울 날, 나는 맘먹고 아키에에게 말을 걸었다.

"꼭 알고 싶었거든. 신경이 쓰여서 견딜 수가 없었어. 저렇게 아름다운 여자가 도대체 무엇 때문에 슬퍼할까 싶어서."

"아키에 씨, 정말 예뻤으니까."

후유에는 바닥에 놓인 아키에의 사진을 바라보았다. 나는 말을 이었다.

"나는 항상 남한테 말을 걸 때는 마음속으로 각오해. 상대가 나한테 보내는 눈빛이 보통사람한테 보내는 눈빛하고 다를 수 있다는 걸. 실제로 사람들은 대개 날 다른 눈빛으로 쳐다봐. 하지만 아키에는 달랐어."

그때 아키에의 표정을 나는 지금도 기억한다. 처음에는 부르는 소리에 놀라더니 내 얼굴을 본 순간, 몸이 딱딱하게 굳었다. 하지만 곧 부드럽게 미소를 지었다. 다른 사람들처럼 자신의 내면에서 부풀어 오르는 차별적인 감정을 의식적으로 지우려는 그런 불쾌한 웃음이 아닌, 순수한 웃음이었다.

"정상이 아닌 사람들끼리, 뭔가 통했던 건지도."

우리는 공원 벤치에 나란히 앉아서 대화를 나누었다.

"그때도 나는 녀석이 남자라는 걸 몰랐어. 키가 크고, 목소리가 허스키하다는 생각은 했지만. 이상하지?"

새삼스러운 일이었지만 웃음이 나왔다. 후유에도 살짝 미소를 지었다.

"그러다가 아키에가 나한테 얘기했어. 자기는 남자라구. 나는 엄청 놀라서 벤치에서 넘어질 뻔했지. 그제야 녀석이 왜 항상 쓸쓸한 얼굴을 하고 있었는지 알 것 같았어. 아키에는 자신의 신체를 고민하고 있던 거야. 어릴 때부터 계속 고민해왔나 봐. 녀석은 몇 년 동안을 신체가 지닌 무게만큼 똑같은 슬픔을 안고 살아온 거야."

아키에가 그 얘기를 꺼내면서 우리는 단번에 터놓고 지내게 되었다. 특별히 약속한 것은 아니지만, 매일 그 공원 벤치에서 점심시간을 같이 보내게 되었다.

……왜 비둘기를 보는데?

어느 날 내가 물어보았다.

……좋아하거든, 비둘기를.

아키에는 웃으며 말했다.

……비둘기 어디가 그렇게 좋은데.

아키에는 내 물음에 대답하지 않고 발밑에 웅크린 비둘기를 바라보며 나에게 반문했다.

……비둘기 암컷과 수컷을 어떻게 구분하는지 알아?

갑작스러운 질문에 나는 고개를 갸웃했다.

……날개 색이 다른가?

……땡. 날개 색은 똑같아.

……알을 낳는 게 암컷이잖아.

……낳는 순간은 못 봐.

……그럼 알을 품고 있는 게 암컷이지.

……땡. 비둘기는 암수가 번갈아가며 알을 품어.

……그럼 어떻게 구분하는데?

……정답은.

아키에가 희미하게 웃었다. 그 쓸쓸한 웃음을 평생 잊지 못할 것이다.

……아무도 구분하려고 하지 않아.

그리고 아키에는 입을 다물었다. 시간이 한참 지난 뒤, 불쑥 말을 이었다.

……죽어서, 비둘기가 되고 싶어.

그때 나는 생각했다. 이 사람도 외눈박이 원숭이라고.

"외눈박이 원숭이."

"유럽 민화야. 언젠가 '지하의 귀' 마스터가 얘기해줬어. 그 사람은 이상한 이야기를 많이 알거든."

옛날에 원숭이 구백아흔아홉 마리가 사는 나라가 있었다.

그 나라의 원숭이들은 모두 외눈박이였다. 얼굴에 왼쪽 눈만 있었다. 그러던 어느 날 그 나라에 딱 한 마리, 두 눈이 모두 달린 원숭이가 태어났다. 온 나라의 원숭이들이 그 원숭이를 놀리고 비웃었다. 고민 끝에 그 원숭이는 결국 자신의 오른쪽 눈을 빼버려서 다른 원숭이들과 똑같아졌다……

"원숭이가 빼버린 오른쪽 눈이 뭐였을 거 같아?"

내 물음에 후유에는 당황한 듯 고개를 갸웃했다.

"내 생각에는 말이야. 원숭이가 빼버린 건 자존심이 아닐까 싶어."

후유에는 나를 응시한 채 아무 말도 하지 않았다.

"아키에도 자신이 주변 사람들과 다르다는 걸 고민해서 자존심이라는 오른쪽 눈을 빼버리려고 했어. 하지만 그러면 끝장이야. 자존심을 잃으면 언젠가 마음이 완전히 썩게 돼. 그리고 고민을 해결하기 위해서 쉬운 방향을 찾아가게 되지."

"어떤 방향인데요?"

나는 후유에에게서 시선을 돌리고 말을 계속했다.

"어느 날, 그 공원에 갔는데, 아키에가 보이지 않더군."

후유에에게 하는 말인지 혼잣말인지 나 자신도 알지 못했다.

"예감이 안 좋았어. 녀석이 사는 아파트가 어디 있는지 들은 적이 있어서 일이고 뭐고 다 내팽개치고 거기로 갔지. 문은 잠겨 있었어. 한참 동안 두드렸지만 아무런 대답이 없는 거야. 내 예감을 믿고 곧장 가방에서 도구를 꺼내 문을 열었어. 현관에 들어갔더니 커튼이 쳐진 어두컴컴한 방 안에 아키에가 피투성이가 돼서 쓰러져 있더군."

나는 소리를 지르면서 방으로 뛰어 들어갔다. 아키에는 손목을 그었다. 하지만 몸은 아직 따뜻했다. 구급차를 불렀다. 아키에는 응급실로 실려 갔다.

"생명에 지장은 없었어."

나는 기뻐했지만, 아키에는 기뻐하지 않았다.

병실 침대에서 실눈을 뜨고 내가 서 있는 모습을 발견하고 나서야 아키에는 상황을 알아차린 것 같았다. 말없이 슬픈 표정으로 나를 바라보았다.

아키에가 몸이 회복되기를 기다렸다가 나는 이야기를 들었다.

"일하던 술집 사장이 그만두라고 했나봐. 전부터 녀석은 손님들 앞에서 웃질 않았던 거 같아. 잘은 모르지만, 그런 술집에서 일하는 호스티스는 외모보다 손님을 대하는 태도가 더 중요한가봐. '여자에 가까운' 건 그 다음이라나."

그 이후에도 아키에는 나에게 자신은 몇 번이고 손목을 긋겠다고 했다. 더 이상 이 세상에서 살고 싶지 않다고 했다. 자포자기한 상태가 아니었다. 담담한 말투를 통해 냉정하게 생각한 끝에 내린 결론이라는 것을 알 수 있었다.

"내가 먼저 같이 살자고 했어. 나가고 싶으면 언제든지 나가도 되니까 그냥 잠시 동안이라도 나하고 지내자고 했어.

아키에는 죽는 일 말고는 아무 의욕이 없었거든. 그래서 굳이 싫다는 말도 안 했어."

일하던 술집을 그만두고 나와 함께 지내면서 아키에는 점점 안정을 되찾았다. 겉으로는 놀리는 것 같지만, 친근하게 대해주는 아파트 사람들도 그녀의 마음을 열게 했을 것이다. 그때는 아직 호사카도 없었고, 도우미와 마이미는 유치원생이었다. 한 달쯤 지나자 아키에는 가끔씩 웃음을 보이기 시작했다. 어느 날 밤, 일을 끝내고 돌아와서 보니 아키에는 소파 위에서 아르바이트 정보지를 읽고 있었다.

……여자로 일해볼까 해. 아르바이트라면 사회보험이 필요 없으니까 본명이 아니라도 괜찮지 않을까?

괜찮은 방법 같았다. 처음 알게 되었을 때에는 나도 아키에가 남자라는 걸 알지 못했으니까.

"나는 찬성했어. 그리고 실제로 해보니까 예상 외로 아무 문제도 없었구. 아키에는 작은 상사에서 사무직 알바를 시작했어. 녀석의 표정은 하루가 다르게 밝아지더군. 아무 문제도 없었어. 그대로 아무 일도 일어나지 않았으면……."

나는 후유에의 무릎 위에서 고개를 돌려 망가진 노트북을 내려다보았다. 아키에는 그 동영상을 보고 얼마나 슬퍼했을까.

요쓰비시 에이전시는 아키에가 혼자 있을 때 그것을 주었을 것이다. 아니면 직접 건네지 않고 아파트 우편함에 넣어 두었는지도 모른다. 거래를 요구하는 편지와 함께 하얀 봉투에 넣고 빨간 테이프로 봉해서. 아키에는 우편물을 가지러 갔다가 그것을 발견했을 것이다.

동영상은 시디롬으로 만들었던 걸까. 아키에는 어디에서 그걸 본 걸까. 녀석의 아파트에는 컴퓨터가 없었으니까 아마 내가 일을 나가고 없을 때 이 방에서 봤을 것이다. 아니면 화면을 프린트로 인쇄한 종이로 봉투를 만들었을지도 모른다. 그러면 어디서든 볼 수 있다. 눈앞으로 가져가기만 하면.

자신과 똑같은 무게의 슬픔을 짊어지고 있던 아키에의 어깨는 산산이 부서져버렸다.

"아키에는, 다시 죽기로 결심했어. 이번에는 내가 막지 않기를 바랐어. 그래서 아무 말도 없이 여기를 나간 거야."

나는 몸을 일으켜 후유에를 향해 돌아앉았다.

"아키에는 산에서 목을 맸을 때 운동복 차림에 머리가 짧았다고 들었어. 소지품도 지갑 정도밖에 없었구. 왜 그랬을 거 같아?"

후유에는 천천히 고개를 저었다.

"녀석은 분명 부모님을 생각했던 거야. 도쿄로 나간 당신들 아들이 자살했다는 사실만으로도 충격인데, 그 시신이 여자처럼 옷을 입고 머리가 길었다는 걸 알면 부모님은 더 큰 충격을 받고 괴로워할 테니까. 아키에는 그게 싫었던 거야. 그래서 일부러 옷을 갈아입고 머리를 자르고 목을 맸어. 자신이 도쿄에서 어떻게 살았는지 모르게 하려구. 가방도 어딘가에 버렸겠지. 화장품이 들어 있었을 테니까."

아키에는 마음씨가 고운 사람이었다.

"아키에 씨가 남자라는 걸 왜 나한테 말 안 했어요?"

"감추려고 했던 건 아니야. 처음에 개수대 밑에 있던 크기가 다른 밥공기하고 젓가락을 봤을 때 당신이 오해했잖아."

"옛날 여자친구라고 생각했어요."

"굳이 내가 정정하는 것도 이상한 거 같아서 그냥 있었던 거야. 녀석이 남자라고 말해서 괜한 오해를 사는 것도, 변명하는 것도 귀찮구. 녀석은 몸만 남자였던 거야. 마음이고, 행동이고 모두 여자였어."

때문에 나는 후유에의 협박을 받고 목숨을 끊은 '애인'이 아키에가 아닌가 생각했다. 남자 애인을 몇 번 사귄 적이 있다는 말을 들은 적이 있으니까.

"아키에 씨라는 이름은 본명이에요?"

"설마. 본명은…… 소타로였나? 아키에는 할머니 함자였다고 들었어. 돌아가신 할머니를 많이 좋아했거든."

나에게 아키에는 오로지 아키에일 뿐이다.

"이 방에 컴퓨터 또 없어요?"

결연한 표정을 지은 후유에가 나를 향해 돌아앉았다.

"왜?"

"다시 한 번 데이터를 열어서 7년 전, 그 일을 누가 했는지 확인해서……."

나는 고개를 저었다.

"필요 없어."

힘이 실리지 않은 목소리는 한숨처럼 들렸다.

"이제 됐어. 이제 와서 협박한 놈을 잡아서 족치거나 경찰에 신고한다고 해서 뭐가 달라지겠어."

나는 알고 있었다. 내가 아키에의 죽음에 대한 진상을 알고 싶었던 것은 후유에가 관련이 있을지도 모른다는 의혹 때문이었다. 진상을 알았다고 해서 죽은 사람은 돌아오지 않는다. 내가 알고 싶었던 것은 단지 후유에가 과거에 내 소중한 친구의 죽음을 앗아간 인물이었는지가 궁금했다. 단지 그게 전부였다.

물론 후유에는 다른 사람을 죽음으로 내몰았다. 하지만 그 일에 대해 내가 이러쿵저러쿵 말할 처지는 아니다.

"정말 괜찮아요?"

나는 고개를 끄떡였다.

"저 데이터는 요쓰비시 에이전시에 그대로 돌려줄 거야. 복사할 필요도 없어. 난 더 이상 이 일에 관여 안 할 거야."

물론 시가 현에 사는 아키에의 부모님이 아들의 자살에 관한 진상을 알고 싶어하는 것은 알고 있다. 하지만 내가 어떻게 그들에게 진실을 말할 수 있을까.

조커의 정체

마침내 남은 또 하나의 문제. 이제 구로이 악기에서 발생한 살인사건에 대해서 후유에게 물어볼 차례였다. 그녀는 그 사건과 도대체 어떻게 관련이 있는 걸까. 그녀는 정말로 무라이라는 남자를 살해한 걸까.

……그런데.

내 사고회로는 도무지 원활하게 움직이지 않았다. 생각해야 하는 문제, 물어야 하는 문제가 있었지만 유연하게 돌아가지가 않았다.

말 한 마디가 머릿속 한구석에 자리 잡고 있었다. 나는 그동안 그 말을 희미하게 의식하면서도 특별히 중요한 의미를 지니고 있다고는 생각하지 않았다. 하지만 그것은 언제부턴가 내 머릿속에서 부들부들 떨면서 자신의 존재를 드러내기 시작했다.

바로 조금 전에 컴퓨터 화면에서 본 그 신문기사.

후쿠시마 현의 산속에서…… 젊은 여성이…….

산속에서 젊은 여성이.

젊은 여성이.

"젊은 여성……."

나도 모르게 중얼거렸다. 후유에가 불안하다는 듯이 나를 쳐다보았다.

"그 신문기사? 그건 아키에 씨와 상관이……."

"아니, 그게 아니야."

나는 한 손을 들고 말을 막았다.

"아키에 일 때문이 아니야. 지난 일이 아니라 지금 일어난 사건에서 뭔가…… 음, 잠깐."

철컥 하고 머릿속에서 첫 번째 소리가 났다.

"어어……."

다음 순간, 그동안 뒤죽박죽이었던 알 수 없는 모든 조각들이 차곡차곡 피라미드처럼 정연하게 쌓여갔다. 쪼개지고 갈라진 조각들이 원래 있어야 할 곳으로 움직이고 있었다. 그리고 삼각형의 정점에 올라탄 조각에는 이미 알고 있는 그림이 그려져 있었다. 바로 우스꽝스러운 모습으로 춤을 추는 그 조커였다.

조커.

그 자식…….

"후유에, 뭐 좀 확인해도 될까?"

머릿속의 피라미드를 떠올리면서 나는 신중하게 질문을 시작했다.

"혹시 구로이 악기의 무라이가 살해된 날, 밤 10시쯤에 요쓰비시 에이전시에서 담당한 일을 하고 있던 거 아냐?"

내 말에 후유에는 당황해했다.

"그래서 내가 그 시간에 뭘 하고 있었냐고 물었을 때 대답하지 못했지. 맞지?"

조금 망설이다가 후유에가 고개를 끄떡였다.

"미나시 씨 말이 맞아요."

"당신은 그 시간에 돈을 뜯어낼 타깃을 어딘가에서 기다리고 있었어. 아니야?"

후유에는 내 눈을 가만히 응시한 채 고개를 살짝 끄떡였다.

"네, 맞아요."

"당신이 그 타깃을 협박하는 건 그게 처음이 아니었을 테고."

"그래요. 협박은 처음부터 잘 먹혔어요. 두 번째도 이상이 없었고, 그날이 세 번째 만나는 거였어요. 그날 밤 10시에 타깃한테서 세 번째로 돈을 받기로 했어요."

"하지만 아무리 기다려도 상대는 약속장소에 나타나지 않았어."

후유에는 부정하지 않았다.

"무슨 협박이었는데?"

"공금 횡령. 타깃은 회사의 막대한 경비를 유용하고 있었어요. 한 클라이언트가 나한테 의뢰를 했거든요. 조사 결과 실제로 횡령 사실을 입증할 수 있는 증거를 잡았어요."

"하지만 당신은 그 증거를 클라이언트한테 주지 않고 반대로 타깃을 협박하는 데 쓴 거지?"

"네. 요쓰비시 에이전시가 늘 하던 방법이죠."

"조사를 의뢰한 어떤 클라이언트가……."

후유에는 내 시선을 괴로워하고 있었다.

"살해된 사람은 구로이 악기의 무라이지?"

후유에는 분명하게 고개를 끄떡였다.

"아하, 이제 알았다."

이 얼마나 단순한 사건이었던가. 요쓰비시 에이전시의 2층 문으로 뛰어들었을 때도 그랬지만, 나는 언제나 어이없을 정도로 단순한 수법에 걸려든다.

"도헤이가 준 카드의 의미를 이제 알았어."

도헤이가 나한테 준 두 장의 카드. 조커와 스페이드 에이스.

스페이드 에이스는 역시 살인사건에 흉기로 쓰인 부엌칼을 나타내고 있었다. 하지만 아무래도 조커의 정체는 피해자인 무라이가 아니었던 것 같다.

나는 일어나 현관으로 갔다. 호사카가 당황하여 소리를

질렸다.

"미나시 씨, 어디 가세요?"

"요 앞에 조커 퇴치하러."

후유에가 일어나 내 손을 잡고 말렸다.

"미나시 씨, 이제 그냥 내버려둬요."

"당신, 살인범이 되려구?"

내 한 마디에 후유에는 입을 다물고 힘없는 표정을 지었다.

"원만하게 처리할게. 약속해. 호사카, 후유에한테 뜨거운 차라도 한 잔 타 줘. 나 금방 다녀올게."

"하지만……."

"후유에. 차를 마시면서 호사카한테 차근차근 상황을 설명해줘. 저 친군 걱정이 있으면 차사오를 요리하는 버릇이 있으니까."

나는 사무실 문을 나섰다.

🐭 손바닥만 한 생명의 은인

내가 책상에 다가가자 가리타는 등을 의자 뒤로 힘껏 파묻고 입을 꽉 다물었다.

"미나시 씨. 자네, 이제 와서 뭐하러……."

"뭐하러 왔는지 여기서 대답해도 되겠어? 나는 상관없는데."

입을 반쯤 벌린 가리타의 얼굴은 순식간에 울그락불그락 변했다. 커다란 눈이 더 커지고 흰자위 부분에 가느다란 혈관이 붉어졌다.

"오, 옥상에라도…… 갈까?"

가리타는 허둥지둥 일어나더니 바지자락이 스치는 소리를 내며 사무실을 나갔다. 나도 그 뒤를 쫓아갔다.

옥상에는 아무도 없었다. 나는 코트 주머니에 양손을 찌르고 바로 본론으로 들어갔다.

"당신, 경찰과 신문사에 편지를 보냈지?"

가리타는 이리저리 눈동자를 돌리다가 헛기침을 크게 하고, 대수롭지 않은 일이라는 듯 고개를 가볍게 끄덕였다.

"아아, 그거. 그래, 보냈네. 내가 보냈어. 살인범을 체포하는 데 도와주는 게 뭐가 이상한가. 전에도 말했잖아."

"왜 '다바타라는 젊은 여자'라고 생각했지?"

질문의 의미를 이해하지 못했는지 가리타는 목을 빼고 잠시 눈을 깜빡거렸다. 나는 말을 이었다.

"그 익명의 편지는 '구로이 악기 살인사건의 범인은 ○○○라는 젊은 여자입니다. 저는 보고 있었습니다'라는 내용이었어. 신문에서 밝히지 않은 ○○○는 다바타야."

"그, 그야 자네가 직접 들은 말이잖나. 그날 밤 무라이를 찾아간 사람은 다바타라는 이름의 여자라고 말일세. 나는 자네가 그렇게 말하는 걸 들었네."

"그래. 정확해. 분명히 나는 그렇게 말했어."

나는 가리타의 얼굴을 응시했다.

"그러니까 나는 '젊은 여자'라는 말은 한 마디도 안 했다는 거지."

가리타는 할 말을 잃은 것 같았다.

"그날 밤, 나는 여자 모습은 보지 못했어. 이곳에서 귀로 들었을 뿐이야. 밤 10시 전에 무라이의 휴대전화로 다바타라는 인물이 전화를 해서 그 전화기에서 새어나온 목소리와 하이힐 소리를 듣고 여자라고 추측했어. 하지만 그게 다야. 그 여자가 젊은지 나도 몰랐어. 그런데 당신은 어떻게 젊은 여자라는 걸 안 거지?"

나는 가리타에게 한 걸음 다가섰다. 가리타는 당황해하며 뒷걸음질 쳤다.

"경찰에 얘기하지 않겠다고 약속할게. 직업상 나도 그 사람들과는 별로 엮이고 싶지 않으니까."

순간 가리타의 눈에 안도하는 빛이 보이는가 싶더니 이내 경계하듯 눈빛이 날카로워졌다. 턱을 당긴 채 가만히 있다.

"나를 못 믿나?"

그는 여전히 말이 없었다. 나는 아까부터 살집이 많은 그 얼굴을 힘껏 갈기고 싶은 충동에 휩싸여 있었다. 하지만 후유에게 "원만하게 처리하겠다"고 말하고 왔으니 이성을 지키고 이야기해야 한다. 동료에게 거짓말을 해서는 안 된다.

"탐정을 믿지 못하는 당신 마음을 이해 못하는 건 아니야. 여하튼 탐정한테 협박당하고 똑같은 일로 두 번이나 돈을 빼앗겼으니까."

가리타의 두 눈이 튀어나오는 줄 알았다. 사람의 눈이 저렇게 커질 줄이야. 숨이 거칠어지고 입술은 바들바들 떨며 잠긴 목소리로 "아, 아"를 반복했다.

"……알고 있었나?"

"조금 전에 알았지. 당신은 이 다니구치 악기에서 공금을 횡령해왔어. 라이벌 회사인 구로이 악기의 무라이가 어쩌다가 그걸 알아챈 거지. 무라이는 요쓰비시 에이전시의 다바타라는 여탐정을 고용해서 당신을 뒷조사했어. 여탐정은 조사 결과 당신이 실제로 공금을 횡령한다는 사실을 알아냈고, 증거를 입수했어. 하지만 그녀는 클라이언트인 무라이한테 보고하지 않고 대신에 당신한테 거래를 제안한 거야. 틀렸나?"

나는 단숨에 내뱉었다. 가리타는 입을 뻐끔거리면서 내 얼굴을 노려보았다. 나는 일부러 그에게 들리도록 크게 한숨을 쉬고 주머니에서 휴대전화를 꺼냈다.

"나한테 말하기 싫다면 하는 수 없지. 그리고 싶지는 않지만 경찰의 힘을 빌려……."

가리타가 덤벼들 듯이 내 팔을 잡았다.

"아, 알았네! 말할게! 모두 말하겠네!"

가리타가 입을 열었다. 횡령한 회사 자금은 총 1,000만 엔을 넘은 것 같다.

"연간으로 계산하면 많지 않은데, 5년쯤 계속하다 보니 그게…… 그렇더라고."

그동안 거만했던 모습은 온데간데없고 가리타는 배고픈 두꺼비처럼 구부정한 자세로 풀이 죽어 있었다. 나는 코트 주머니에 손을 찔러 넣은 채 가리타를 지켜보고 있었다.

"그런데 구로이 악기의 무라이가 그걸 냄새 맡았다는 건가?"

"그래. 우린 가끔 최고급 레스토랑에서 식사를 했는데, 녀석이 그걸 봤나 봐. 그래서 뭔가 뒤가 켕기는 게 있을 거라고 의심한 거 같네."

"우리라면?"

가리타는 내 시선을 피해 마, 마, 마키라고 말한 뒤 어흠 하고 헛기침을 했다.

"마키노네."

"아하."

예상하고 있었다. 경리부의 그 여자다. 엘리베이터에 남아 있던 향수냄새가 기억났다.

"무라이는, 우리가 횡령한 증거를 잡으면 다니구치 악기를 무너뜨릴 수 있을 거라고 생각한 거지. 기업은 작은 흠집에도 이미지가 금방 추락하니까……."

다니구치 사장도 같은 말을 했다.

"그리고 무라이는 다바타라는 여탐정을 고용해서 당신을 뒷조사했구. 여탐정은 공금을 횡령한 증거를 입수해서 당신을 협박했어. 당신은 거래에 응하기로 하고 돈을 지불했고. 하지만 협박은 그게 끝이 아니었어. 또 협박을 해온 거야. 두 번째로 돈을 지불하고 나서 당신은 결심했어. 이대로는 안 되겠다고, 돈을 줘도 끝이 없을 거라고 말이지. 그래서 한 가지 계략을 세웠어. 만약 다바타라는 여자가 세 번째 협박을 하면 계략을 실행해서 방해꾼 두 명, 즉 무라이와 다바타를 동시에 제거해버리자구."

구로이 악기의 무라이를 살해하면 횡령 사실을 눈치 챈 사람이 사라진다. 그리고 그 죄를 다바타, 다시 말해 후유에에게 씌우면 협박도 마침내 종지부를 찍게 된다.

가리타는 힘없이 어깨를 늘어뜨렸다. 그는 아기 같은 손으로 얼굴을 문질렀다.

"원래 마키노가 먼저 얘기를 꺼냈네. 그 계략을 들었을 때 정말 두 다리 쭉 뻗고 잘 수 있을 것만 같았네. 확실한 해결 방법 같아 보였거든. 마키노가 말하는 모습이, 정말 그, 그러니까…… 말을 정말 잘했거든. 정말 아주 잘했어. 허점이라곤 하나도 없이 아주 완벽한 일석이조의 방법 같았어."

"그러던 어느 날, 마침내 다바타라는 여탐정이 당신한테 세 번째 협박을 해왔어. 당신은 마키노한테 그 사실을 이야기하고 둘이서 계략을 실행하기로 결심을 한 거구. 범행 예정시간은 밤 10시. 다바타가 거래하기로 지정한 시간이었어."

내가 모든 것을 알고 있다고 짐작했는지 가리타는 고개를 떨어트렸다. 숱이 적은 정수리가 내려다보였다.

"범행 당일 날, 점심때가 지나서 먼저 마키노가 다바타라며 사칭하고 공중전화에서 무라이의 휴대전화에 전화를 했어. 무라이의 휴대전화 번호야 공동 거래처에 물으면 금방 알 수 있는 거구. 마키노는 무라이한테 그날 밤 10시에 혼자 사무실에 있으라고 전했어."

무라이는 조사를 의뢰한 다니구치 악기의 횡령 건에 대해 무슨 보고가 있다 생각하고 아무런 의심 없이 승낙했을 것이다.

"당신은 나한테 무라이가 찻집에서 누군가와 통화를 하고 있는 걸 들었다고 말했어. 그래서 범행 예정시각인 밤 10시에 내가 무라이의 사무실을 엿듣게 했지. 나는 당신 말을 전적으로 믿고 그날 밤에 이 옥상에서 계속 구로이 악기에서 들리는 소리에 귀를 기울이고 있었구."

가리타는 희미하게 고개를 끄떡였다.

"밤 10시가 못 되어서 마키노는 다시 한 번 다바타라는 이름으로 공중전화에서 무라이한테 전화를 걸었고 곧 사무실로 올라가겠다고 했어. 무라이는 경비실에 내선전화를 걸어 경비를 건물 밖으로 유인했구. 그리고 무라이를 살해하기 위해서 칼을 들고 건물로 침입한 거야. 이건 아마 당신이었겠지. 하이힐을 신고 건물로 들어간 건 당신이야."

가리타는 부정하지 않았다. 하이힐을 신은 우스꽝스러운 모습을 떠올리지 않으려고 애쓰면서 나는 말을 계속했다.

"당신은 건물에 침입해서 무라이가 있는 기획부 앞에 도착하자 칼자루나 뭔가로 똑똑 두드려서 상대를 복도로 유인했어. 그리고 상대가 문에서 나왔을 때, 푹!"

내가 그렇게 말한 순간, 가리타는 두 손으로 자신의 배를 움켜쥐고 괴로운 듯이 얼굴을 일그러뜨렸다. 하지만 아무리 봐도 그건 단순히 연기였다. 후회한다는 것을 보여주기 위한 쇼에 불과했다.

"당신은 건물에서 나와 칼을 봉투에 넣어서 근처 쓰레기장에 보란 듯이 방치했어. 그 봉투는 다바타가 당신을 협박했을 때 사용한 거였을 테지. 물론 거기엔 횡령한 증거서류를 넣어 두었을 거고."

그래서 바로 그날 밤에 경찰은 흉기를 발견하고 봉투에서 지문을 하나 검출했다. 가리타가 일부러 남겨 둔 후유에의 지문이다. 봉투의 어디에 후유에의 지문이 남아 있는지는 그것을 직접 받은 가리타가 금방 알았을 것이다.

"그리고 당신은 다시 이 건물로 돌아와서 일부러 옥상에 있는 나한테 뜨거운 커피를 가지고 왔어. 그건 당신이 계속 사무실에 있었다는 걸 보여주기 위해서였지."

그 커피로 몸을 데우고 고마워했다는 사실에 부아가 치밀었다.

"그런 살인이 벌어지고 있는 동안, 다바타는 약속장소에서 계속 당신을 기다렸어. 애당초 현금과 증거서류를 교환하기로 한 장소였어. 인적이 드물고 조용한 곳이었겠지. 가능한 한 목격자가 없는 곳을 선택했을 거야. 그녀는 무라이가 살해당한 시간대의 알리바이가 없어야 했으니까."

사건 다음 날, 나한테서 무라이 살인사건 이야기를 들은 후유에는 가리타의 함정에 빠졌다는 사실을 알았을 것이다. 또한 그 상황에서 벗어날 수도 없다는 것도 깨달았다. 설령 그 일로 가리타를 추궁해도 그가 시치미를 떼면 그만이고, 경찰에 신고하려면 자신이 하던 일까지 설명해야 한다. 무엇

보다도 경찰의 의심을 받고 있는 상황이 아니기 때문에 섣불리 움직이는 건 위험했다. 더 이상 가리타와 마키노에게 접근할 수도 없다.

"당신들이 생각한 그 계략에는 반드시 필요한 게 있었어. 증언을 해줄 수 있지만, 현장을 봐선 안 될 증인, 다시 말해 나야."

그래서 나는 다니구치 악기에 고용되었다. 가리타는 후유에의 두 번째 협박을 받은 뒤 다니구치 사장에게 나를 고용하자고 제안했을 것이다. 구로이 악기가 디자인을 도용하고 있을 가능성이 있다며 그럴듯한 이유를 붙여서 말이다.

"사실 디자인 도용은 거짓말이었지? 나만 고용하면 이유야 뭐든 상관없으니까. 당신들 목적은 언젠가 다바타라는 여탐정에게 세 번째 협박을 받게 되어 당신들 계략을 실행할 때 나를 살인사건의 목격차로 만드는 거였으니까."

다시 말해, 내가 살해현장을 도청해서 '범인은 다바타라는 여자'라고 믿게만 하면 됐다. 내가 경찰에 정보제공을 하면 만사 오케이. 참 단순하고 유치한 계략이다.

탐정을 고용하도록 다니구치 사장을 설득하기 위해 디자인 도용이라는 이유를 꾸민 건 괜찮은 생각이다. 비슷한 디자인을 가지고 그럴듯하게 설명만 잘하면 사장도 왠지 그런 기분이 들었을 것이다.

"다니구치 사장은 당신 말을 믿고 나한테 조사를 의뢰했어. 나는 매일 구로이 악기의 내부를 도청하면서 있지도 않은 디자인을 도용한 증거를 찾았어. 하지만 진척이 있을 턱이 없지. 나는 그 사실을 항상 보고서로 작성해서 당신한테 제출했어. 하지만 그럴 때마다 당신은 보고서를 날조했어. 정말로 구로이 악기가 도용했을지도 모른다는 내용으로 바꿔서 다니구치 사장한테 보고했구."

어쩐지 뭔가 이상했다.

……자네가 그동안 올린 보고서도 이제 아무 소용 없게 됐네. 열심히 해줬는데 아쉽게 됐네.

오늘 아침, 구로이 악기 근처에서 만난 다니구치 사장은 그렇게 말했다. 하지만 내 보고서를 이용하고 말고 할 게 뭐가 있는가. 나는 아무런 성과도 올리지 못했는데. 그동안 제출한 보고서에서 나는 분명히 적었다. 악기 디자인을 도용한 증거는 전혀 찾아볼 수 없다고.

가리타가 내 보고서를 날조한 이유는 간단하다. 악기 디자인 도용을 조사하기 위해 나를 고용했는데, 시간이 지났는데도 이렇다 할 성과가 전혀 없으면 이 의뢰를 접겠다고 말할까봐 걱정이 되었기 때문이다. 기껏 계략을 실행하기 위해서 나를 고용했는데, 그전에 해고를 하면 아무 의미가 없어진다.

가리타의 의도대로 나는 범행 일체를 귀로 듣게 되었다. 두 사람의 계략대로. 하지만 딱 한 가지, 그들이 예상하지 못한 일이 발생했다.

"경찰이 '수상한 남자'를 찾고 있다는 걸 알았을 때에는 놀랐지?"

"응, 깜짝 놀랐네."

피해자인 무라이가 건물 경비원을 밖으로 유인할 때 "수상한 남자가 얼쩡거리고 있다"라는 구실을 댔기 때문에 경찰 수사는 뜻하지 않은 방향으로 흘러가게 되었다. 가리타와 마키노가 전혀 예상하지 못한 일이었다.

"그래서 당신은 그렇게 집요하게 나를 설득한 거였어. 그날 밤 내가 들은 이야기를 남김없이 경찰한테 빨리 알리라구. '범인은 다바타라는 여자'라는 걸 빨리 신고하라고 말이지. 하지만 내가 말을 안 들으니까 결국 직접 익명의 편지를 써서 경찰과 신문사에 돌렸어."

가리타가 고개를 끄덕였다. 목이 움직일 때마다 턱살이 삐져나왔다.

"경찰이 '수상한 남자'를 찾는 도중에 뭔가 잘못돼서 나를 의심하게 되면 안 되니까……."

'뭔가 잘못돼서'가 뭘 뜻하는지 되묻고 싶었지만 귀찮아서 그만두었다.

그건 그렇고…….

나는 가리타를 가만히 바라보았다. 이 남자, 자기들이 실행한 계략에 커다란 허점이 있었다는 걸 모르는 걸까. 그렇다면 엄청난 바보다.

"참고로 묻겠는데, 당신. 이번 계략이 실패할 확률이 상당히 높았다는 걸 알고 있었나?"

"에……."

가리타는 대답을 못했다. 아무래도 바보인가 보다.

"만약 경찰이 실제로 다바타라는 여탐정을 찾아냈다면 어떡할 거야? 그 여자는 분명히 당신들한테 속았다고 말할 텐데. 지금은 다행히 수사가 진척되지 않아서 그 여자가 먼저 경찰에 진술하지 않고 있어. 자신이 저지른 악행까지 털어놔야 하니까. 하지만 살인사건 용의자로 체포되느냐, 마느냐하는 기로에 서면 그런 게 무슨 상관이겠어. 모든 경위를 털어놓겠지. 경찰은 바로 당신들한테 날아올걸. 그럼 당신들, 어떻게 할 건데?"

"어떡하냐고? 어떠…… 어……?"

가리타는 입을 뻐끔거리며 내 얼굴을 바라보았다. 그러다가 아주 좋은 생각이 났는지 순식간에 얼굴이 밝아졌다.

"증거가 없잖은가? 우리가 했다는 증거가 어디에도 없어. 안 그런가?"

어때 하며 보란 듯이 가슴을 내밀었다.

"이게 뭘까?"

나는 코트 주머니에서 오른손을 뺐다. 계속 쥐고 있던 걸 가리타에게 보여줬다.

가리타는 이상한 기분이 들었는지 눈을 가늘게 떴다.

"이거, 그거잖아? 자네가 항상 머리에 끼고 있던 헤드 폰…… 한쪽인데."

"맞아. 사실은 오늘 약간 실랑이가 있었거든. 그때 부러 졌어. 하지만 다행히 완전히 부서진 건 아니고, 아직 몇 가지 기능은 되더라구."

말의 의미를 깨달았는지 가리타의 얼굴이 순식간에 새파 랗게 질렸다. 나는 말을 이었다.

"녹음기능은 그래도 살아 있어. 그동안 우리가 나눈 대화 는 모두 이 녹음기에 남아 있지."

"미, 미나시 씨……."

가리타는 목구멍 깊숙한 곳에서 쥐어짜낸 것 같은 소리를 질렀다. 나는 안심하란 듯이 손바닥을 들어 보이며 말을 계 속했다.

"걱정할 건 없어. 당장 이걸 경찰에 넘길 생각은 없으니 까. 만일에 대비해서 보관해 둘 뿐이야."

"그렇지만 미나시 씨, 경찰은 언젠가 다바타라는 여탐정을 찾아낼 게 아닌가!"

"당신이 그렇게 만든 거잖아."

"그거야 그렇지만…… 그래도."

"하늘에 맡기는 거지."

나는 가리타에게 등을 돌렸다.

조금만 더 이 남자의 얼굴을 보고 있으면 분노가 폭발할 것 같았다. 녀석은 나를 감쪽같이 이용했다. 녀석은 후유에를 살인범으로 만들려고 했다. 녀석은 살인을 저지르고 태연하게 살고 있었다. 가까운 누군가가 죽었다는 사실을 알게 됐을 때 어떤 기분이 드는지도 모르면서.

다른 일을 생각하자. 나는 크게 심호흡을 했다. 그리고 문득 깨달았다. 지금 나는 마치 드라마에 나오는 탐정 같은데! 살인사건의 진상을 파헤치고 진범과 건물 옥상에서 맞딱트리는……. 현실 속의 탐정에게 이런 일이 실제로 일어날 줄이야.

"아참, 가리타 씨."

나는 드라마 속의 탐정처럼 휙 돌아섰다.

"또 다시 어설픈 생각으로 다바타라는 탐정을 건드리는 일은 없겠지?"

가리타는 잠시 생각하는 듯하더니 낮게 대답했다.

"아무 짓도 안 해야 되겠지. 이렇게 되면."

"동감이야."

"얌전히 있겠네. 이제 ……음? ……그래. 이제…… 어설프게 움직이면 좀 그렇고…… 어쩔 수 없으니까. 예를 들어 내가, 음…… 예를 들면 다시 익명의 편지를 쓰면 오히려 궁지에 빠질 가능성도 있고. 맞아, 있어. 아무튼 나는, 더 이상…… 그거야…… 음……."

가리타가 횡설수설을 늘여놓았다.

"당신, 뭔 소리 하는 거야?"

"무슨 말 하냐구? 나는, 그러니까……… 다시 말해 너 이상……."

가리타의 눈에 희미한 빛이 보였다. 이게 바로 직감이라는 걸까. 나는 그 빛이 안도와 기쁨과 잔학함이 뒤섞여 있다는 것을 순간적으로 파악했다. 깜짝 놀라 재빨리 몸을 돌렸지만…… 늦었다.

푹! 왼쪽 가슴에 묵직한 충격이 전해졌다.

눈앞에는 마키노가 서 있다. 뺨은 경직되고 입술은 바르르 떨면서 그녀가 양손으로 꽉 붙잡고 있던 것은 엄청나게 기다란 가위였다. 날카로운 날 부분이 완전히 가슴을 관통했다. 가위 날이 등으로 빠져나온 것만 같았다.

"당신들…… 지옥에 갈 거야."

중얼거리면서 나는 차가운 콘크리트 바닥에 쓰러졌다.

가슴에 찔린 가위 손잡이를 양손으로 움켜쥐었다. 나는 망설였다. 이럴 때 바로 빼야 할까. 아니면 빼지 말고 두는 편이…….

"빼지 않는 게 좋을걸. 이히히!"

소리 내서 물어본 것은 아닌데, 가리타가 히스테릭하게 웃으며 가르쳐주었다. 해가 기울기 시작한 겨울 하늘을 배경으로 상기된 그 얼굴은 실제보다 몇 배는 커 보였다.

"피가 확 튈 거야. 확하고…… 이히히!"

가리타가 마키노를 돌아보며 소리질렀다. "이제 됐어!"

"가, 가리타 부장님…… 저…….."

"걱정할 거 없네. 시체는 숨기면 돼. 그래, 숨기면 된다구. 직원들이 퇴근할 때까지 옥상 구석에 뒀다가 밤중에 버리러 가는 거야. 바다, 아니 산, 그래. 산이 좋겠어. 이런 쓰레기 같은 놈은 산에서 썩혀야 돼!"

가리타는 입 가장자리를 실룩거리며 떠들어댔다. 마키노는 창백한 얼굴로 나와 가리타를 번갈아 바라보며 온몸을 바들바들 떨었다. 자신이 한 일에 잔뜩 겁을 먹고 있었다. 진짜 악마 같은 여자는 아니었나 보다. 단순히 멍청한 것뿐인가.

"당신들……."

나는 콘크리트에 누운 채 입을 움직였다.

"모르는 거 같으니까, 가르쳐주지……."

가리타는 얼굴 근육에 경련을 일으키면서 대답했다.

"자, 자, 자네한테 들을 건 아무것도 없네!"

"나는…… 한나절 동안, 차가운 눈 속에 파묻혀 있어도 죽지 않았어. 야쿠자 같은 녀석들…… 사무실에 쳐들어가도, 살아 돌아왔어……."

두 바보는 멍청한 얼굴을 하고 나를 내려다보았다.

"나는…… 불사신이거든……."

두 바보 중 수컷이 웃음을 터뜨렸다.

"부, 불사신! 으하하, 마키노, 들었나? 불사신이래! 그럼…… 크크…… 그럼… 큭큭, 일어나보게. 자네, 불사신이라면 당장 일어나보라구!"

"어제 잠을 못 자서 조금 더 누워 있고 싶은데……."

"잠을 못 잤다구! 히히, 잠을 못 자! 이봐, 탐정 양반. 샐러리맨의 세계에서 그런 건 안 통하네. 그렇지. 마키노?"

"하는 수 없지……. 사무실 건물 옥상이고 하니……."

나는 샐러리맨의 규칙을 따르기로 하고 자리에서 일어났다.

오키나와의 사자상처럼 나란히 서 있던 두 사람의 눈이 휘둥그레졌다.

"모두 이 녀석의 두꺼운 등판 덕이야."

나는 코트 윗주머니를 들여다보았다. 마키노가 찌른 가위는 가슴을 관통했다. 요쓰비시의 두툼한 가슴을.

이것이 빈약한 노하라 영감님의 고무인형이었다면 나는 정말로 죽었을지도 모른다. 요쓰비시의 체격을 충실하게 재현하여 고무인형을 만든 기술자에게 감사했다.

"마스터는 그렇게 말했지만, 버리지 않길 잘했지."

나는 인형에서 가위를 빼내어 망연히 서 있는 마키노의 손에 돌려주었다. 마키노는 로봇처럼 삐걱거리듯이 가위를 받았다. 또렷하게 쌍꺼풀이 진 두 눈이 깜빡이는 것도 잊고 그저 멍하니 열려 있다.

"미…… 미나시 씨, 저기…… 저기…….."

가리타가 양손을 좌우로 휘저으면서 할 말을 찾았다.

"이건, 잊어줄게. 이제 당신들 일은 생각하고 싶지도 않아."

"그, 그래? 그럼, 다, 다행이고……."

"약속한 것도 있구."

후유에에게 말하고 왔다. 원만하게 마무리 짓고 오겠다고. 아무리 상대방이 자극하는 행동을 해도 상관없는 일이다. 약속은 타인의 언행에 좌우되면 안 된다.

"대신에 당신도 약속해줘야겠어. 다바타라는 탐정, 그 여자 일은 이제 잊는다구."

"그, 그래. 알았네. 알았어."

고개를 끄떡이는 가리타를 힐끔 보고 나는 발길을 돌렸

다. 그리고 그 자리를 떠나려고 했다. 그래, 나는 떠나려고 했다. 난 어디까지나 원만하게 끝내려고 했다. 끓어 오르는 분노를 억누르고 증오감을 참고. 그런데.

"꿈에서도 보고 싶지 않은 얼굴이니까."

가리타가 쓸데없는 말을 했다.

"불길한, 그 얼굴…… 항상 선글라스로 눈을 가리더구만. 하하, 딱 한 번 봤지. 그 커다란 선글라스 속에 감춘 눈."

뒤를 돌아보았다. 가리타는 히죽거리고 있었다.

"그건, 어떤 눈이었지?"

내 물음에 가리타의 입이 일그러졌다.

"내, 내 취향하고는 정반대였네. 외꺼풀의, 자, 작은 눈이었어. 그래서 그 여자, 선글라스를 쓰고 있던 걸세. 자기 얼굴에 자신이 없는 거야. 그래서 마음이 삐뚤어진 거라구. 그래, 틀림없네. 자기 얼굴이 싫어서 그 여자는……."

내 가슴속에서 갑자기 분노의 기압계가 쑥 튀어 올랐다. 인내심이 순식간에 한계에 다다랐다. 몸이 움직였다. 허리가 돌고 가슴이 앞으로 기울었다. 나는 가리타의 얼굴을 향해 혼신의 힘을 담은 오른 주먹을 날리고 있었다. 가리타는 으악 하는 비명을 지르며 뒤로 튕겨나갔다. 콘크리트 바닥에 뒤통수부터 찧으면서 다시 한 번 똑같은 비명을 질렀다. 두 팔을 들고 두 다리를 벌린 모습이 꼭 두꺼비 같았다. 마키노는 입을 벌린 채 창백한 얼굴로 나를 바라보았다. 미세한 움직임도 없이 그저 역 앞에 있는 동상처럼 서 있을 뿐이었다.

나는 다니구치 악기를 뒤로했다.

🐒 근사한 원숭이 집단

미니쿠퍼의 핸들을 꺾으면서 나는 초겨울의 따뜻한 어느 오후에 다니구치 악기의 옥상에서 들었던 대화를 떠올리고 있었다.

ㅡ그런데 내가 처음에 무슨 질문했는지 기억해?

ㅡ응, '개가 왜 사람들보다 수만 배나 코가 발달했는가'였잖아?

ㅡ그래, 그거야. 다시 한 번 묻는데, 왜 그럴 거 같은가?

ㅡ글쎄, 여전히 모르겠는데.

ㅡ정답은 아주 단순해.

ㅡ단순하다고…….

ㅡ답은 그 얼굴 구조에 있어.

ㅡ얼굴 구조…….

ㅡ개는 코가 커. 개는 얼굴 절반이 코거든.

잠깐 동안의 침묵.

그는 크게 웃음을 터뜨렸다.

……그런 괴담 같은 이야기가 어디 있겠냐. 농담이야.

……에이, 농담이구나.

……당연하지. 그 여자 눈은 외꺼풀로 작더라구. 그래도 얼굴은 귀여웠어.

……그럼 왜 항상 전철 안에서 혼자 웃고 있던 건가? 비행기 사고가 났던 시간에 '오치루(떨어진다)'라고 중얼거린 건 뭐구?

……그걸 내가 어찌 알겠나.

……결국 미스터리네.

……아무렴 상관없는 미스터리라네.

"미스터리 답은 언제나, 언제나 단순한 법이거든."

나는 콧소리를 내며 핸들을 꺾었다. 저녁노을이 진 하늘에는 구름이 근사하게 떠 있다. 야스쿠니 길에서 뒷골목으로 들어가 로즈 플랫에 다다르자 정면 현관 앞에 후유에의 모습이 보였다. 발밑에는 잭이 장난을 치며 얼굴을 후유에의 무릎에 쓱쓱 문지르고 있었다. 나는 자동차를 세우고 후유에에게 다가갔다.

"뭐해?"

"걱정이 돼서 가만히 사무실에 앉아 있을 수가 있어야죠."

요쓰비시 에이전시 사무실에서 선글라스가 깨졌기 때문

에 얼굴에는 아무것도 쓰고 있지 않다. 내가 가장 좋아하는
그녀의 귀여운 눈이 저녁노을을 비추며 반짝였다.

"다 끝났어. 말한 대로 원만하게 정리하고 왔어. 들어볼
래?"

후유에는 고개를 저었다.

"무사히 돌아왔으니까, 지금은 이걸로 족해요."

"그럼 다음에 해줄게."

"그보다 호사카 씨하고 모두 걱정하고 있어요. 빨리 올라
가……."

나는 발길을 돌리는 후유에를 잡았다.

"좀 물어볼 게 있는데."

후유에는 나를 보며 고개를 갸웃했다.

"당신은 이제 어떡할 거야? 경찰이 구로이 악기 살인사건
때문에 당신을 찾아올지도 몰라. 물론 당신의 살인혐의를 벗
길 도구는 확실하게 손에 넣어왔지만."

나는 코트 주머니에서 두 동강이 난 헤드폰을 꺼냈다. 조
금 전 가리타와 나눈 대화는 모두 여기에 녹음되어 있다.

"하지만 당신이 살인혐의를 벗으려면 당신이 한 그 일도
경찰한테 털어놔야 돼. 가리타를 협박한 사실 말이야."

"각오하고 있어요."

후유에는 의외로 순순히 대답했다.

"그래야 된다면 그동안 저지른 악행도 모두 얘기할 거예요. 7년 전에 한 사람을 자살로 내몬 일까지 모두. 어떻게든 나는 죗값을 치러야 하니까요. 교도소에 들어가겠죠. 그래도 언젠가 나오게 되면 다시 팬텀에서 일하고 싶어요."

후유에의 얼굴에 불안한 빛이 감돌았다.

"근데…… 전과자는 안 돼요?"

나도 모르게 소리 내어 웃었다.

"이제 와서 그런 걸 신경 쓸 리가 있겠어?"

"그렇죠. 미나시 씨는 벌써 다 아니까요."

살며시 웃는 후유에의 표정에는 후회하는 빛이 짙게 깔려 있었다.

"왜 미나시 씨는 날 불렀어요? 내가 요쓰비시 에이전시라는 야쿠자 같은 탐정회사에서 일하는 걸 알면서. 왜 그런 거예요?"

"이유를 대자면 시시해. 당신하고는 취미가 맞을 거 같았거든."

"취미…… 무슨?"

"라디오와 영화. 당신은 요쓰비시 에이전시로 출근하는 전철 안에서 항상 라디오를 듣잖아. 금요일 아침에 마니악한 퀴즈 문제를 내는 프로 말이야."

"아아, 그거? 네, 듣고 있어요. 항상 실실거리면서 전철을

탔죠."

얼굴 양쪽으로 늘어뜨린 긴 머리 때문에 구로이 악기의 그 남자한테는 이어폰이 보이지 않았을 것이다.

"하지만 미나시 씨가 그걸 어떻게 알아요?"

"얼핏 들었거든."

나는 적당히 둘러댔다.

"나도 그 프로 좋아해. 항상 듣고 있어. 라디오는 옆방에 있지만."

"그럼 영화 취미는? 그러고 보면 지난번 사무실에 아파트 사람들이 모두 모였을 때 미나시 씨가 나한테 루치오 풀치의 영화 좋아하지 않냐고 물었잖아요. 어떻게 알았어요?"

"그것도 라디오 방송 덕이지. 비행기가 아소산에 추락한 날 아침, 당신은 출근길 전철 안에서 그 퀴즈문제를 풀고 있었지? 그 영화감독 문제 말이야."

······아주 무서어우운 영화를 만든 감독으로 이름을 거꾸로 읽으면 일본어가 되는 사람은 누구일까요? 힌트는 「더 링」.

"아아, 생각나요. 정답은 고아 버빈스키."

······고아 버빈스키죠! 아하핫, 이름을 거꾸로 읽으면 '아고'가 되죠?

"맞아. 하지만 당신은 루치오 풀치라고 생각했어."

그래서 그녀는 전철 안에서 "오치루(떨어진다)"라고 중얼거렸다.

"라디오 음질이 안 좋아서 「더 링」을 「더 리퍼」('뉴욕 리퍼'의 일본식 제목-옮긴이)라고 잘못 들었거든요. 루치오 풀치 영화 중에서는 그게 제일 무서우니까."

"그럴 줄 알았지. 하지만 덕분에 나는 당신이 루치오 풀치 팬이라는 걸 알고 관심을 갖게 됐어. 마니아들한테 마니악한 취미를 공유할 수 있는 사람은 소중하니까. 그리고 나는 몰래 당신 뒤를 밟았어. 그랬더니 놀랍게도, 당신은 요쓰비시 에이전시에서 일하고 있잖아. 당신이 탐정일 거라고는 전혀 생각도 안 하고 있었는데, 그때 얼마나 기뻤는데. 그래서 당신을 팬텀에 스카우트 해보자고 결정했어. 취미가 맞는 사람과 같이 일하면 즐겁지 않을까 싶어서."

"어째 이유가 참 시시하네요."

후유에의 얼굴 표정이 서운해 보였다.

"아까 미리 말했잖아."

나는 웃어 보였다.

하지만 후유에는 내 거짓말을 알아차린 것 같았다.

"정말 그게 다예요? 단지 같은 라디오 프로그램을 듣고, 같은 영화 감독을 좋아한다고 나를 스카우트 한 거예요? 다른 이유가 더 있는 게……."

"음, 그건……."

잠시 망설였지만 솔직하게 이야기하기로 했다. 이제 얼버무려도 소용없다.

"너무 신경이 쓰였어, 나는. 외눈박이 원숭이가."

"자신의 오른쪽 눈을 빼버렸다는?"

"응. 자존심을 무너뜨린 그 원숭이."

나는 후유에를 똑바로 쳐다보았다. 크게 숨을 들이켰다가 토해냈다. 어울리지 않게 살짝 긴장되었다.

"당신은 당신 눈이 싫지? 그래서 항상 선글라스를 써서 눈을 감췄어."

후유에는 한 손을 얼굴 앞으로 가져갔다.

"전에 말했잖아요. 어릴 때 눈 때문에 놀림을 당했다구. 애들이 칠판에 장난으로 내 얼굴을 그려놓기도 하구. 그전에는 전혀 몰랐는데 갑자기 신경이 쓰이기 시작했어요. 그걸 안 같은 반 애들은 더 즐거워했죠. 나한테 심한 말을 참 많이 했어요. 괴롭히기도 하구. 예를 들면……."

후유에는 자신이 당했던 일들을 구체적으로 이야기했다. 슬프고 가슴 아픈 일이었다. 그때의 작은 가해자들은 그녀의 눈에 대해서는 별생각이 없었을 것이다. 그저 후유에는 단지 특이하다는 이유만으로 잔인한 관심의 대상이 되었을 뿐이다. 아이들의 잔인함은 끝이 없다. 별 뜻 없이 농담 삼아 던진 말이 한 사람의 인생을 바꿀 수도 있다는 사실도 모르고.

후유에의 정수리에 있는 작은 상처가 떠올랐다. 투신자살 미수로 생긴 슬픈 상처.

"그 뒤로 나는 항상 고개를 숙이고 지냈어요. 사진도 절대 안 찍었구. 그리고 어른이 되고 나서는 사람들 앞에서는 꼭 선글라스를 쓰기로 결심했어요."

"그래서 그런 일을 하게 된 거야?"

"네. 사무직 여직원이 선글라스를 쓰고 있으면 우습잖아 요."

"당신 뒤를 밟는 동안에 그런 생각이 들었어. 당신을 그런 곳에서 일하게 만드는 건 열등감이 아닐까, 그래서 자존심을 무너뜨리고 협박하는 일을 하는 게 아닐까 하구."

후유에를 미행했을 때 본 그녀의 뒷모습. 얼굴. 행동. 그 모든 것들, 바닥에 비친 그림자까지도 그녀의 속마음을 여실 히 보여주고 있었다.

"맞아요. 어차피 고개 숙이고 살 바에는 나쁜 일을 해야겠다고 생각했어요. 나쁜 짓을 많이 해서 돈도 많이 벌고 나를 비웃은 다른 사람들보다 더 많이 돈을 모아서……."

후유에가 고개를 들었다. 목소리가 희미하게 떨리다가 끊 겼다.

"아키에도, 외눈박이 원숭이였어."

나는 말을 이었다.

"녀석도 몸과 마음이 일치하지 않다 보니 자존심을 갖지 못하고, 결국 스스로 목숨을 끊었어. 그래서 나는 당신 같은 사람을 보면 너무 슬퍼. 너무 불안해. 괜한 참견인지도 모르지만."

후유에는 얼굴을 숙인 채 살짝 고개를 끄떡였다.

"그래, 괜한 참견이에요."

"다시 말하는데, 당신 눈은 근사해. 진심이야. 겉치레 말도 아니고, 자신감을 주려는 것도 아니야. 단지 말해주고 싶어. 당신이 가진 열등감은 당신 속에서 존재하는 거야. 당신의 결점은 자존심 없이 살아가고 있다는 거야."

전혀 의도하지 않은 말들이었다. 내가 누군가를 설득하는 언변이 있으리라고는 전혀 생각하지 못했으니까. 오히려 상대의 상처를 덧나게 하는 경우가 많다는 사실을 나는 누구보다도 잘 알고 있었다. 하지만 내 입은 제멋대로 말을 늘어놓았다.

"이 아파트 식구들을 생각해봐. 모두, 항상 시끌벅적하면서도 즐겁게 지내고 있어. 점을 치기도 하고, 차사오를 만들어 오기도 하고, 술도 마시고, 서로 놀리기도 하고."

"응. 모두들 아주……."

후유에는 몇 초간 할 말을 찾았다.

"강해요."

"당신은 그 사람들이 왜 강하게 살 수 있다고 생각해?"

내 물음에 후유에는 고개를 저었다. 나는 말을 이었다.

"신경 쓰지 않기 때문이야. 나도 그렇지만, 그 사람들도 자신의 외모는 전혀 신경 쓰지 않거든. 그래서 강한 거야. 노하라 영감님은 코가 없고, 마키코 할머니는 두 눈이 안 보여. 도우미는 오른팔이 없고, 마이미는 왼팔이 없어. 호사카는 두 다리가 없어서 항상 휠체어를 타고, 도헤이는 카드로 우리를 즐겁게 해주지만 어려운 건 생각을 잘 못해. 하지만 아무도 그것 때문에 고민하지 않아. 그래서 강해. 그래서 밝은 거라구. 그래서 항상 즐거운 거야."

노하라 영감님의 코가 없어진 건 방탕한 생활에 빠졌을 때 매독에 감염되었기 때문이다. 병원에도 가지 않고 한동안 그대로 뒀더니 코뼈에 균이 침투해서 함몰되었다고 한다. 매독 특유의 증상이다.

마키코 할머니는 자동차 사고로 두 눈을 잃었다. 조수석에서 쌍안경을 들여다보고 있을 때 사고가 벌어졌다고 한다. 왜 그런 기묘한 사고가 일어났는지 의아스럽지만, 지금 생각해보면 노하라 탐정사무소에 있을 때 벌어지지 않았을까 싶다. 차마 물어보지는 못하지만, 자동차를 운전하던 사람은 어쩌면 노하라 영감님이었을지도 모른다.

도우미와 마이미가 각각 팔을 잃은 건 유치원을 다닐 때였다. 둘은 항상 사이좋게 손을 잡고 다녔다. 그 한가운데를 어느 정신 나간 오토바이가 뚫고 지나갔다. 병원에서 울부짖는, 두 아이의 엄마 모습이 생생하다. 하지만 도우미와 마이미는 강했다. 놀라울 정도로 마음이 강했다. 그 아이들은 새로운 삶을 받아들였고, 엄마 그리고 나와 아파트 사람들에게 밝은 웃음을 보여주었다.

호사카의 두 다리는 선천성 질환 때문에 아기 때 절단했다고 했다.

……저, 귀신 같으니까요.

농담처럼 입에 담은 그 말에는 두 가지 의미가 담겨 있을 것이다. 다리가 없다는 것과 가족 곁을 떠난 것. 호사카는 아버지가 갑자기 돌아가셨을 때 주변 사람들의 반대를 무릅쓰고 호쿠리쿠의 시골에서 혼자 상경했다. 어머니와 두 남동생의 부담이 되어서는 안 된다고 생각한 것 같다. 내 사무실에서 일하기로 마음먹은 것은 2층짜리 건물인데도 엘리베이터가 있는 로즈 플랫의 특이한 구조가 마음에 들었기 때문이라고 한다.

"이 로즈 플랫은 옆방 라디오 소리가 그대로 들리고, 문 앞에 누가 서 있으면 단번에 알 수 있는 근사한 고물 아파트야. 하지만 그 어떤 고급 맨션보다 즐거운 곳이야. 함께 살고 있으면 알 수 있어. 저 사람들은 여느 사람들과 다른 자신들의 신체에 신경 쓰지 않아. 상대방한테도 마찬가지구. 아주 근사한 사람들이지. 저 사람들은 외눈박이도, 양눈박이도 아니야. 눈이 몇 개 있는지 세는 건 의미가 없다는 걸 알거든. 근사한 원숭이들이야. 대단한 원숭이들의 집단이지."

세상 사람들은 비둘기를 보고 단지 '비둘기'라고 느낀다. 암컷인지, 수컷인지 신경 쓰지 않는다. 분명히 그와 같을 것이다. 이 아파트 사람들은 사람을 보면 단지 '사람'이라고 느낀다. 그게 전부다. 간단하지만, 가슴으로 체득하기 쉽지 않은 감각. 이곳 사람들은 그 소중한 감각을 지니고 있다.

"모두를 원숭이로 비유해서 미안한데."

후유에가 살짝 웃었다.

"노하라 영감님 코도 그렇고, 마키코 할머니 눈도, 도우미와 마이미의 팔도, 호사카의 다리도, 그리고 하느님이 장난 친 도헤이의 뇌도 이제 고칠 수 없어. 하지만 당신 마음의 상처는 고칠 수 있어. 상처받은 자존심은 언제든지 원래대로 되돌릴 수 있어. 사실 사람의 마음은 영원히 상처 입은 채 남아 있는 게 아니거든. 처음 생긴 상처가 아물어갈 때쯤 다시 날카로운 말로 할퀴고 덧나기 때문이야. 고칠 수 있는 걸 고치려고 하지 않고 지레 포기한 사람들을 보면 너무 안타까워. 정말 슬퍼."

후유에가 내 말을 어떻게 받아들였는지 모른다. 그녀는

가만히 고개를 숙이고 입술을 깨물었다.

"하나 물어봐도 돼요? 기분 상할까봐 계속 물어보지 않았는데."

잠시 머뭇거리다가 후유에가 조심스럽게 물었다.

"미나시 씨는 왜 귀가 없어요?"

나도 모르게 웃음을 터뜨렸다.

"전혀 없는 게 아니야. 귓구멍은 두 개 다 있다구. 귓불이 없는 것뿐이지. 알아듣는 건 다른 사람들보다는 조금 떨어지지만 아무 문제 없어."

"그래요?"

"어릴 때 눈이 많이 와서 집이 무너졌다고 얘기했지? 그때 눈 속에 반나절을 파묻혀 있었더니 동상에 걸려서 그런 거야. 깨끗하게 귓불이 떨어졌어."

두 귀를 잃고 처음 거울을 본 순간. 그 순간만큼은 절대 잊을 수 없다. 거울을 보기 전의 세계, 나를 가만히 바라보는 이 소년을 만나기 전의 세계. 앞으로 두 번 다시 돌아갈 수 없는 세계였다. 나에게 '공포'는 거울을 보던 그 순간을 가리킨다.

"초등학교 때는 성과 연관 지어서 '미미나시(귀가 없다는 의미-옮긴이)'라고 놀림을 받았어. 국어시간에 「귀 없는 호이치」를 배웠을 때 반 친구 하나가 말장난을 생각해낸 거지.

그건 '미나시고 이치로'보다 훨씬 가슴에 사무쳤어."

나는 망가진 헤드폰을 내려다봤다.

"하지만 지고 싶지 않았어."

당시 나는 외모와 청력에 대한 열등감이 컸다. 때문에 내
귀를 세상에서 가장 멋진 것으로 바꿔보겠다고 마음먹었다.
독학으로 오디오 회로와 보청기 구조를 공부했다. 카세트 플
레이어를 개조하여 직접 만든 앰프를 사용해보기도 하고, 시
판 중인 보청기에 새로운 기능을 개발하다 보니 이 헤드폰이
완성되었다.

"설마 이런 걸 만들어서 도청전문 탐정사무소를 개업하게
되리라고는 생각도 못했어."

그레이엄 벨은 보청기를 연구하다가 우연히 전화를 발명
했다고 하는데, 만약 그가 어딘가에서 한 걸음 잘못 디뎠다
면 탐정이 되어 살인사건에 휘말렸을지도 모른다.

"인생은 언제 어떻게 될지 모르는 거네요. 그 수신기는 정
말 잘 만든 거 같아요. 얼핏 보면 크기만 할 뿐 평범한 헤드
폰인데."

"사실은 그렇게 대단한 물건도 아니야."

이 헤드폰형 수신기의 구조는 아주 단순했다.

대개는 상자형인 전파수신기를 작게 만들어서 머리에 끼
울 수 있게 했을 뿐이다. 단순한 버튼 조작으로 채널을 바꾸

고, 수신하는 FM전파의 주파수를 바꿀 수 있다. 도청기는 'FM 송신기'라고 불리는 방식으로 각각 전용 주파수에 음을 실어 보내기 때문에 건물의 곳곳에 장착해 두면 어디서 어떤 소리가 나는지 헤드폰 하나로 간단히 들을 수 있다. 구조 자체는 전기용품 파는 곳이나 통신판매에서 파는 도청 시스템과 별반 다르지 않다.

"구로이 악기 건물에 있는 도청기는 회수했어요?"

"아니, 아직 못했어. 경찰들이 철수하면 회수하러 갈 거야."

나는 건물 곳곳에 도청기를 설치해 두었다. 복도의 배관 속, 형광등 뒤, 금고 밑, 콘센트 꽂이 안쪽. 그리고 옥상 벤치 뒤. 청소업체의 아르바이트로 가장해서 건물에 들어갔을 때 조금씩 장착하고, 건전지도 정기적으로 교환했다. 도청기는 마네키네코 안에도 숨길 수 있을 정도로 작았다.

"나한테 장착한 도청기도 돌려줄게요."

후유에는 웃옷 주머니에서 작은 사각형 기계를 꺼냈다. 그녀가 내 방에서 가지고 간 루치오 풀치의 비디오테이프에 넣어 둔 것이다.

"언제 알았어?"

"요쓰비시 에이전시 사람들한테 납치되기 직전에. 맨션 아래에 녀석들이 보였을 때 혹시 당신한테 연락할 방법이 없을까 생각했거든요. 그때 떠올랐어요. 당신은 계속 내 행동

에 신경 썼고, 아파트 사람들이 모두 모였을 때 일부러 나한
테 비디오테이프를 가지고 가라고 했잖아요. 그래서 어쩌면
그 안에 도청기를 장착하지 않았을까 싶었어요. 비디오테이
프를 열어보니까 역시 있더라구요."

"미안해."

"사무실 상자 안에 있던 비디오테이프, 모두 다 넣어 둔
거예요?"

"아니, 당신이 가져간 「좀비」에만. 나도 당신 방을 도청
하는 건 내키지 않았어. 하지만 당신이 살인사건에 연관되어
있을지도 모른다는 의심이 들어서 고민했어. 하늘에 맡기자
고 생각했지. 그 수많은 비디오테이프 중에 딱 하나만 장착
해 둔 거야."

"내가 하필 그걸 고른 거네요."

"그렇지."

나는 후유에 손에서 작은 사각형 기계를 받았다.

비디오테이프에 도청기를 장착했을 때에는 설마 그것이
후유에를 구하는 데 도움이 되리라고는 생각지도 못했다. 후
유에와 연락이 끊긴 오늘 아침, 희미한 가능성에 기대를 걸
고 헤드폰 채널을 이 도청기 주파수에 맞추었다. 그러자 한
순간, 요쓰비시 에이전시의 밴 속에서 후유에가 도움을 요청
하는 소리가 들렸다. 밴이 바로 옆을 지나간 그 순간.

"나를 구해준 헤드폰도 망가졌네."

"새로 만들면 돼."

이번에는 니트모자 모양으로 만들 생각이다. 헤드폰보다 훨씬 자연스러울 것이다.

"하지만 나한테 도청기를 설치하는 건 이게 마지막이에요."

"당연하지. 그건 진심으로 반성하고 있어."

"그럴 필요가 없게끔 나도 가능한 한 목소리가 닿는 곳에 있을게요."

후유에는 잠시 침묵하고 마음먹은 듯이 입을 열었다.

"미나시 씨, 아키에 씨하고 친구 사이라고 했지만 나는 아니라고 생각해요."

"그런 게 아니라고 했잖아."

나는 당황했다. 이제 와서 무슨 말을 하는 건가.

"나와 아키에는……."

"당신은 그랬을지도 몰라요. 하지만 아키에씨는 분명히 당신을 좋아했을 거예요. 당신과 함께 지낸 1년 동안 당신을 마음에 두었을 거예요."

"아키에가? 설마."

나는 웃어넘겼다.

"나는 알아요."

"당신이 어떻게?"

······.

잠깐 침묵이 흘렀다.

머리 위에 늘어선 창문 몇 개가 동시에 스르르 열렸다.

"비다시, 더 마침내 여자 생긴 거다!"

"너네, 낯 뜨거워지는 대화 작작 좀 해라."

"미나시 씨, 후유에 씨. 저 근사한 데이트 장소 많이 알아요."

"후유에 언니는 그냥 여기로 이사 와요."

"그러면 우리와 저녁도 같이 먹을 수 있어요."

"무봇!"

한숨이 절로 나온다.

"정말 못 말리는 사람들이라니까······."

나는 아파트 식구들을 노려보았다.

"언제부터 엿듣고 있었어요?"

"처음부터지롱!"

마키코 할머니가 대답했다.

"우리 모두 창문에 달라붙어서 거칠게 숨을 몰아쉬고 있었는데 전혀 모르고 있었다니. 네 귀는 도청기가 없으면 아무짝에도 쓸모없구나!"

"무슨 말씀을. 후유에 말에 귀 기울이다 보니 그런 거예요."

내 말을 어떻게 받아들였는지, 모두 와 하고 동시에 환호성을 질렀다.

"그건 그렇고, 너."

마키코 할머니가 턱을 치켜들고 험악한 표정을 지었다.

"우리 보고 원숭이니 뭐니 그러지 않았냐?"

"아아, 그건……."

나는 다시 한숨을 쉬었다. 솔직하게 대답을 하는 것이 귀찮아졌다.

"말이 그렇다는 거죠."

🐒 인생은 자연스럽게 흘러간다

그렇게 해서 후유에는 탐정사무소 팬텀의 정식 직원이 되었다.

후유에를 위해 빌렸던 맨션은 그녀의 요청에 따라 해약했다. 그녀는 우리 로즈 플랫의 빈 방으로 들어왔다.

어느 날, 다니구치 악기와 계약을 할 때 적어준 내 계좌에 다니구치 이사오의 이름으로 거액이 입금되었다. 의뢰가 성공했을 때 받기로 한 금액의 몇 배나 되는 액수다. 입금과 동시에 다니구치가 나에게 보낸 친전을 한 통 받았다. 그 내용에 따르면 가리타는 다니구치에게 모든 것을 고백하고 돈을 그러모아 그동안 횡령한 액수를 반환한 다음, 경리부의 마키노와 함께 깨끗이 퇴직을 했다고 한다. 내 계좌로 입금된 돈은 필시 입막음용이겠지. 나는 고맙게 받기로 했다.

그 뒤 신문을 통해 가리타와 마키노가 체포된 사실을 알았다. 살인 및 공모 혐의다. 자수한 것도 아니고, 다니구치가 고발한 것도 아니었다. 꾸준히 수사에 박차를 가한 경찰이 밝혀낸 것 같았다. 취조를 하면서 물론 요쓰비시 에이전시나 다바타라는 여탐정 이름이 나온 것 같지만, 수사의 손길이 후유에에게 미치지는 않았다. 아마 요쓰비시가 "다바타는 가명으로 사건 직후에 종적을 감춰서 그 여자에 대해서는 잘 모른다"고 진술한 것 같았다. 제법 괜찮은 구석도 있는 녀석인 듯하다. 나와 후유에는 함께 요쓰비시에게 구원을 받은 셈이다. 나는 실제 요쓰비시가 아니라 녀석의 고무인형 덕이었지만.

물론 경찰은 요쓰비시의 말을 믿지 않고 요쓰비시 에이전시의 사무실을 수색했다. 하지만 그곳은 종이문서는 일절 사용하지 않았고, 모든 데이터는 내가 뺏어 온 그 데이터서버에 보관되어 있었다. 그런데 내가 택배로 데이터서버를 돌려보낼 때 '취급주의'라는 표시를 안 써놔서 데이터는 전부 날아가고 복구도 불가능하게 되었다. 완전히 무용지물이 되고

만 것이다. 요쓰비시와 우리는 상부상조한 셈이다.

눈에 띄는 성공도 없지만, 실패도 없는 내 일상이 시작됐다. 엄청나게 어수선한 길거리를 헤매다가 마침내 조용한 방으로 돌아온 기분이었다.

이번 일로 나는 아주 많은 기억을 한꺼번에 복습한 느낌이다. 그중 몇몇 기억은 잠시 시간이 흐르면 잊힐 것이다. 하지만 죽을 때까지 내 머리 한가운데를 차지하는 기억들도 있을 것이다. 그 선택, 즉 무엇을 잊지 않느냐 하는 선택이 틀림없이 내가 삶을 사는 방식에 조금씩 변화를 줄 것이다. 그동안 그래왔듯이.

사람은 결국 기억이 아닐까. 모습과 형태가 사람을 형성하지 않고, 보고 들은 사실이 사람을 구성하지도 않는다. 사실들을 어떻게 기억해 왔는가. 바로 이것이 사람을 형성할 것이다. 사실들을 어떻게 기억할지는 개인의 자유다. 자기 자신이 결정할 문제다.

그런 생각들을 했더니 지혜열이 들끓어 나는 이틀간 앓아누웠다.

자, 그럼 시작합니다. 마니마니마니악 퀘스천!

아침 7시 20분. 옆방 라디오 소리에 잠을 깼다. 이마를 짚어 보니 그럭저럭 열은 내리고 없었다.

-그럼 먼저 지난 주 문제 정답부터 발표하죠. 트럼프 중에 한 장만 마크가 크게 인쇄된 건 어느 카드일까요? ……자, 정답은?

스페이드 에이스.

-스페이드 에이스입니다! 때는 17세기. 당시 영국 정부는 전국적으로 유행하던 트럼프에 세금을 부과하기로 했죠. 그래서 스페이드 에이스만 정부 측에서 인쇄해서 업자에게 비싸게 팔기로 했습니다. 하지만 문양이 단순하면 위조될 가능성이 생기죠. 그래서 지금처럼 크고 복잡한 도안이 되었다고 합니다.

"흠…… 처음 들어보는데……. 아우, 추워."

나는 이불 위에 일어나 앉았다. 내 옆에서 후유에가 아침 햇살을 받으며 새근새근 숨소리를 내다가 가끔 음냐음냐 하고 잘 알아들을 수 없는 잠꼬대를 하는 일은 없었다. 이 아파트 안에서는 절대로 불가능한 일이다. 요즘 아파트 사람들은 스물네 시간 동안 우리를 놀릴 건수는 없는지 찾아다니고 있다.

조간신문을 훑어보고 니트모자형 수신기를 만들고 있는데, 호사카가 출근했다.

"열 내렸어요?"

"응. 덕분에."

호사카는 싱글벙글하는가 싶더니 갑자기 눈썹을 찌푸리며 목소리를 낮췄다.

"그런데 미나시 씨. 어젯밤에 갑자기 이런 생각이 들었어요. 다니구치 이사오라는 사람이 입금한 돈, 돌려줘야 하지 않을까요?"

"돌려준다고? 왜?"

"횡령이고 살인이고 다 밝혀졌으니까, 그게 입막음용이었다면……."

"신경 쓸 거 없어. 그냥 받지 뭐. 마침 오늘 그 돈을 좀 쓸까 해."

"엣, 뭐에 쓰실 건데요?"

"좀 살 게 있거든."

사무실 밖으로 나갔다. 복도 끝에서 후유에가 걸어오는 모습이 보였다. 추운 듯이 몸을 움츠리고 눈을 가늘게 떴다. 이제 그녀가 선글라스를 새로 사는 일은 없었다.

"아, 좋은 아침. 이제 괜찮은가봐요. 수신기 없이 빈손으로 어디가요? 쇼핑이라도 가는 거예요?"

"빙고."

"같이 가요, 시간도 많은데."

"아니, 이번엔 좀 봐줘. 혼자 가는 게 편해."

나는 계단을 내려가 미니쿠퍼에 올라탔다. 역 쪽에 있는

백화점을 몇 군데 돌아보고 와인과 크리스마스 선물을 한 아름 샀다. 특별한 수입을 동지들과 나누는 것이 내 방침이다. 점심때가 지나서 나는 와인 병과 많은 선물 상자, 그리고 또 하나 약간 값나가는 물건이 들어 있는 작은 상자를 들고 사무실로 돌아왔다. 아파트 사람들은 내가 부르자마자 모여들었다. 노하라 영감님이 연락을 했는지 '지하의 귀' 마스터까지 왔다. 기운 없는 얼굴에 약간 기쁜 표정을 짓고, 두 팔 가득 술을 들고 있었다. 얼마 전에 나와 둘이서 '송별회'를 한 사실은 완전히 잊은 것 같다.

사무실의 좁은 부엌에서 후유에가 크리스마스 요리를 만들어주었다. 예전에 그녀는 '요리는 잘 못한다'고 했는데, 거짓말이었던 것 같다. 호사카는 후유에가 능숙하게 칼을 놀리는 모습을 넋을 놓고 바라보았다.

모두 내 선물을 받고 좋아했다. 잭은 고급 토종 쇠고기, 후유에는 양가죽 머플러, 호사카는 일본지도를 모티브로 한 천 캘린더, 그의 어머니와 두 남동생은 목 마사지기와 오일 타입의 만화경과 나무로 만든 사진액자, 노하라 영감님은 아리타야키(아리타 지방에서 만든 도자기-옮긴이)의 술병과 술잔, 마키코 할머니는 히다다카야마의 느티나무로 만든 고급 효도손, 도헤이는 전자 다트세트, 그리고 도우미와 마이미는 점원이 추천해준 캐릭터 상품 모음. 그리고 나중에 소형 스테레오 카세트가 배달될 예정이다. 그게 도착하면 라디오 소리도 지금보다 더 잘 들릴 것이다.

약간 값비싼 물건이 들어 있는 작은 상자는 아무도 모르게 내 베개 깊숙이 넣어 두었다. 언제까지 거기 둘지는 아직 모른다. 몇 개월일 수도 있고, 몇 년이 될 수도 있다. 어쩌면 베개 속에 영원히 있을지도 모른다.

우리는 피자를 시키고 술과 주스를 마시며 실컷 떠들었다. 도헤이는 언제나처럼 카드를 날리고 물고 귀에 꽂기도 하면서 흐뭇해했다.

"아아, 도헤이 씨. 저번에 제가 차사오를 자르고 있을 때 사람들한테 카드를 나눠줬잖아요."

호사카의 두 뺨은 익숙하지 않은 술로 발그레하니 복숭아색으로 물들어 있었다.

"어떤 카드를 나눠줬어요?"

도헤이는 얼굴 가득 웃음을 띠고 천수관음처럼 두 팔을 팔방으로 내밀었다. 과장된 퍼포먼스가 끝나고 보니 노하라 영감님의 무릎에는 아무것도 들고 있지 않은 퀸이 네 장, 도우미와 마이미의 앞에는 하트 킹이 없는 페이스 카드, 마키코 할머니 손에는 조커가 놓였다. 모두 그때와 똑같은 카드다.

"아아, 그렇구나!"

눈치 빠른 호사카는 바로 무슨 의미인지 알아차린 듯 손뼉을 탁 치고 기다란 머리를 끄덕였다.

노하라 영감님의 맨손의 퀸. 본래 퀸은 반드시 손에 '꽃'을 들고 있다. 이것은 '코가 없다'는 사실을 재치 있게 나타낸 것이다(일어로 '꽃'과 '코'는 '하나'라는 동음이의어 —옮긴이).

도우미와 마이미의 하트 킹이 없는 페이스카드. 페이스카드에 그려진 인물 중에 하트 킹만 두 팔을 가지고 있다.

마키코 할머니의 조커. 이것은 단순히 '할멈'이다.

모두 도헤이가 건넨 카드이기에 받아들일 수 있다.

"아아, 도헤이. 후유에라는 새로운 직원을 맞이한 우리 팬텀의 내년 운세가 어떤지 점쳐줘."

내 부탁에 도헤이는 희희낙락하며 카드 한 세트를 공중에 펼쳤다. 그때 현관 초인종이 울렸다. 호사카가 누군지 나가 보았다. 문 너머에서 뭐라고 나지막하게 얘기하는 소리가 들렸다.

"부싯!"

도헤이가 카드를 오른손에서 왼손으로 날리고 그 안에서 카드 세 장을 입으로 물었다. 한 장은 후유에, 두 장은 나한테 준다.

"어디 보자. 내년 운세는?"

나는 내 카드를 보고 고개를 갸웃했다. 후유에의 카드도 들여다보았다.

"똑같아."

"똑같네요."

그때하고 똑같은 카드였다. 후유에와 이곳에서 모둠냄비를 먹은 다음 날 아침, 복도에서 도헤이가 우리에게 준 카드. 나는 조커와 스페이드 에이스. 후유에는 다이아 퀸. 조커는 다니구치 악기의 가리타고, 스페이드의 에이스는 흉기인 칼이었다. 후유에는 그녀가 돈을 벌 목적으로 나쁜 짓을 하고 있다는 의미였다. 모두 이제 지난 일인데…….

"음…… 아아?"

짧은 순간 머릿속에서 번쩍하고 무엇인가가 떠올랐다. 후유에의 다이아의 퀸이 무얼 뜻하는지 알 것 같았다. 입을 히죽거리며 도헤이를 쳐다봤다. 도헤이도 미소를 띠며 나를 보고 있다.

"다이아 퀸이라."

뭐든지 꿰뚫고 있었던 것이다.

나는 방구석으로 시선을 옮겼다. 아무렇게나 굴러다니는 내 베개. 그 속에 들어 있는 작은 상자는 내년에 선물하게 되는 걸까.

누군가가 의미를 파악하기 전에 나는 카드를 다시 보았다.

"그런데 이 조커와 스페이드 에이스는 뭐지?"

"저기, 미나시 씨……."

호사카가 문 너머에서 고개를 내밀었다.

"세무서에서 누가 오셨어요. 이 사무실 경영자한테 추징과세 지불 의무가 발생했는데 이자도 붙어서, 금액은 대충⋯⋯."

호사카가 깜짝 놀랄 액수를 말했다. 자리에 있던 모든 사람이 입을 쩍 벌렸다. 현관에서 네모난 안경을 쓰고 정성스럽게 머리를 매만진 정장 차림의 남자가 나를 지켜보고 있었다.

"아하, 조커하고 스페이드 에이스라⋯⋯."

나는 카드를 내려다보았다. 다음 순간, 욱 하고 웃음이 터져 나왔다.

"조커하고⋯⋯ 스페이드 에이스⋯⋯ 홋."

어깨가 떨리고, 배가 떨렸다. 마침내 나는 소리 내어 웃기 시작했다.

스페이드 에이스는 아무래도 '세금'의 의미였나 보다. 조커는 '어리석은 자'의 카드. 다름 아닌 바로 나 자신이었다. 웃음을 그치지 않는 나를 세무서 직원이 현관에서 깜짝 놀란 얼굴로 바라보았다.

새해가 밝았다. 추징과세는 속이 쓰렸지만 다니구치 이사오가 입금해준 돈 덕에 생활이 궁핍해지지도 않았고, 사무실에 피해가 가지도 않았다. 어느 날, 약간 시간이 생겨서 성형

외과를 찾았다. 제법 유명한 병원이다. 나는 의사에게 만든 티가 안 나는 진짜 같은 귀를 만들 수 있는지 물어보았다. 의사는 가능하다고 대답했다. 프로테제라고 하는 인간 신체의 손상된 부분을 보완하는 대체물이 있다고 한다. 몇 가지 샘플을 보니 귀는 물론이거니와 손가락과 코도 솜털 하나하나까지 정교하게 심어 있어서 진짜와 구분하지 못할 정도였다.

내 양쪽 귀를 만들어달라고 의뢰했다. 아파트를 나서면서 노하라 영감님에게도 코를 만들겠냐고 물어보았지만 "이제 와서 뭐하러"라며 웃었다.

한 달쯤 뒤에 프로테제 귀가 완성되었다. 그걸 귀에 걸치고 사무실로 돌아갔다. 거울에 비친 나는 세상 사람들이 말하는 '보통 사람'이 되어 있었다.

"요즘 기술은 정말 대단해."

"보기 좋은데요, 미나시 씨."

후유에와 호사카는 내 얼굴을 보고 끊임없이 감탄했다.

"전에는 첫 면담 때부터 인상을 쓰며 돌아가는 클라이언트도 있었는데. 이걸 붙이고 있으면 그런 사람들도 놓치지 않고 잡을 수 있어. 전보다 돈도 더 많이 벌 수 있게 된다구."

그리고 며칠 후.

새 클라이언트와 미팅을 마치고 아파트로 돌아온 나는 2층 복도에서 우뚝 걸음을 멈췄다. 사무실 안에서 "으앗!",

"우왓!" 하는 소리가 동시에 들렸다.

"뭐야, 무슨 일이야!"

허둥지둥 문을 열고 뛰어 들어가서 보니 후유에와 호사카가 바닥에 뒹굴고 있는 두 개의 살색 물체를 내려다보고 있었다. 둘의 얼굴이 굳어 있다.

"함부로 귀를 놓고 다니지 마세요!"

"놀랐잖아요! 만두 귀신인 줄 알았다고요."

"아아, 난 또 뭐라구."

무슨 큰일이라도 생긴 줄 알았다.

"미나시 씨, 귀 안 붙여요?"

"기껏 만들었는데."

두 사람은 내 얼굴과 바닥에 있는 귀를 번갈아 보았다.

나는 설명했다.

"그 귀, 어쩐지 좀 큰 거 같아서."

그리고 또 하나.

"그리고 내키지가 않아. 아무래도 남을 속이는 거 같거든."

나를 보고 도망가는 클라이언트도 가끔 있을 것이다. 하지만 눈에 보이는 것만 중시하는 사람들에게 나는 흥미가 없다. 차라리 잘됐는지도 모른다. 🎭

가슴으로 읽는 감성 미스터리의
훈훈한 카타르시스

도청전문 탐정사무소 '팬텀'을 운영하는 미나시는 한 악기회사로부터 경쟁업체의 디자인 도용 의혹에 대해 조사해 달라는 의뢰를 받는다. 조사를 하던 중 미나시는 경쟁업체에서 발생한 살인사건에 휘말리고 만다.

이 소설은 첫 대목부터 하드보일드 풍으로 무겁게 전개될 것 같은 인상을 풍기지만, 이야기는 밝은 분위기 속에서 펼쳐진다. 그 이유는 미나시가 살고 있는 아파트, 로즈 플랫의 개성 넘치는 구성원들 덕분이다. 발음이 독특한 노하라 영감님, 무뚝뚝하지만 속정 깊은 마키코 할머니, 신이 내린 카드 예언의 귀재 도헤이, 항상 붙어 다니는 도우미와 마이미, 그리고 '팬텀'에서 접수와 사무를 담당하는 호사카. 미스터리 소설이지만, 유쾌하고 매력적인 캐릭터들이 함께 지내는 모습을 보고 있노라면 경쾌한 홈드라마를 보는 듯한 느낌을 받는다. 작가 미치오 슈스케는 전작 『해바라기가 피지 않는 여름』에서 독자들에게 보여주었던 서늘함과 쓸쓸함과는 전혀 다른 훈훈함을 선사한다.

작가는 살인사건 현장의 범인에 대한 수사를 한 축으로, 7년 전 아키에의 자살 원인을 뒤쫓는 과정을 다른 축으로 삼고 이야기를 엮어나간다. 하지만 이와는 별도로 소설을 읽어 갈수록 넘쳐나는 '?'들. 호사카는 왜 의자를 가지고 퇴근을 하는 것일까? 자조적인 말투로 자신을 '귀신'이라고 지칭하는 이유는 뭘까? 게임을 하던 도우미와 마이미가 미나시의 시답잖은 말에 시무룩하게 대꾸하는 까닭은? 마키코 할머니의 방은 왜 항상 어두운 것일까? 등등. 모든 사건의 정체가 밝혀졌을 때 이 '?'들이 '!'가 되면서 독자는 소설에서만 맛볼 수 있는 놀라운 트릭을 경험한다. 작가의 메시지는 머리가 아닌 가슴을 향해 강렬하게 파고든다.

흥미진진한 긴장감을 유지하면서도, '어떻게 살아야 하는가' 하는 근본적인 물음에 의미심장한 성찰까지 담아낸 미스터리 소설이다.

2010년 1월
김윤수